HERMANN SIEGMANN

Weihnachtsgeschichten aus der Heimat

SCHICKSALSWEGE, NÄCHSTENLIEBE UND TÜREN, DIE SICH ÖFFNEN Eine Krippe, die Geburtsstätte von Jesus Christus, darf an Weihnachten im Kraichgau ebenso wenig fehlen wie eine Geschichte des Wollenberger Autors Hermann Siegmann. Seine Erzählungen regen die Menschen immer wieder dazu an sich auf das Wesentliche zu besinnen. In »Die größte Wurst und der Lausbub« werden beispielsweise Wünsche und Sehnsüchte geweckt, die in jedem von uns stecken. Manchmal berührt der Himmel die Erde, und Menschen, die das erleben, sind dem Himmel nahe. Man wächst an Begegnungen und an den Geschichten und manchmal ist man zwischen Märchenbuchwelten, Hoffnung und Realität gefangen. Die Erzählung »Rehweihnacht« aus diesem Weihnachtsband ist eine nicht zu Ende erzählte Geschichte, die nachdenklich stimmt. Geben ist seliger als nehmen und zwar nicht nur aus reiner Nächstenliebe, sondern auch aus egoistischer Sicht. Anderen vom Eigenen abzugeben, macht glücklicher, als es zu behalten, nachzulesen in »Kohlrübenwinter«.

Hermann Siegmann ist in Wollenberg geboren und hat dort sein ganzes bisheriges Leben verbracht. Er ist eng mit seiner Heimat verwurzelt. Auf zahlreichen Spaziergängen und Erkundungen schreibt er in Gedanken seine Geschichten, die mittlerweile nicht nur die Menschen in der Region begeistern.

HERMANN SIEGMANN

Weihnachtsgeschichten aus der Heimat

Herausgegeben von
Claudia Senghaas

Immer informiert

Spannung pur – mit unserem Newsletter informieren wir Sie regelmäßig über Wissenswertes aus unserer Bücherwelt.

Gefällt mir!

Facebook: @Gmeiner.Verlag
Instagram: @gmeinerverlag
Twitter: @GmeinerVerlag

Besuchen Sie uns im Internet:
www.gmeiner-verlag.de

Im Ehnried 5, 88605 Meßkirch
Telefon 07575/2095-0
info@gmeiner-verlag.de

1. Auflage 2018

Lektorat: Claudia Senghaas, Kirchardt
Herstellung: Julia Franze
Umschlaggestaltung: Simone Hölsch
unter Verwendung folgender Illustration: © annamei – fotolia.com
Illustrationen: Simone Hölsch, unter Verwendung von: www.vecteezy.com, © panitialapon – fotolia.com, © snyGGG – fotolia.com, © jan stopka – fotolia.com, © mallinka1 – fotolia.com, © d3images – fotolia.com, © Can Stock Photo / lilac, © LiluyDesign – fotolia.com, © namosh – fotolia.com, © Vectorovich – fotolia.com, © beaubelle – fotolia.com, © Can Stock Photo / skarin, © Hein Nouwens – fotolia.com, © Fafarumba – istockphoto.com, © OpenClipart-Vectors – pixabay.com, © GDJ – pixabay.com
Druck: GGP Media GmbH, Pößneck
Printed in Germany
ISBN 978-3-8392-2350-5

Liebe Leserinnen und Leser,

endlich, möchte man sagen, gibt es einen Sammelband mit den wundervollen Weihnachtsgeschichten von Hermann Siegmann. Über viele Jahre hatte ich die Freude, an jedem 1. Advent mit Hermann eine neue Geschichte vorzulesen. Die Wollenberger Kirche zauberte den stimmungsvollen Rahmen, und jeder auf den voll besetzten Bänken lauschte den berührenden Zeilen. Dabei entführte Hermann Siegmann uns jedes Jahr aufs Neue in eine andere kleine Welt. Mal stand (Heimat-)Geschichtliches, mal Autobiographisches auf dem Programm – aber egal welchen Inhalt die Geschichte hatte, immer war es eine anrührende Erzählung, die wunderbar in die vorweihnachtliche Zeit passte und eine adventliche Stimmung erzeugte.

Es ist schön, dass es diese Erzählungen nun in einem Buch gibt. Dieser Sammelband sollte unter keinem Weihnachtsbaum fehlen.

Lieber Hermann, danke für die schönen Geschichten und für die stimmungsvollen Lesungen in Wollenberg, bei denen ich dabei sein durfte.

Ihnen, liebe Leserinnen und Leser, wünsche ich viel Freude bei der Lektüre, die bisweilen sehr zu Herzen gehen wird.

Hans Heribert Blättgen
Oberbürgermeister a. D. der Stadt Bad Rappenau

Erinnerungen sind das einzige Paradies, aus dem wir nicht vertrieben werden können.

Das letzte Weihnachtsfest

Wie schon so oft in den vergangenen Jahrzehnten, so gab es auch im Jahre 1998 wieder mal keinen Schnee zum Weihnachtsfest. Es ist doch eigenartig, dass die meisten Menschen im Land sich gerade für diese Zeit nichts sehnlicher wünschen. Sind es die Kindheitserinnerungen an frühere weiße Weihnachten? Oder ist es die Sehnsucht nach einer heilen Welt, in der alles Böse und Schmutzige unter einem dicken weißen Schneeteppich verschwindet? Kommt das Verlangen aus den tiefsten Gründen unserer Seele, gepaart mit dem Wunsch nach Frieden und Liebe, für die der weiße Schnee mit seiner Reinheit symbolisch betrachtet werden kann? Vielleicht ist es von allem ein bisschen. Vielleicht ist es aber noch viel mehr und wir können es wieder einmal nicht beschreiben. Wenn auch so mancher Wunsch an Weihnachten in Erfüllung geht, so gibt es doch Dinge zwischen Himmel und Erde, auf die wir keinen direkten Einfluss haben. Dinge, für die wir nur beten und die wir uns von ganzem Herzen wünschen können. Auch wir hatten Wünsche, aber die betrafen nicht den weißen Schnee. Die waren weitaus größer. Es ging um das Wichtigste, was wir Menschen uns auf dieser Erde wünschen können: um die Gesundheit. Der sehnlichste Wunsch unserer ganzen Familie sollte uns an diesem Heiligen Abend des Jahres 1998 erfüllt und vor die Kirchentür gestellt werden.

Die drei Glocken unserer schönen Kirche riefen die Einwohner unseres kleinen Dorfes zum Kirchgang. Wie immer am Heiligen Abend war der Festgottesdienst am späten Nachmittag auf 16.00 Uhr angesetzt. Zum einen, weil die Kinder des Dorfes ihr Krippenspiel nach alter Tradition aufführten, und zum anderen hatte unser Pfarrer noch eine zweite Gemeinde zu betreuen.

»Holst du schon mal das Auto aus der Garage und stellst es vor die Haustüre? Es wird Zeit, dass wir gehen.« Verwundert schaute ich zu meiner Frau hinüber. Sie stand gerade vor dem Spiegel und ordnete ihre Frisur, ohne ihren Blick abzuwenden.

»Ich dachte, wir nehmen den Rollstuhl, dann brauchst du dich nicht in die enge Kirchenbank zu zwängen«, entgegnete ich, während ich bereits den Autoschlüssel von der Ablage nahm.

»Nein, heute nicht«, war ihr Kommentar, als sie sich vom Garderobenspiegel abwandte und nach ihren Krücken griff. Ich bewunderte sie sehr, wie tapfer sie mit dieser heimtückischen Krankheit umging. Seit nunmehr acht Jahren litt sie an Multipler Sklerose, dieser unheilbaren Immunschwäche, die so auf ganz unterschiedliche Art und Weise auftreten kann und die so viele Gesichter hat. Sie kämpfte mit aller Kraft, die ihr noch zur Verfügung stand, gegen diese Krankheit an, obwohl sie wusste, dass sie keine Chance hatte, das Duell zu gewinnen. Der Gegner war zu stark und zu heimtückisch. Es war von Anfang an kein fairer Kampf. Der Sieger stand schon von vornherein fest. Aber immer wieder gab ihr die Hoffnung neuen Mut zum Weiterkämpfen, dass es der Forschung gelinge, ein helfendes Medikament für MS-Patienten zu entwickeln. Die meiste Kraft für ihren Kampf aber schöpfte sie aus ihrem unerschütterlichen Glauben.

Der leichte Westwind wehte den rufenden Klang der Kirchenglocken durch das Tal herauf und mahnte zum Aufbruch. Ich versuchte, die traurigen Gedanken zu verdrängen, und holte den Wagen. Doch bereits beim Einsteigen brachte sich diese teuflische Krankheit wieder in Erinnerung. Das linke Bein wollte mal wieder nicht gehorchen, doch gemeinsam schafften wir auch das. Es war noch einigermaßen hell, als wir die Dorfstraße hinabfuhren. Wie immer an Weihnachten, so waren auch heute wieder viele Wollenberger Einwohner unterwegs. Eingehüllt in ihre wärmende Winterbekleidung, kamen sie aus allen Richtungen und eilten dem Gotteshaus zu.

»Den Wald vor lauter Bäumen nicht sehen.« Wer kennt nicht dieses Sprichwort? Und genauso erging es uns damals auch. Erst als ich vor dem Haupteingang der Kirche angehalten hatte, um meiner Frau den weiten Weg vom Parkplatz herüber zu ersparen, da sahen wir sie stehen. Carmen, unsere jüngste Tochter. Bleich, ja beinahe durchsichtig im Gesicht, stand sie, auf Krücken gestützt, vor der Kirchentüre. Hier hatte sie auf uns gewartet, sie wusste, dass wir pünktlich kommen würden. Überraschen wollte sie uns, und das war ihr auch hervorragend gelungen. Meine Frau und ich schauten uns zweifelnd an, dann wieder zu Carmen hinüber.

Obwohl wir sie ganz deutlich vor uns sahen, konnten wir es nicht glauben. War das eine Fata Morgana? Oder war das wirklich unsere Tochter? Carmen sah unsere zweifelnden Blicke und mit einem verschmitzten Lächeln ließ sie ihrer Freude über die gelungene Überraschung freien Lauf. Für uns war und blieb es ein Wunder, das hatten wir in unseren kühnsten Träumen nicht erwartet. Um die letzten Zweifel zu beseitigen, stieg meine Frau aus dem Auto und ging Carmen entgegen. Das vorher noch so widerspenstige Bein gehorchte plötzlich wieder. Währenddessen hatte ich das Auto auf den Parkplatz gefahren und war zu den beiden zurückgekehrt. Als ich sie erblickte, blieb ich ergriffen stehen. Das Bild, das sich mir bot, rührte mich und prägte sich tief in mein Herz ein. Da standen Mutter und Tochter eng umschlungen vor dem Eingang zur Kirche und weinten vor Glück. Ihre Gehhilfen lagen, wirr wie überdimensionale Mikadostäbe, neben ihnen auf dem Boden. Nachdem auch ich Carmen herzlich begrüßt hatte, hob ich die Krücken auf und wollte sie den beiden geben. Doch die sahen alle vier gleich aus, hatten dieselbe Farbe und waren auf gleiche Länge eingestellt. Spontan, so wie sie schon immer war, nahm mir meine Jüngste die Entscheidung ab:

»Das spielt doch keine Rolle, Papa, gib halt jedem zwei, sie bleiben doch sowieso in der Familie.«

Wie recht sie doch hatte. Das spielte jetzt wirklich keine Rolle. Viel wichtiger war doch, dass sie wieder bei uns war. Da drängte sich mir auch gleich die Frage auf: »Wann hat man dich aus der Klinik entlassen?«

»Gestern.«

»Und da kommst du heute hierher, ist das nicht viel zu gewagt?«

»Keine Panik«, witzelte Carmen erneut. »Da ist doch alles fest zusammengeschraubt und genagelt. Das hält, das ist deutsche Wertarbeit.«

Bewundernd sah ich sie an. Ja, sie war aus dem gleichen Holz geschnitzt wie ihre Mutter. Das eigene Leid wird nicht hochgehängt, das des anderen wiegt viel schwerer und bedarf der Hilfe und der Anteilnahme.

»Wo ist eigentlich dein Freund Dieter? Du bist doch hoffentlich nicht auch noch selbst hierhergefahren«, drängte sich mir besorgt die nächste Frage auf.

»Nein, das geht wirklich noch nicht, das braucht viel Zeit. Dieter ist schon in der Kirche bei den anderen. Ich wollte hier auf euch warten und euch überraschen.«

»Das ist dir auch hervorragend gelungen. Zuerst glaubte ich doch tatsächlich, einen Geist zu sehen. Mit dir haben wir, nach all dem, was passiert war, wirklich nicht gerechnet«, erwiderte meine Frau spontan, wobei ein seliges Leuchten aus ihren schönen blauen Augen strahlte, wie ich es so zuvor bei ihr noch nie gesehen hatte. Leise und nachdenklich, so als ob es nur für sie selber bestimmt sei, hörte ich sie dann vier Worte sagen: »Jetzt kann ich gehen.«

Erst viel später wurde mir bewusst, was sie damit gemeint hatte. Damals hatte ich es so verstanden, dass es nun höchste Zeit war, in die Kirche zu gehen.

»Ja, lasst uns hineingehen, es hat schon aufgehört zu läuten.«

Wie immer war auch an diesem Heiligen Abend das Gotteshaus fast bis auf den letzten Platz besetzt. Doch wir mussten nicht suchen, wir konnten uns wie gewohnt in die letzte Kirchenbank setzen. Martina und Anja, unsere beiden älteren Töchter, waren mit ihren Partnern schon rechtzeitig gekommen und hielten uns die Plätze frei.

»Wo bleibt ihr denn? Wir warten schon lange auf euch!«

Den leicht tadelnden Unterton überspielend, konterte Carmen wieder in gewohnter Weise: »Die Krücken behinderten uns beim Gehen. Wenn wir stattdessen Flügel gehabt hätten, wären wir schon längst hier.«

Die Organistin beendete bereits den Eingangschoral und wechselte zum ersten Lied. Es sollte für unsere Familie ein ganz besonderer Weihnachtsgottesdienst werden. Da war der Geburtstag des Gottessohnes, den die Wollenberger Kinder wie immer so einfühlsam mit ihrem Krippenspiel nachvollzogen hatten, und die ›Wiedergeburt‹ unserer Tochter Carmen. Ja, für uns war es, als ob sie uns noch einmal geschenkt worden war. Wir hatten mit dem Schlimmsten rechnen müssen. Die vielen Stunden lähmenden Bangens werden wir nie mehr vergessen.

Was war geschehen?

Es war der 20.11.1998 und es war ein Freitag. Die Sonne strahlte von einem stahlblauen Himmel, wie sie es um diese Jahreszeit so nur selten tut. In der Nacht zuvor hatte leichter Schneefall das Land mit einer zwei Zentimeter dünnen Schicht überzogen. Alles wirkte wie verzaubert. In der Mittagssonne glitzerten die Schneekristalle wie kostbare Diamanten und kündeten von einem schönen, vielversprechenden Wochenende. Ich hatte mir den Nachmittag freigenommen, und so konnte ich wieder einmal zum Mittagstisch zu Hause sein. Die Straßen waren schneefrei und trocken, schon die Heimfahrt durch die weiße Landschaft stimmte mich positiv auf die kommenden Tage ein. Als ich zu Hause ankam, stand Carmens Polo schon vor der Garage. Carmen, unsere jüngste Tochter, wohnte schon seit vier Jahren nicht mehr bei uns, aber sie kam an jedem ihrer Arbeitstage zum Mittagessen vorbei. Es war nicht Bequemlichkeit von ihr, dass sie die Mittagspause im »Hotel Mama« verbrachte. Nein, wir wussten, dass sie es ihrer Mutter zuliebe tat. Meine Frau wäre sonst den ganzen Tag über allein mit ihrer Krankheit gewesen. Seit sie nicht mehr selbst Auto fahren konnte, war sie mehr oder minder ans Haus gefesselt. Sie kochte gut und gerne, und so hatte sie eine Aufgabe, die ihr trotz ihrer Behinderung viel Freude bereitete. Auch ich freute mich riesig, mal wieder mit beiden gemeinsam das Mittagsmahl einnehmen zu können. Früher, als unsere drei Töchter noch zu Hause waren und meine Eltern noch lebten, da ging es manchmal etwas eng zu an unserem Tisch. Aber es war schön gewesen, da war immer etwas los. Doch diese Jahre waren vorbei, es hat halt alles seine Zeit.

Carmen war wie immer gut gelaunt und hatte auch an diesem Tag so manchen kessen Spruch auf den Lippen. Ich glaube, selbst wenn ihr nicht nach Scherzen zumute war, so überspielte sie es geschickt, schon um ihre Mutter nicht zusätzlich zu belasten. Sie hatte die Gabe, meine Frau glücklich zu machen, so dass sie ihre Krankheit für einige Zeit mal vergessen konnte. Wir waren froh, dass ihre Arbeitsstelle nur sieben Kilometer entfernt war und sie dadurch ausreichend Zeit hatte, hierherzukommen. Mir ging gerade der Gedanke durch den Kopf:

Hoffentlich wird sie nicht an eine andere Filiale versetzt und kann dann nicht mehr kommen, da stand Carmen auf und mit einem Blick auf die Uhr verabschiedete sie sich:

»Es wird Zeit, dass ich fahre, ich will nicht unpünktlich sein. Danke für das gute Mittagessen, deine Apfelküchle waren heute wieder besonders lecker.«

»Fahr vorsichtig, es ist Freitagnachmittag, da haben es manche besonders eilig!«, rief ich ihr nach und informierte sie über meinen späteren Besuch: »Wenn ich nachher zum Einkaufen nach Neckarbischofsheim komme, schaue ich bei dir in der Bank vorbei. Ich glaube, ich brauche auch noch etwas Geld.« Sie stand schon unter der Haustüre, drehte sich nochmals um und hatte schon wieder einen flotten Spruch auf den Lippen:

»Komm nur vorbei, ich gebe dir so viel Geld, wie du willst.« Kurz darauf saß sie in ihrem Auto und fuhr los. Ich freute mich darauf, sie am Nachmittag nochmals zu sehen, doch es sollte alles ganz anders kommen. Aus dem weißen, diamantglitzernden Sonnentag sollte für uns ein schwarzer Freitag werden.

Wir gingen gerade gemeinsam den Einkaufszettel durch, da klingelte das Telefon. Als ich den Hörer abgenommen hatte, herrschte zunächst Funkstille. Ich überlegte gerade, ob sich schon wieder einer verwählt hatte, und wollte auflegen, da meldete sich jemand am anderen Ende der Leitung. Es war ein Kollege unserer Tochter von der Bank. Mit zögerlicher Stimme erkundigte er sich, ob Carmen noch bei uns sei. Leicht irritiert antwortete ich:

»Nein, die ist schon vor einer Weile weggefahren, sie müsste inzwischen schon da sein.« Plötzlich beschlich mich ein ungutes Gefühl und ich beendete das Gespräch mit dem Hinweis, dass ich sogleich losfahren würde, um nach ihr zu schauen. »Vielleicht hat sie einen Platten am Auto.« Mit dieser Überlegung versuchte ich meine Frau zu trösten und meine aufkommende Angst zu unterdrücken. Der seltsame Anruf des Bankers hatte von einer Sekunde auf die andere alles verändert. Die friedliche Stimmung und die glückselige Atmosphäre, die noch kurz zuvor geherrscht hatten, waren sofort wie weggeblasen. Angst, Hoffen und Bangen machten sich breit. Wir konnten uns nicht dagegen wehren. Mit unruhig flackerndem Blick schaute mich meine Frau an, und ein paar Tränen kullerten aus ihren Augen, als sie mich bat:

»Lass mich mitfahren, ich muss wissen, was da passiert ist. Wenn ich hierbleibe, dann sterbe ich vor Angst. Diese Ungewissheit halte ich nicht aus.«

Ich versuchte, sie zu beruhigen, obwohl auch ich immer aufgeregter wurde:

»Sei vernünftig und bleibe hier. Du kannst am besten helfen, wenn du hier und am Telefon bist. Wenn wieder ein Anruf kommen sollte, dann ist jemand zu erreichen. Sobald ich kann, komme ich wieder zurück.«

Doch es sollte anders kommen, als ich gedacht hatte. Das Schicksal führte wieder einmal Regie. Ein flüchtiger Kuss, dann griff ich mir den Einkaufskorb und eilte aus dem Haus. Eine plötzlich wahrnehmbare innere Stimme wollte mich zum Rasen verleiten.

»Los, gib Gas, fahr schneller, sonst kommst du zu spät.« Ich musste meine ganze Vernunft aktivieren, damit ich nicht zum Verkehrssünder wurde. Ich hatte bereits mit noch einigermaßen angepasster Geschwindigkeit den Nachbarort Bargen durchfahren und wollte gerade wieder beschleunigen, da sah ich vor mir eine Straßensperre mit Umleitungshinweis. Ein Feuerwehrmann stand daneben und wollte mich auf die Abbiegespur einweisen. Nichts Gutes ahnend, hielt ich an, kurbelte das Fenster herunter und wollte ihn ansprechen. Doch die Angst schnürte mir die Kehle zu. Es bedurfte großer Willensanstrengung, meine Frage an ihn einigermaßen ruhig und verständlich aussprechen zu können:

»Warum die Umleitung? Ist etwas passiert?«

»Ja, ein Verkehrsunfall. Der Schulbus hat einen PKW über den Haufen gefahren. Biegen Sie hier links ab, auf der Landstraße können Sie nicht durchfahren.«

Angstschweiß legte sich mir auf die Stirn und mit einer Ruhe, wie ich sie bei mir zuvor noch nie erlebt hatte, widersprach ich dem Florian-Jünger:

»Doch, gerade da muss ich jetzt durch. Das ist meine Tochter.«

Obwohl ich es noch nicht gesehen hatte, wusste ich mit hundertprozentiger Sicherheit, dass Carmen etwas mit dem Unfall zu tun haben musste. Der Feuerwehrmann schaute mich völlig verständnislos an und ließ mich, ohne ein Wort zu erwidern, passieren. Jetzt hatte ich es eilig und beschleunigte den Wagen extrem. Doch bereits nach 500 Metern nahm ich den Fuß wieder vom Gaspedal. Ein Bild des Schreckens tat sich vor mir auf. Was ich erblickte, übertraf alle meine Befürchtungen. Blinkendes Blaulicht mehrerer Fahrzeuge leuchtete mir entgegen. Polizei, Notarzt und Rettungswagen parkten auf und neben der Straße. Wie ein drohendes Ungetüm stand der Schulbus mitten auf der Gegenfahrbahn in Richtung Bargen. Seine große Frontpartie war zertrümmert, es sah ganz so aus, als ob er etwas auf seine große Schnauze bekommen hätte. Menschen rannten wirr durcheinander, andere standen betroffen daneben.

Und wo ist Carmen, schoss es mir unheilvoll durch den Kopf. Erst als ich angehalten hatte und aus dem Auto gesprungen war, sah ich ihren Polo beziehungsweise das, was von ihm übrig geblieben war, etwa zehn Meter entfernt auf dem angrenzenden Acker liegen. Wie das Auto über den Graben hinweg bis dorthin gelangen konnte, darüber konnte ich mir in diesem Moment keine Gedanken machen. Wie fremdgesteuert sprang ich hinüber und suchte nach meiner Tochter. Die Menschen um mich herum nahm ich nicht wahr, ich hatte nur noch das Unfallauto im Blick. Carmen war nicht mehr im Wagen. Nein, darin konnte natürlich auch niemand sein, so zusammengeschoben, wie das Blechknäuel war. Die Säcke der beiden Frontairbags hingen schlaff herunter.

»Wo ist Carmen?« Ich weiß es nicht mehr genau, aber ich glaube, ich hatte diese Frage in meiner Verzweiflung einfach hinausgeschrien. Einer der Umstehenden deutete auf den Rettungswagen und versuchte, mich zu beruhigen:

»Sie ist dort drüben, der Notarzt kümmert sich bereits um die Verletzte.«

Ich ließ ihn stehen und eilte hinüber. Doch die Türe blieb für mich verschlossen, da durfte ich nicht stören. Ein Polizeibeamter kam auf mich zu und forderte mich auf, ihm zu folgen: »Jetzt wird es Zeit, dass wir eine Blutprobe bei Ihnen nehmen.«

In meinem Schockzustand begriff ich nicht, was er eigentlich von mir wollte, und seinem Blick nach zu urteilen musste ich ihn nicht gerade intelligent angestarrt haben. Ein zweiter Gesetzeshüter kam schließlich herbei und klärte die peinliche Situation:

»Das ist nicht der Busfahrer Herr Kollege, der steht dort drüben hinter seinem Fahrzeug. Das hier ist der Vater der verunglückten jungen Frau.« Danach wandte er sich an mich und versuchte, mir behutsam zu erklären, was sich hier ereignet hatte:

»Ihre Tochter kam hier auf der vorfahrtsberechtigten Landstraße von Bargen her gefahren. Der Bus kam aus diesem Seitenweg von Flinsbach heraus. Aber anstatt hier anzuhalten, bog der Fahrer auf die Landstraße ein und geriet aufgrund der Länge des Fahrzeuges voll auf die Gegenfahrbahn. Die Schüler im Bus haben noch gerufen:

»Halt, da kommt ein Auto.« Doch der Mann fuhr einfach weiter, der muss wohl einen Blackout gehabt haben. Ihre Tochter hatte nicht den Hauch einer Chance. Sie sehen ja selber, wie wuchtig der Aufprall gewesen sein muss, sonst wäre der Polo nicht so weit weggeschleudert worden.« Er vermied den direkten Blickkontakt mit mir und meinte dann abschließend: »Wir haben weder Ausweis- noch Fahrzeugpapiere bei Ihrer Tochter gefunden. Anhand ihres Namensschildes und dem Logo ihrer Bank haben wir dann ihre Arbeitsstätte verständigt.«

Zunächst schaute ich ihn ungläubig an, dann hörte ich mich, so als ob ich neben mir stehen würde, sagen: »Das kann nicht sein. So gewissenhaft wie Carmen ist, hat sie ihre Papiere immer dabei. Wo ist ihre Handtasche?« Ein Zucken mit den Schultern war die Antwort. Also ging ich nochmals zu dem Wrack hinüber und wühlte unter einem Berg von Glasscherben die Handtasche hervor. Mit blutverschmierten Fingern, ich musste mich an den Scherben verletzt haben, übergab ich dem Polizisten die Unterlagen.

Plötzlich starrten alle Umstehenden zum stahlblauen Himmel empor. Ein Rettungshubschrauber kam im Tiefflug herangerauscht und setzte auf dem angrenzenden Feld auf. Schnee wirbelte auf und ließ die Umgebung für einen Augenblick gespenstisch erscheinen. Als dann der Rotor des Helikopters endlich still stand, ging alles ganz schnell über den Schauplatz der schrecklichen Ereignisse. Carmen wurde vom Rettungswagen in den Hubschrauber verfrachtet, und als dieser dann wieder aufstieg, waren gerade einmal ein paar Minuten vergangen. Ich wollte zu Carmen hinübereilen, doch irgendjemand hatte mich zurückgehalten:

»Es ist besser, wenn Sie Ihre Tochter jetzt nicht sehen.«

Nur von Ferne und nur für einen kurzen Augenblick konnte ich in ihr wachsbleiches Gesicht blicken. Es schien mir, als ob kein Leben mehr in ihr war. Angst und Verzweiflung schnürten mir den Hals zu. Ich war unfähig etwas zu sagen, ich wollte doch wissen, wo man sie hinbringen würde.

Ein unbekannter Mann sprach mich an und stellte sich vor. Er war von dem Busunternehmen und bot mir an, mich nach Mannheim zum Städtischen Klinikum zu fahren. »Dorthin wird man Ihre Tochter bringen«, erklärte er mir abschließend.

Noch immer nicht Herr meiner Sinne, nickte ich nur zustimmend und schränkte dann erklärend ein: »Aber nicht sofort. Vorher muss ich meiner Frau noch diese schlimme Nachricht überbringen, und mein Auto kann ich auch nicht hier auf der Straße stehen lassen.«

»Gut, ich hole Sie in einer halben Stunde von zu Hause ab.«

Gerade als ich bei meinem Wagen angekommen war, tauchte plötzlich Helmut vor mir auf. Helmut wohnt in Bargen und wir kennen uns schon von Jugend an. Wir sind beide im gleichen Alter und sehen uns ab und an, wenn ich durch den Ort fahre.

»Du kannst jetzt unmöglich selber fahren. Gib mir den Autoschlüssel, ich bringe dich heim.«

»Das geht schon wieder, Helmut, es sind doch nur drei Kilometer«, lehnte ich sein Angebot dankend ab.

»Nein, es ist schon zu viel passiert heute. Ich lasse dich nicht alleine fahren, du bist ja schneeweiß im Gesicht.«

Verwundert schaute ich ihn an: »Du hast ja vollkommen recht, mir geht es tatsächlich nicht gut, ich glaube, ich muss mich übergeben.« Doch diese Befürchtung trat Gott sei Dank nicht ein, obwohl mein Magen ständig rebellierte. Vergebens suchte ich nach dem Wagenschlüssel, doch ich konnte ihn nicht finden.

»Der steckt noch im Zündschloss«, klärte mich schließlich Helmut auf und setzte sich hinter das Lenkrad. Dankbar nickte ich und setzte mich neben ihn.

Meine Frau war nicht allein, als ich endlich wieder nach Hause kam. Ihre Nichte Heike war bei ihr. Als der Rettungshubschrauber im Tiefflug über unser Haus donnerte, war es mit der Ruhe meiner Frau endgültig vorbei gewesen. Ihr Instinkt und ihre Muttergefühle ließen sie erahnen, dass etwas passiert sein musste. Kurzentschlossen telefonierte sie daraufhin mit ihrer Nichte in Bargen. So erfuhr sie noch vor meiner Rückkehr von dem schrecklichen Unfall. Die Ungewissheit war für sie noch schwerer zu ertragen gewesen als die brutale

Realität. Wir versuchten, uns gegenseitig zu trösten und Mut zu machen, und jeder von uns betete im Stillen um Hilfe und Rettung.

Als der Wagen vorfuhr, um mich abzuholen, hatte ich alle Mühe, meine Frau davon zu überzeugen, dass es besser für sie war, zu Hause zu bleiben. Sie wollte unbedingt mitfahren, sah aber dann ein, dass sie ja doch nicht helfen konnte.

»Bleib du hier und informiere Martina und Anja, damit sie Bescheid wissen. Wenn sie hierherkommen können, dann bist du auch nicht so allein.«

»Ja, das mache ich. Aber du solltest noch eine Kleinigkeit essen, bevor du gehst. Wer weiß, wie lange das dauert, bis du wiederkommst.« Das war typisch Traudel, immer um das Wohl der anderen besorgt, aber ich konnte jetzt beim besten Willen nichts essen. Jeder Bissen wäre mir im Hals stecken geblieben.

Die anschließende Fahrt zur Klinik nach Mannheim verlief ruhig und überwiegend schweigend, es wurde nur das Notwendigste gesprochen. Auf mich stürmten so viele Fragen ein, doch die konnte mir der Fahrer auch nicht beantworten. In meinem Kopf überschlugen sich die Gedanken: Wird sie überleben? Wird sie wieder ganz gesund werden oder bleiben Behinderungen zurück? Wird sie je wieder gehen und lachen können? Mein Gott, sie ist doch noch so jung, sie hat doch ihr ganzes Leben noch vor sich.

Schreckliche Bilder, die mich fast zum Wahnsinn trieben, zogen an meinem inneren Auge vorbei. Doch eine Antwort auf all diese Fragen, die suchte ich vergebens.

Auch der Arzt, der mich eine Stunde später mit knappen Worten über den Zustand meiner Tochter unterrichtete, konnte mir meine Angst nicht nehmen. »Sie hat zum Teil sehr schlimme Frakturen an beiden Armen und Beinen. Ob sie auch innere Verletzungen davongetragen hat, das können wir zum jetzigen Zeitpunkt nicht sagen. Das werden erst die eingeleiteten Untersuchungen ergeben. Bedenklich scheint mir, dass aus dem rechten Ohr Blut ausgetreten ist. Hoffentlich hat sie keine weiteren inneren Kopfverletzungen davongetragen. Aber das muss es nicht heißen, dafür können natürlich auch harmlose Gründe verantwortlich sein«, fügte er schnell hinzu, als er meinen entsetzten Blick sah. Dann war er schnell aufgestanden und hatte sich verabschiedet: »Ich muss jetzt gehen. Sie verstehen, die Operation. Am besten wird es sein, wenn Sie jetzt nach Hause fahren. Die Operation wird bestimmt mehrere Stunden dauern. Sie können hier nicht helfen, gehen Sie heim zu Ihrer Familie. Wir werden Sie, sobald die Operation beendet ist, telefonisch über den Zustand Ihrer Tochter informieren. Ich kann Ihnen leider keine genaue Zeitangabe machen, aber ich schätze, es wird nicht vor ein oder zwei Uhr heute Nacht sein.«

Der Arzt war schon weg, da überlegte ich noch immer, was ich tun sollte. Widersprüchliche Gedanken quälten sich durch mein Gehirn. Eine innere Stimme forderte mich auf, hierzubleiben und zu warten. Eine andere riet mir, dem Rat des Arztes zu folgen. Schließlich siegte die Vernunft und ich ging. Den Kopf voller Zweifel und unheilvoller Gedanken, schlich ich über die endlos langen Gänge des Klinikums und suchte nach meinem Fahrer.

Es war spät geworden und die Dunkelheit lag schon lange über dem Land, als ich endlich nach Hause kam.

Müde und abgespannt trat ich in die Küche, sechs Augenpaare schauten mir mit banger Erwartung entgegen. Sofort wurde ich mit vielen Fragen bestürmt:

»Sag schon, wie geht es Carmen? Lebt sie? So rede doch! Wir sitzen hier schon seit Stunden und machen uns große Sorgen.«

»Sofort, ich muss nur vorher etwas trinken, sonst bringe ich kein Wort mehr heraus.« Nachdem ich einige Schlucke Tee getrunken hatte, berichtete ich meiner Familie, was ich wusste und erfahren hatte. »Leider kann ich euch nicht mehr sagen. Wir müssen warten, bis die Klinik uns anruft. Danach werden wir wissen, wie es um Carmen steht. Aber das kann noch dauern, es bleibt uns nichts anderes übrig, als zu warten und zu beten.«

Doch wir sollten in dieser Nacht auf eine lange und harte Probe gestellt werden. Es wurde die schlimmste Nacht für uns alle, uns wurde viel Zeit zum Beten gewährt. Die Stunden sind noch nie so langsam vergangen wie in dieser Nacht. Mitternacht war vorbei und die Blicke zur Uhr wurden immer häufiger. Ein Uhr, zwei Uhr und noch immer kein Anruf. Lähmende Angst legte sich auf unser Gemüt, und die schlimmsten Befürchtungen geißelten unsere Gedanken. Gesprochen wurde nicht mehr in unserer kleinen Runde. Was sollte man auch noch reden? Es war bereits alles gesagt, was wir wussten und was uns bewegte. Jeder von uns kämpfte auf seine Art gegen die aufkommende Müdigkeit an, doch keiner hatte den Wunsch, sich hinzulegen, um etwas zu ruhen.

Genau weiß ich es nicht mehr, aber es muss so um fünf Uhr in den Morgenstunden gewesen sein, als endlich der langersehnte Anruf aus Mannheim kam. Gebannt starrten wir auf den Apparat im Flur, der bestimmt bei uns zu so früher Stunde noch nie geklingelt hatte. Welche Nachricht wartete auf uns? Würde es eine schlimme oder eine gute sein? Anja war wieder mal die Erste, die den Spannungsschock überwunden hatte:

»Auf, Papa, geh schon ran, wir wollen endlich wissen, wie es Carmen geht.«

Eine angenehme Frauenstimme meldete sich am anderen Ende der Leitung und setzte mich über den momentanen Zustand unserer Tochter in Kenntnis: »Die chirurgischen Operationen haben wesentlich länger gedauert als vorgesehen. Doch jetzt sind alle Frakturen versorgt. Das heißt, im vorliegenden Fall wurden stabilisierende Metallstifte verwendet, die später wieder entfernt werden müssen.«

»Also verschraubt und genagelt«, fasste ich etwas hilflos meine Schreckvorstellungen in Worte.

»Ja, so in etwa kann man es laienhaft ausdrücken. Jetzt habe ich noch eine gute Nachricht: Wir haben keine inneren Verletzungen feststellen können. Das ist auch für uns ein kleines Wunder. Ihre Tochter wird jetzt auf die Intensivstation gebracht, dort wird sie noch für mehrere Stunden im Narkoseschlaf liegen. Wenn später die Aufwachphase eintritt, wäre es sehr förderlich, wenn jemand aus Ihrer Familie zugegen sein könnte. Wir erwarten dies am frühen Nachmittag.« Danach gab sie mir noch die Telefonnummer der Klinikauskunft und beendete das Gespräch mit einem lieben Gruß.

Mit Tränen der Erleichterung wurde die Nachricht von uns allen aufgenommen. Eine bleierne Last löste sich von unseren Seelen. Das Positive überwog und drängte das Schlimme vorerst in den Hintergrund. Carmen lebte und hatte keine inneren Verletzungen davongetragen. Die Knochenbrüche würden wieder heilen, aber schon bald bohrte die Ungewissheit sich wieder in den Vordergrund. Würde sie jemals ihre Glieder so wie vorher gebrauchen können? Hatte das Bluten aus dem Ohr irgendwelche negativen Auswirkungen im Kopf? Würde sie überhaupt wieder aus dem Koma aufwachen? Diese und noch weitere Befürchtungen begleiteten uns, während wir uns zurückzogen, um für einige Stunden etwas Schlaf zu finden.

Es muss für meine Frau furchtbar gewesen sein, nicht zur Klinik mitfahren zu können. Sie war es gewohnt, stets und für alle da zu sein. Daran hatte sich auch nichts geändert, als die heimtückische Krankheit ihre Bewegungsfreiheit immer mehr einschränkte. Wir versuchten, sie zu trösten, und versprachen, sofort anzurufen, sobald sich etwas Neues ergeben hat.

Eingehüllt in grüne, sterile Schutzkleidung saßen wir zwei Stunden später zu dritt am Krankenbett von Carmen in dem Städtischen Klinikum von Mannheim. Unsere Patientin schlief noch fest und es waren keine Anzeichen zu erkennen, dass sie bald aufwachen würde. Bange Gedanken quälten uns. Es wurde wenig gesprochen und das nur im Flüsterton. Hinter spanischen Wänden lagen noch weitere Personen, der große Raum schien voll belegt zu sein. Auf mich wirkte das alles fremd und beängstigend. Wie oft hatte sich hier schon das Schicksal eines Menschen entschieden. Leben oder Tod, hier in diesem Raum konnte man beidem begegnen und niemand wusste, wer siegen würde.

Es verging viel Zeit. Zweifel kamen auf. Hatte man uns auch richtig informiert? Doch dann zeigten sich die ersten Symptome, dass ihr Schlaf zu Ende gehen würde. Zuerst ein Zucken im Gesicht, bald darauf ein vorsichtiges Blinzeln, und endlich öffnete sie die Augen. Ihr erster, noch schläfriger Blick fiel auf die gegenüberliegende Wand. Kurz darauf weiteten sich plötzlich ihre Augen und blieben an dem dort angebrachten Schild hängen. Ein Augenblick des Überlegens, dann schaute sie sich um und erkannte uns. Verwundert musterte sie uns der Reihe nach und schon kam ihre erste Frage:

»Wo bin ich?«

Völlig überrascht schauten wir uns an. Was konnten, was durften wir ihr denn sagen? Da kam auch schon die zweite Frage hinterher:

»Wieso bin ich hier in Mannheim und was mache ich in diesem Bett?«

Woher wusste sie, wo sie sich befand? Ich glaube, wir drei sahen in diesem Moment nicht gerade geistreich aus. Erst später klärte sich das Rätsel. Carmen hatte es auf dem Schild gelesen, das in ihrem Blickfeld an der Wand hing. Darauf stand in großen Buchstaben auch die Adresse des Hauses: Städtisches Klinikum Mannheim. Dieter, ihr Freund, versuchte nun vorsichtig, jedes Wort abwägend, zu erklären:

»Du hattest einen Unfall, und man hat dich mit dem Hubschrauber hierhergeflogen.«

»Was, mit dem Schraubhuber? Davon weiß ich nichts. Das kann gar nicht sein, das wüsste ich doch. Komm, erzähl mir doch keine Märchen.«

Wir blickten uns an und ich unterdrückte ein freudiges Grinsen. Ja, das war unsere Carmen, wie sie leibte und lebte. Witzig und oft einen flotten Spruch auf den Lippen. Erleichterung machte sich breit, es schien, als ob eine zentnerschwere Last von unseren Seelen genommen worden war. Das Schönste aber war, dass sie sich an nichts mehr erinnern konnte. Ein ganzer Tag ihres Lebens war aus ihrem Gedächtnis gestrichen worden. Das Schicksal, oder wer auch immer es gewesen sein mag, hatte es gut mit ihr gemeint. Kaum dass mir diese Gedanken gekommen waren, sorgte unsere Patientin schon wieder für weitere Überraschungen:

»Macht mal Platz, ich muss jetzt aufstehen und auf die Toilette gehen.«

Schon wieder so eine Schocksituation. Was konnten wir ihr sagen? Inwieweit durften wir sie unterrichten? Es schien, als ob nun wir die Hilflosen waren und nicht die Verunglückte vor uns im Bett.

»Das geht nicht«, begann ich behutsam und erklärte ihr dann, vorsichtig die Worte abwägend, dass sie beide Arme und Beine bei dem Unfall gebrochen hatte. Sie glaubte es mir natürlich nicht. Doch bereits ihre ersten Bewegungsversuche belehrten sie dann eines Besseren. Langsam begann sie die Realität zu erfassen. Wir mussten ihr nun viel erzählen. Sie nahm es tapfer und fügte sich erstaunlich schnell in ihre neue Situation ein. Keine Spur von Resignation. Ja, sie war es schließlich, die uns Hoffnung auf eine baldige Genesung machte. Ich bewunderte sie wegen ihrer Tapferkeit. Sie war im Leid so stark wie ihre Mutter. Erleichtert fuhr ich an diesem Nachmittag wieder zurück, Anja und Dieter blieben noch etwas länger bei Carmen.

Zu Hause angekommen, konnte ich meiner Frau mit meinem Bericht keine größere Freude bereiten. Sie weinte vor Glück und Erleichterung und dankbar klangen ihre Worte:

»So sind unsere Gebete doch erhört worden. Der Himmel muss ihr einen starken Schutzengel zur Seite gestellt haben. Vielleicht waren es auch zwei oder drei, die sie vor dem Tode bewahrt hatten. Dafür will ich ewig dankbar sein. Jetzt habe ich nur noch einen Wunsch, dann bin ich zufrieden.«

Es war nicht schwer, diesen Wunsch zu erraten, den konnte man an ihren schönen Augen ablesen. »Du willst Carmen besuchen?«

»Ja, nur ein einziges Mal. Ich weiß, dass das mit dem Rollstuhl nicht einfach sein wird. Aber ich muss sie sehen!«

»Das machen wir. Ich werde beim nächsten Besuch ausloten, wo ihr Krankenzimmer ist und wie wir mit dem Rollstuhl dahingelangen können. Irgendwie werden wir das auch noch schaffen.«

Wir schafften es. Wenn auch umständlich, mehrere Gänge und Aufzüge benutzend, erreichten wir unser Ziel. Die Freude von Mutter und Tochter kannte keine Grenzen. Meine Frau war glücklich, ihre »Kleine« wiederzusehen, und Carmen freute sich so sehr, dass sie schon wieder vorausschauend verkündete: »Mach dir keine Sorgen, Mama, an Weihnachten gehe ich mit euch in die Kirche.«

Wir schauten uns an und mussten lachen. Wir hielten es wieder für einen ihrer Späße, die sie so gerne zu machen pflegte. Dass sie dann tatsächlich am Heiligen Abend vor der Kirche stand, das war für uns ein Wunder. Am 23.12. war sie noch in der Klinik gewesen. Wir konnten es einfach nicht begreifen, aber wir nahmen es dankbar an.

Das letzte Lied in der Kirche war verklungen. Es wurde traditionsgemäß stehend und im Dunkeln gesungen. Nur die elektrischen Kerzen des großen Weihnachtsbaumes erhellten schwach den Altarraum. Eine Atmosphäre des Friedens und der inneren Ruhe breitete sich aus. Die Kirchenbesucher spürten die Ergriffenheit, die in der Luft zu schweben schien, sie verharrten noch einen Moment in besinnlicher innerer Einkehr. Als es wieder hell wurde, war es auch mit der Ruhe vorbei. Langsam leerte sich das Gotteshaus. Die Menschen wünschten sich gegenseitig frohe Weihnachten und gingen zurück in ihre warmen Wohnungen. Auch wir machten uns auf den Weg, den wir aber wegen unserer zwei Gehbehinderten mit dem Auto zurücklegten.

Inzwischen war es bereits stockdunkel geworden. Die Nacht des Heiligen Abends hatte ihren Mantel über unser Tal ausgebreitet. Das Feuer in unserem Küchenherd brannte noch und eine angenehme, wohlige Wärme empfing uns, als wir nach Hause kamen. Natürlich waren die übrigen Räume des Hauses ebenfalls gut temperiert, die Ölzentralheizung sorgte ja dafür, aber es war immer wieder dasselbe Ritual zu beobachten. Wenn man von der Kälte draußen in die mollig warme Küche kam, versuchte jeder, ein Plätzchen am heißen Küchenherd zu ergattern. Händereibend genoss man die Strahlungswärme und jeder lobte den schönen, blau emaillierten Wärmespender. Auch an diesem Heiligen Abend war es nicht anders. Später saßen wir gemeinsam am Tisch. Beim Abendessen wurde ausgiebig und viel geredet. Wir hatten uns ja so viel zu erzählen, und Carmen musste immer neue Fragen beantworten.

Als der Wissensdurst und auch unser Hunger gestillt waren, begaben wir uns in das festlich geschmückte

Wohnzimmer. Wie üblich verbreiteten hier nur die Kerzen des Weihnachtsbäumchens und die kleinen Lämpchen der Weihnachtskrippe ihr anheimelndes Licht. Jetzt waren auch wir zur Ruhe gekommen. Das war dann der Augenblick, eine kleine Weihnachtsgeschichte vorzulesen. Alle waren gespannt darauf, worüber ich mir in diesem Jahr meine Gedanken gemacht hatte. Nachdem wir noch zwei Weihnachtslieder miteinander gesungen hatten, ging es ans Auspacken der Geschenke. Damit auch jeder mitbekam, wer was und von wem erhalten hatte, wurde reihum vorgegangen. Irgendwann, als die Kinder noch klein waren und Oma und Opa noch lebten, hatten wir das eingeführt. Zu Anfang hatten wir sogar die Reihenfolge ausgelost. Doch später, als unsere Kinder erwachsen waren, wurde dies wieder aufgegeben.

Heute waren wir uns sofort einig, dass Carmen beginnen sollte, und das nicht nur, weil sie die Jüngste war. Wir freuten uns alle über unser Nesthäkchen, dass sie trotz ihrer Behinderungen so fröhlich mitten unter uns sein durfte. Aber damit nicht genug, Carmen setzte unsrer Freude noch die Krone auf. Sie hatte gerade ihr letztes Geschenk ausgepackt, da forderte sie mich mit spitzbübischem Lächeln heraus:

»Papa, du könntest mal eine Flasche Sekt holen. Wir haben was zu feiern!«

Überrascht schauten alle zu ihr hin und warteten gespannt darauf, was sie uns nun als Begründung sagen würde. Sie wartete einige Sekunden, um die Spannung zu erhöhen. Dann verkündete sie mit belegter Stimme, aber stolz wie Oskar: »Dieter und ich haben uns heute verlobt.«

Damit hatte natürlich niemand von uns gerechnet. Obwohl die beiden sich schon lange kannten und bereits seit zwei Jahren auch zusammen wohnten, schlug diese Nachricht wie eine Bombe ein. Carmen war halt immer für eine Überraschung gut. Was sie beabsichtigt hatte, das war ihr auch heute wieder gelungen. Alle freuten sich mit dem Verlobungspaar, Glückwünsche und Gratulationen machten die Runde.

Meine Frau schaute mich glücklich an und ich wusste sofort, was sie dachte. Ja, auch unsere Verlobung war an einem Weihnachtstag gewesen. Aber dass das nun schon 35 Jahre her sein sollte, das konnte ich beinahe nicht glauben. Erschrocken stellte ich ihr die Frage: »Sind wir denn schon so alt?«

Sie lächelte milde zurück: »Schau doch unsere Töchter an, wie erwachsen die schon sind.«

Auch das schönste Weihnachtsfest geht einmal zu Ende. Die Kinder kehrten in ihre eigenen Wohnungen zurück. Von einer Minute auf die andere war es bei uns wieder still geworden. Wir saßen noch lange vor dem so schön geschmückten Bäumchen, es gab noch so manches, was wir uns zu erzählen hatten an diesem ereignisreichen Tag. So glücklich wie an diesem Heiligen Abend hatte ich meine Frau schon lange nicht mehr gesehen. Ihre Krankheit und ihre Schmerzen schienen weit weg zu sein. Freudig und mit einer Glückseligkeit, die aus den Tiefen ihrer Seele zu kommen schien, sprach sie aus, was sie empfand:

»Das war der schönste Heilige Abend, den ich bisher erleben durfte.« Und wie eine Weissagung klang ihr ganz leise gesprochener Nachsatz: »Vielleicht war es der letzte.«

Ihre Ahnungen hatten sie nicht getäuscht, es sollte für Traudel wirklich das letzte Weihnachtsfest gewesen sein.

Keine drei Monate später verkündeten dieselben Glocken, die zum Weihnachtsfest gerufen hatten, von ihrer Reise in eine andere Welt.

Liebes Christkind, …

Sind es nicht oft wir Sehenden,
die blind durchs Leben gehen?
Doch wer mit dem Herzen sehen kann,
dem wird das Wesentliche nicht verborgen bleiben.

Der geheimnisvolle Wunschzettel

Eine kleine Weihnachtsgeschichte

Die Dunkelheit lag schon seit Stunden über der Kleinstadt im Kraichgau. Im Dezember, in der Zeit der kurzen Tage und langen Nächte, wenn es bereits am Nachmittag zu dämmern beginnt, zieht es die Menschen wieder früher in ihre warmen und hellen Wohnungen. Aber nicht nur die Dunkelheit, auch die Kälte sorgt dann dafür, dass man nun nicht mehr so lange draußen sein will. Besonders heute, an diesem trüben und nebeligen Wintertag, waren nur noch wenige Menschen auf den Straßen anzutreffen. Und doch lag gerade jetzt, wo bereits viele Einwohner zur Ruhe gekommen waren, ein Hauch von Winterzauber über der Kleinstadt. Die beleuchteten Fenster der Häuser, die Lichtreklamen und die durch den Nebel schimmernde Straßenbeleuchtung vermittelten eine angenehme, tiefe Beschaulichkeit und ließen die am Tage herrschende Betriebsamkeit und Hektik für kurze Zeit vergessen. In wenigen Stunden würde das Städtchen ganz zur Ruhe kommen und schlafen.

Doch noch war es nicht so weit! Noch brannten die Lichter überall in den Wohnungen. Auch bei einem kleinen Häuschen am westlichen Stadtrand schimmerte noch Helligkeit durch die Ritzen der Fensterläden nach draußen. Drinnen saß ein kleines Mädchen von fünf bis sechs Jahren in ihrem Zimmer. Vor ihr stand auf einem kleinen, runden Tischchen ein Blumentopf mit einem wunderbaren Weihnachtsstern. Die tiefroten Farben seiner Blütenblätter leuchteten verschwenderisch im Licht der einfachen Deckenlampe, geradeso, als wollten sie dem Kind eine besondere Freude bereiten. Doch Claudia konnte es nicht sehen, denn sie war blind! Mit dieser Behinderung war sie geboren worden, sie hatte nie richtig das »Licht der Welt« erblicken dürfen. Nur schemenhaft konnte sie größere Gegenstände in ihrer unmittelbaren Umgebung wahrnehmen. Trotzdem machte das Kind keinen unglücklichen Eindruck auf den Betrachter. Im Gegenteil, gerade jetzt wieder strahlte ihr Gesichtchen jene Zufriedenheit und Glückseligkeit aus, wie man es von gesunden und lebensfrohen Kindern kennt. Ein sinnliches Lächeln umschmeichelte ihre Wangen, während ihre kleinen Finger behutsam und vorsichtig die Blätter der Blume vor ihr berührten. Es schien, als ob sie die Pflanze streicheln würde, indem sie ihre Fingerkuppen ganz zart über jede Einzelheit der filigranen Schönheit gleiten ließ. Und sie sprach aus, was sie empfand. Mit ihrem weichen und einfühlsamen Stimmchen redete sie mit der Blume, als läge ein Wickelkind vor ihr auf dem Tisch: »Schön bist du, lieber Weihnachtsstern, und so zart fühlst du dich an. Wenn ich dich mit meinen Augen auch nur ganz schwach erkennen kann, so sagen es mir doch meine Finger. Ich fühle deine Schönheit und ich spüre, dass du mich verstehst. Wenn du auch nicht reden kannst, so verstehe ich dich doch, indem wir uns berühren. Siehst du, so hat jeder von uns beiden seine Nachteile und doch können wir zwei uns aneinander freuen. Ich bin Mutter ja so dankbar, dass sie dich für mich gekauft hat, obwohl sie nicht über viel Geld verfügt und haushalten muss. Denk nur, ein Bekannter hat noch zu ihr gesagt: »Das Geld kannst du dir sparen, die Kleine« – damit hat er mich gemeint – »kann die Schönheit dieses Weihnachtssternes doch nicht sehen.« So ein Blödsinn! Der hat doch gar keine Ahnung davon, was ich alles mit meinen Fingern sehen kann. Mein Gefühl sagt mir so viel, ich denke, dass ich manchmal mehr sehen kann als einer mit seinen Augen, der nur oberflächlich hinschaut. Ich kann tiefer blicken, ich spüre, ob mein Gegenüber eine Seele hat. Und genau das spüre ich auch bei dir. Ich freue mich, dass du nun den Winter bei mir in meinem Zimmer verbringen wirst. Dadurch …«

Ein leichter Lufthauch ließ sie plötzlich aufhorchen. Die Türe hatte sich leise geöffnet und Claudias Mutter trat vorsichtig in den Raum. Sie hatte angenommen, dass ihre Tochter schon im Bett liege und eingeschlafen sei. Deshalb war sie so behutsam vorgegangen. Doch die Kleine fühlte sofort die Bewegungen in ihrem Rücken. Ihr Gespür war ausgeprägter als bei einem Sehenden, sie konnte jede Kleinigkeit wahrnehmen. »Mama, warum kommst du so leise herein, willst du mich überraschen?«

»Nein, Kind, ich dachte, du bist schon zu Bett gegangen, weil es so still war in deinem Zimmer. Aber ich sehe, dass du noch wach bist. Komm nun, es wird Zeit für dich, schlafen zu gehen. Morgen muss ich wieder zeitig zur Arbeit und vorher will ich noch mit dir zusammen frühstücken, bevor ich dich zur Oma bringe.«

Claudias Mutter war alleinerziehend. Ihr damaliger Freund hatte sie verlassen, als sie schwanger wurde. Nachdem ihre Tochter dann zur Welt gekommen war, war sie zunächst überglücklich mit dem Kind. Doch bald wurde die Freude getrübt, als sich herausstellte, dass das Mädchen nicht sehen konnte. Sie hatte es nicht leicht in all den Jahren. Aber sie hatte sich nicht unterkriegen lassen, wenn sie auch manchmal nicht wusste, wie es weitergehen sollte.

Claudia lag in ihrem Bettchen und ihre Mutter saß bei ihr. Wie jeden Abend, so wollte die Kleine auch heute eine Gute-Nacht-Geschichte hören. Manchmal sollte es eines der vielen ihr bekannten Märchen sein. Dann gab es wieder Tage, an denen sie es ihrer Mutter überließ, die Geschichte auszusuchen. So war es auch jetzt. Sie wartete gespannt darauf, was ihre Mutter heute erzählen würde. Diese schaute lange auf das liebliche Gesichtchen ihrer Tochter, so, als ob sie erst überlegen musste, und begann dann zu erzählen. Es war eine neue Geschichte, die Claudia noch nicht kannte. Auch ihre Mutter wusste zunächst nicht, wie sie beginnen sollte. Doch dann sprudelte es nur so aus ihr heraus. Es war ein kleines, selbsterdachtes Adventsmärchen, in dem auch ein Engel vorkam, der in der Vorweihnachtszeit durch die Straßen der Dörfer und Städte streifte und für das Christkind die Wunschzettel der Kinder einsammelte. Anschaulich schilderte sie, wie der kleine Engel dabei durch die Fenster in alle Kinderzimmer schaute und nachsah, ob nicht irgendwo ein Wunschzettel zu finden sei. Sobald er einen entdeckt hatte, steckte er ihn, ohne einen Blick darauf zu werfen, in seine große Tasche und flog weiter. Ja, auch bei den Engeln gibt es ein Briefgeheimnis, das unbedingt einzuhalten ist.

Claudia lag ganz ruhig in ihren Kissen und lauschte aufmerksam der Geschichte, die ihre Mutter so einfühlsam, aus einer spontanen Eingebung heraus, erzählt hatte. Sie war ganz still und hatte die Augen geschlossen, es sah aus, als sei sie eingeschlafen. Doch das Mädchen war hellwach!

Ihre Mutter war gerade mit ihrer Erzählung fertig, da meldete sich die Kleine zu Wort. Mit einem Seufzer bedauerte sie: »Schade, dass ich noch nicht schreiben kann.« Und dann überraschte sie ihre Mutter mit der kindlich naiven Feststellung: »Doch wenn ich auch einmal schreiben gelernt habe, mit der Blindenschrift kann das Christkind bestimmt nichts anfangen. Oder glaubst du, Mama, dass die Engel das auch lesen können?«

»Ganz gewiss, mein Liebling! Du weißt doch noch, was ich dir neulich erzählt habe, dass der liebe Gott dir tief in dein Herz schauen und deine Gedanken lesen kann. Die Engel sind seine Boten, warum sollen diese nicht auch die Blindenschrift lesen können?«

»Das ist gut, doch noch kann ich nicht schreiben.« Und nach einer kurzen Überlegung bat sie: »Mama, hilfst du mir bitte, schreibst du für mich einen Wunschzettel und legst ihn vors Fenster?«

»Ja, gerne, morgen mach ich das für dich, mein Kleines. Du musst mir dann nur noch deine Wünsche sagen, damit ich weiß, was ich für dich schreiben soll.«

Sie stand auf, drückte ihrer Tochter einen Kuss auf ihr Schnäbelchen und schickte sich an, das Kinderzimmer zu verlassen. Sie war müde und wollte nun auch zu Bett gehen. Doch damit war Claudia nicht einverstanden! Sie richtete sich in ihrem Bettchen auf und meinte ganz vorwurfsvoll: »Aber Mama, das dürfen wir nicht aufschieben, morgen kann es schon zu spät sein! Denk doch nur, wenn der Engel schon heute Nacht durch unsere Straße kommt, dann findet er nichts bei uns. Und wer weiß, ob der so viel Zeit hat, dass er ein zweites Mal vorbeischauen kann. Bitte, kannst du den Wunschzettel nicht doch noch heute schreiben? Ich weiß auch schon was ich mir wünschen werde.«

»So, das geht aber schnell bei dir. Ich habe gedacht, dass du erst noch eine Nacht darüber schlafen willst«, und nach kurzem Überlegen meinte sie dann schmunzelnd: »Du hast recht, man soll so eine wichtige Angelegenheit nicht auf die lange Bank schieben. Eigentlich sollten die Wünsche ein Geheimnis bleiben, das man niemandem mitteilt. Aber es geht nun mal nicht anders bei dir. Ich werde es auch schnell wieder vergessen, sobald ich den Wunschzettel verfasst habe. So, jetzt hole ich nur noch schnell einen Kugelschreiber und den Notizblock, dann kannst du mir deinen Wunsch mitteilen.«

Sie war schon an der Türe angelangt, als ihr Claudia noch nachrief: »Aber ein Kuvert musst du auch mitbringen!«

Verwundert über die präzisen Vorstellungen ihrer Tochter verließ die Mutter das Zimmer. Als sie zurückkam, legte sie das Schreibmaterial auf den Tisch, ging zu Claudia, beugte sich zu ihr hinunter und forderte sie mit geheimnisvoller Stimme auf, ihr den Weihnachtswunsch ganz leise ins Ohr zu flüstern. Sie spürten beide die gespannte Atmosphäre, die plötzlich im Raum zu liegen schien. Claudias Mutter sah, wie froh und erwartungsvoll ihre Kleine war, und sie tat alles, damit die Spannung erhalten blieb. Als sie dann aber den Wunsch ihrer Tochter vernommen hatte, war sie zunächst heftig erschrocken. Doch sie ließ sich nichts anmerken und bat die Kleine, das eben Gesagte nochmals zu wiederholen. Sie meinte, es zuerst nicht richtig verstanden zu haben. Aber dem war nicht so.

Für eine Weile war es still im Zimmer. Claudias Mutter musste zunächst nachdenken. Sie wollte etwas erwidern, ließ es aber sein und schrieb den Wunschzettel. Claudia wartete geduldig, bis sie fertig war. Doch dann erkundigte sie sich, ob auch ihr Absender nicht vergessen worden war und was für eine Anschrift auf dem Briefumschlag stand.

»Auf dem Kuvert steht ganz einfach nur: ›An das Christkind‹. Und eine Briefmarke brauchen wir auch nicht, das himmlische Postamt kennt keine Gebühren. Ich lege den Umschlag gleich vor das Fenster und beschwere ihn, damit er nicht weggeweht wird, mit einem großen Kieselstein.«

Nachdem dies erledigt war, erloschen auch in dem kleinen Häuschen am Rande der Stadt die Lichter. Claudias Mutter war bald darauf eingeschlafen, sie hatte einen langen und anstrengenden Tag hinter sich und brauchte dringend ihre Ruhe.

Nur Claudia konnte noch nicht schlafen. Zu sehr war sie mit dem Gedanken beschäftigt, was jetzt aus ihrem Wunschzettel werden würde. Ob der himmlische Bote schon heute Nacht vorbeikommen würde? Oder erst in einer der folgenden Nächte? Oder …, und bei diesem Gedanken erschrak sie heftig, war er vielleicht schon vor Tagen vorbeigekommen? Doch dann beruhigte sie sich wieder. Es war ja erst der zweite Dezember, da war noch genügend Zeit bis Weihnachten. Und mit diesem Gedanken schlief auch sie ein.

Die Tage vergingen wie jedes Jahr vor Weihnachten für die Erwachsenen viel zu schnell, für die Kinder dagegen viel zu langsam. Claudia glaubte fest an die Erfüllung ihres Weihnachtswunsches. Doch mit jedem Tag, der verging, ohne dass der Brief abgeholt wurde, schwanden auch ihre Hoffnungen. Immer gleich nach dem Aufstehen schlich sie zum Fenster, öffnete es vorsichtig und tastete erwartungsvoll mit ihren Fingern zur Ecke des Fenstersimses, wo der steinbeschwerte Umschlag lag. Von Tag zu Tag war die Enttäuschung größer, wenn sie wieder das Kuvert erfühlte und feststellte, dass der Brief noch in seiner Ecke lag.

Ihrer Mutter tat es jedes Mal in der Seele weh, wenn die Kleine dann ganz niedergeschlagen sagte: »Mein Wunschzettel liegt immer noch an seinem Platz.« Sie machte sich nun Vorwürfe, dass sie ihre Tochter durch die Erzählung auf den Gedanken gebracht hatte, einen Wunschzettel vor das Fenster zu legen. Immer wieder versuchte sie deshalb, die euphorischen Erwartungen ihrer Kleinen mit dem Hinweis zu dämpfen, dass nicht alle Wünsche in Erfüllung gehen könnten. Insgeheim beschloss sie auch, den Brief in den nächsten Tagen selbst zu entfernen, weil sie den Wunsch ihrer Tochter nicht erfüllen konnte.

Doch dazu kam sie nicht mehr! Der Briefumschlag war plötzlich verschwunden und Claudia war überglücklich. Sie glaubte fest daran, dass ihr Wunsch nun erfüllt werden würde. Was war geschehen?

Als sie am Morgen, wie jeden Tag, nach dem Kuvert getastet hatte, musste sie etwas zu hastig gewesen und dabei mit ihren kleinen Händchen an den Stein gestoßen sein, so dass dieser nicht mehr vollständig auf dem Schreiben lag. Kurze Zeit später setzte dann leichter Schneefall ein und ein heftiger Wind fegte durch die Straßen und um die Hausecken. Da passierte es dann zwangsläufig: Ein kräftiger Windstoß riss den Umschlag mit Inhalt aus seiner lockeren Verankerung und wehte ihn in Richtung Straße. Zunächst blieb er an einem Zweig des bereits kahlen Haselstrauches hängen, wurde aber dann von einer erneuten Windböe erfasst und weitergetrieben. Er wirbelte zuerst hoch, dann seitwärts, danach wieder nach unten, bis er schließlich mitten auf die nasse Windschutzscheibe eines vorbeifahrenden Autos klatschte und dort hängen blieb.

Der Fahrer des schweren Wagens war zunächst heftig erschrocken und fluchte dann laut über die »Sauerei«, die sich da wie eine Krake an seiner Frontscheibe festgesaugt hatte. Zornig schaltete er den Scheibenwischer ein, um die lästige Sichtbehinderung abzustreifen. Doch das gelang ihm nur teilweise. Die Scheibenwischer schoben das Kuvert zuerst in die Mitte und drückten es anschließend nach unten in die Wischermulde. Die Sicht war wieder frei und der Wagen fuhr nun zügiger in Richtung Innenstadt. Als der Fahrer dann etwas später an einer Verkehrsampel anhalten musste, stieg er aus, holte den inzwischen völlig deformierten Brief aus seinem Versteck und warf ihn mit einer zornigen Geste weit von sich.

Es hätte das Ende von Claudias Wunschzettel sein können, doch das Schicksal wollte, dass er gelesen wurde! Der Papierknäuel flog einem an der Ampel wartenden Schüler direkt an den Kopf. Überrascht bückte er sich, er wollte wissen, was ihn da soeben getroffen hatte. Als er dann das zerknüllte Schriftstück in Händen hielt, blickte er es verdutzt an und wusste zunächst nicht, was er davon halten sollte. Doch dann sah er, dass das Papier beschrieben war, und wurde neugierig. Er glättete das Kuvert und entzifferte zu seiner Verwunderung die Anschrift ›An das Christkind‹. »Nanu, was ist denn das für ein seltsamer Brief. Ich bin doch nicht das Christkind! Ist mir der eben gar von oben herab auf den Kopf gefallen?«

Neugierig öffnete er den Umschlag, nahm das Schreiben heraus und begann zu lesen. Es war nicht ganz einfach, alles zu entziffern, zu sehr war das Papier zerknittert und stellenweise auch etwas aufgeweicht. Doch schließlich gelang es ihm und nach kurzer Zeit hatte er die wenigen Zeilen gelesen.

Wunschzettel

Liebes Christkind, ich bin oft so alleine, weil Mutter arbeiten muss und ich blind bin. Bitte hilf mir und schenke mir zu Weihnachten ein Tier, damit ich jemanden habe, mit dem ich spielen und reden kann.

Claudia ....

Verwundert und ungläubig schaute er immer wieder auf den Zettel in seinen Händen, drehte ihn hin und her und steckte ihn schließlich in seine Tasche. Irgendetwas veranlasste ihn, das Schreiben nicht gleich wieder wegzuwerfen. Es war seine innere Stimme, die ihn aufforderte, das soeben Gelesene ernst zu nehmen. Gedankenverloren machte er sich auf den Weg zur Schule. Später während des Unterrichtes, sie hatten gerade Religion, fiel Jochen der Wunschzettel wieder ein. Einer spontanen Eingebung folgend, zeigte er ihn kurzerhand seinem Lehrer und erzählte ihm von seinem Fund.

Der war zunächst genauso überrascht. Doch dann meinte er, und ein geheimnisvolles Leuchten spiegelte sich dabei in seinen Augen: »Wenn das der Wahrheit entspricht, was da geschrieben steht, dann ist das ein Hilferuf, den wir ernst nehmen sollten. Ein Hilferuf einer einsamen Kinderseele. Kommt doch alle einmal nach vorne und seht, was Jochen da gefunden hat. Schaut euch die Zeilen an und sagt mir eure Meinung dazu.«

Die spontane Aufforderung des Lehrers wurde begeistert angenommen und neugierig kamen alle heran und drängten sich um den Schreibtisch. Jetzt wurde heftig diskutiert, Meinungen und Gegenmeinungen wurden geäußert, Vorschläge gemacht und wieder verworfen. Das ging eine ganze Weile so, bis der Lehrer wieder das Wort ergriff, für Ruhe sorgte und meinte: »Halt, so kommen wir nicht weiter! Wir haben ja noch Zeit und deshalb schlage ich vor: Ihr macht euch in Ruhe zu Hause Gedanken darüber und schreibt sie auf. Dann können wir uns das nächste Mal eingehender damit beschäftigen. Ich selbst werde inzwischen überprüfen, ob es sich bei dem Fall um eine glaubwürdige Situation handelt oder ob das Ganze nur ein übler Scherz ist. Schließlich wollen wir helfen und uns nicht lächerlich machen. Es wäre nicht das erste Mal, dass so etwas geschieht und mit dem Unglück anderer Schindluder getrieben wird.«

Eine Woche später ging es wieder heiß her im Religionsunterricht. Der Lehrer berichtete zunächst von seinen Erkundigungen, die er inzwischen eingeholt hatte, und fuhr dann mit seinem Bericht fort: »Auch mit der Mutter des blinden Mädchens habe ich gesprochen. Zunächst war sie natürlich ganz überrascht, als sie hörte, wo der Wunschzettel ihrer Tochter gelandet ist. Es war ihr äußerst peinlich, dass nun so viele Menschen davon erfahren haben. Sie meinte, es wäre ein Fehler gewesen, die Adresse anzugeben. Ich habe sie beruhigt und ihr, euer Einverständnis vorausgesetzt, versichert, dass wir die Anschrift nicht weitergeben werden. Mutter und Tochter leben ziemlich zurückgezogen in einer kleinen, bescheidenen Mietwohnung am Stadtrand. Ich habe den Eindruck gewonnen, dass das kleine Mädchen sich liebend gerne draußen in der Natur aufhalten würde. Sie liebt die Blumen über alles und ihr Geruchssinn scheint besonders ausgeprägt zu sein. Immer wenn ihr Näschen wieder etwas Neues erschnuppert hat, bleibt sie stehen und erkundigt sich, was das sei. Dann geht sie in die Hocke, beugt sich vorsichtig der Pflanze entgegen und versucht, sie sanft zu berühren. Ihre Mutter erzählte mir, dass sie die vielen verschiedenen Düfte von Wiesen, Wald, Wasser und den zahlreichen Kulturen auf den angrenzenden Äckern beinahe magisch anziehen. Wann immer sie Zeit hat, geht sie mit Claudia hinaus ins Freie. Doch dafür hat sie als Alleinerziehende nicht oft Gelegenheit. Es wäre schön, wenn einige von euch dem Mädchen ab und an ein wenig Zeit schenken könnten, um mit ihr einen Flurgang zu unternehmen. Denkt daran: Zeit ist das größte Geschenk, das man einem Menschen machen kann. Ich denke, ihr stimmt mit mir überein, dass wir hier helfen werden und dem blinden Mädchen eine tolle Weihnachtsüberraschung bereiten. Doch nun möchte ich eure Meinungen und eure Vorschläge hören.«

Die Schüler hatten mit wachsendem Interesse dem Bericht ihres Religionslehrers gelauscht. Nun sollten sie alle ihre Gedanken hierzu äußern und zwar beginnend von der letzten Reihe. Doch bereits der erste Junge, es war Peter, schaute etwas verlegen in die Runde und meinte kleinlaut: »Ich habe es vergessen, tut mir leid.«

Er war nicht der Einzige in der Klasse, auch andere hatten nicht mehr an Claudias Wunschzettel gedacht oder sie hatten es doch für einen Scherz gehalten. Aber es gab auch einige, die sich ernsthaft Gedanken darüber gemacht hatten. Vor allem von Seiten der Mädchen kamen gut gemeinte Vorschläge. So wollte Klara ihren Hamster verschenken, Carmen ihren kleinen Hasen, Ronja ein Meerschweinchen und so ging es weiter. Eine ganze Zoohandlung hätte man damit bestücken können, so viele Tiere kamen da zusammen.

Nun wollten auch diejenigen, die sich bisher keine Gedanken gemacht hatten, etwas beitragen. Peter meldete sich zu Wort und meinte: »So geht das nicht. Wenn Klara ihren Hamster verschenkt oder Ronja eines ihrer Meerschweinchen, dann haben die anderen nichts dazu beigetragen und wir wollen doch alle auch mithelfen. Ich schlage deshalb vor, wir sammeln Geld und kaufen davon dem blinden Mädchen gemeinsam ein Tier, auf das wir uns noch einigen müssen.«

»Das ist kein schlechter Vorschlag, Peter, ich denke, das wird das Vernünftigste sein, wenn wir so vorgehen«, wurde er gelobt. Als dann die sonst so zurückhaltende Margit einen weiteren, präzisen Vorschlag gemacht hatte, waren alle begeistert. Ihr Lehrer griff die Idee sofort auf und verkündete: »Jawohl, so machen wir es! Aber das wird nicht ganz billig werden, das kostet viel Geld. Also gehen wir sammeln. Zunächst werde ich die Idee im Lehrerkollegium vortragen und ich hoffe, dass wir dort offene Türen einrennen und die gesamte Schule sich dieses Projektes annimmt. Wenn dann alle Schüler in ihrem Elternhaus, bei Verwandten und Bekannten sammeln gehen, erreichen wir bereits über 1.000 Menschen.«

»Wir können es auch noch in der örtlichen Presse veröffentlichen«, begeisterte sich nun auch Dieter, dessen Vater als freier Journalist bei der regionalen Tageszeitung tätig war.

»Aber ohne Claudias Adresse«, kam die Einwendung von Jochen aus der vorderen Reihe.

Plötzlich waren alle von dem Vorhaben begeistert. Es schien, als ob die Hilfsbereitschaft und Nächstenliebe die ganze Schulklasse ergriffen hatte.

Die Sammelaktion wurde ein voller Erfolg. Die Schüler waren freudig überrascht, wie bereitwillig die Menschen spendeten, sobald sie den konkreten Grund dazu erfuhren. Die Schüler sammelten nicht nur in den Schulen und auf den Straßen der Stadt. Sie gingen auch in die Kaufhäuser, Banken und Geschäfte. Es kam weit mehr Geld zusammen, als sie gedacht hatten. Die Schüler konnten voller Stolz ihrem Lehrer einen größeren Betrag übergeben. Dieser Erfolg hatte ganz nebenbei auch seine positiven Auswirkungen auf die Schulklasse. Ein bisher nicht gekanntes »Wir-Gefühl« war plötzlich bei den Schülern zu beobachten. Sie hatten die positive Erfahrung gesammelt, dass man gemeinsam viel mehr erreichen kann als ein Einzelner. Und sie hatten sich mit dieser Aktion selbst eine große Weihnachtsfreude beschert. Dass Schenken mehr Freude bereiten kann als selbst beschenkt zu werden, das war auch eine der neuen Erkenntnisse, die sie mit dieser mit viel Liebe und Hilfsbereitschaft durchgeführten Spendensammlung erfahren durften. Die Mittel standen zur Verfügung. Jetzt hieß es, das geplante Vorhaben auch in die Tat umzusetzen. Das aber war in der Kürze der Zeit gar nicht so einfach. Doch auch hier fand man schließlich einen gangbaren Weg.

Weihnachten rückte immer näher und Petrus schien guter Laune zu sein. Es hatte den Anschein, als ob er sich mit Frau Holle eine »Kissenschlacht der himmlischsten Art« liefern würde. Dabei flogen dort oben vermutlich nicht nur viele Kissen, sondern gar ganze Bettdecken hin und her, denn es schneite so heftig wie schon lange nicht mehr um diese Jahreszeit. Das Ganze dauerte mit einigen kurzen Unterbrechungen fast zwei Tage. Jetzt lag so viel von der weißen Pracht über dem Land, dass sie für einige, vor allem für die Autofahrer, zum Hindernis wurde.

Claudia war mit ihrer Mutter vor dem Haus und verfolgte aufmerksam die Geräusche, die um sie herum zu hören waren. Die Kratzgeräusche der Schneeschaufel, mit der ihre Mutter den Zugang von der Straße zum Haus freischaufelte, waren ihr vertraut. Ebenso der Lärm, der von der Straße herüberdrang. Doch ihr feines Gehör vernahm auch das leise Piepsen der Vögel, die jetzt bei Schnee und Kälte auf der Suche nach Futter umherflogen. Sie mochte die kleinen Piepmätze und hörte ihnen gerne zu. Sobald sie wieder eine neue Vogelstimme vernahm, musste ihr die Mutter das Tierchen beschreiben. Wie gerne hätte sie die kleinen Vögel gesehen oder gar gestreichelt. Doch Letzteres war bei den scheuen Tieren nicht möglich.

»Vielleicht bekomme ich mal einen Wellensittich oder einen Kanarienvogel«, dachte sie gerade, als ein ihr unbekannter Piepston vom Haselstrauch herübertönte. Dabei musste sie wieder an ihren Wunschzettel denken und spontan kam ihre Frage: »Kommt das Christkind dieses Jahr mit dem Schlitten, wo es jetzt so viel geschneit hat?«

Ihre Mutter stellte die Schneeschippe an die Gartentüre, stützte beide Hände auf ihre Hüften und bog ihren Oberkörper nach hinten. Das Kreuz tat ihr weh! Der Schnee lag hoch, war recht nass und schwer, es war eine harte und ungewohnte Arbeit für sie. Ihre Gedanken kreisten gerade mal wieder um die Sorgen des täglichen Lebens. Claudias Frage kam für sie so überraschend, dass sie sich erst überlegen musste, was sie darauf antworten sollte. Sie hatte Angst vor dem morgigen Weihnachtstag. Der unerschütterliche Glaube der Kleinen an die Erfüllung ihres Wunsches sollte doch nicht enttäuscht werden.

»Da habe ich ja was angestoßen, hoffentlich geht das gut aus«, murmelte sie vor sich hin, als plötzlich der Briefträger förmlich zur Gartentüre hereingeschneit kam.

Claudia vernahm die fremden Geräusche, noch bevor dieser seinen Gruß aussprach, und erkundigte sich: »Wer ist da gekommen, Mama? Ich habe Schritte gehört.«

»Es ist der Briefträger, vielleicht bekommen wir heute Weihnachtspost«, gab diese zur Antwort. Doch dann dämpfte sie sogleich ihre hoffnungsvollen Erwartungen: »Aber ich wüsste nicht, wer uns denn schreiben sollte.«

Und so war es auch! Es waren keine Weihnachtsgrüße, es war wieder einmal eine Rechnung, die ihr da noch vor dem Fest zugestellt wurde. Mit einem bitteren Unterton in ihrer Stimme machte sie ihrer Enttäuschung Luft: »Das ist die harte Realität in unserer heutigen Geschäftswelt, die nehmen keine Rücksicht mehr, nicht einmal zu Weihnachten.«

Wütend schnappte sie sich ihre Schaufel und der Schnee flog in hohem Bogen zur Seite. Claudias Frage blieb, zumindest vorerst, unbeantwortet. Die Kleine spürte instinktiv die knisternde Atmosphäre und gab sich selbst die Antwort: »Ganz bestimmt kommt das Christkind mit dem Schlitten! Was bleibt ihm sonst auch anderes übrig, bei dem tiefen Schnee. Aber es kommt bestimmt, das weiß ich ganz genau.«

Und dann war er da, der langersehnte Heilige Abend. Claudia stand ganz verzückt vor dem kleinen, ganz einfach geschmückten, aber trotzdem wunderschönen Weihnachtsbäumchen. Sachte glitten ihre Finger über die kleinen Zweige, es hatte den Anschein, als ob sie jede einzelne Fichtennadel ertasten wollte. Jede Kleinigkeit wurde vorsichtig untersucht und erkundet. So verschaffte sie sich ein Bild von dem Bäumchen, das sich fest in ihrem Inneren einprägte. Glückstrahlend kniete sie sich nieder und setzte sich dann neben die Fichte. Ihre Finger tasteten an dem Elektrokabel entlang, bis sie den kleinen Kippschalter fühlte. Nachdem sie die Kerzen angeknipst hatte, rief sie ihre Mutter herein und meinte ganz stolz: »Sieht er heute nicht wunderschön aus, unser kleiner Christbaum? Mama, setz dich bitte zu mir und singe mir einige von den schönen Weihnachtsliedern vor, die höre ich so gerne.«

Doch plötzlich spitzte sie die Ohren und lauschte. Ihr feines Gehör hatte Geräusche vernommen, die von draußen zu kommen schienen. Jetzt hörte es auch ihre Mutter. Vor dem Haus waren viele Stimmen zu vernehmen, die, immer lauter werdend, näher zu kommen schienen.

Entgegen ihrer sonst ruhigen Art war Claudia mit einem Satz auf den Beinen und rief: »Horch doch, Mama, das Christkind kommt!«

»Aber Kleines, das ist doch nicht das Christkind, das macht nicht so einen Lärm, das kommt eher unbemerkt.«

Nein, es war auch nicht das Christkind, das da draußen nahte. Es waren viele kleine Engel. Engel in Gestalt von Schülern, die Freude bereiten wollten. Fast die gesamte Schulklasse stand mit ihrem Religionslehrer vor dem Haus. Claudia und ihre Mutter waren völlig überrascht. Sprachlos blieben sie Hand in Hand vor der Haustüre stehen. Plötzlich trat Stille ein, eine Gitarre gab den Ton vor und dann stimmten sie alle aus voller Kehle mit ein. Das schönste aller Weihnachtslieder: »Stille Nacht, Heilige Nacht« erklang, wunderschön vorgetragen sandten die Stimmen der Schüler die frohe Weihnachtsbotschaft in die aufziehende Winternacht. Ganz aufgeregt, die Hand ihrer Mutter umklammernd, stand das kleine blinde Mädchen da und starrte verzückt, mit offenem Mund in die Runde. Auch wenn sie nicht sehen konnte was sich da vor ihr abspielte, sie spürte die Nächstenliebe, die ihr die Kinder entgegenbrachten, und sie lauschte ganz entrückt dem schönen Lied.

Die Klassensprecherin trat vor und verkündete die Überraschung: »Uns wurde ein Wunschzettel von Claudia zugestellt, deshalb sind wir heute gekommen, um ihren Weihnachtswunsch zu erfüllen.«

Die Schüler bildeten eine Gasse und machten Platz für Jochen, der nun mit einem kleinen Bündel im Arm nach vorne kam. Claudia war ganz aufgeregt, sie stand noch immer mit offenem Mund neben ihrer Mutter und konnte nichts sagen. Jochen ging zu ihr und sprach sie an: »Liebe Claudia, das ist unser Weihnachtsgeschenk. Hier in der Wolldecke haben wir einen kleinen Hund für dich. Es ist noch ein Welpe von gerade mal neun

Wochen, aber es wird einmal ein Blindenführhund sein, wenn er erwachsen und ausgebildet worden ist. Es soll dein Kamerad sein, der dich später sicher führen und begleiten wird. Und weil die Ausbildung und Versorgung eines Blindenführhundes nicht ganz billig ist, haben wir gesammelt, damit alle Unkosten nebst Futter für die nächsten Jahre bezahlt werden können. Dafür übergeben wir deiner Mutter einen Ausbildungsgutschein und einen Scheck.«

Mutter und Tochter waren gerührt und sprachlos. Sie brachten zunächst kein Wort heraus. Die Schüler schauten erwartungsvoll, sie warteten gespannt auf die Reaktion der beiden. Wie würde ihre Überraschung ankommen? Es herrschte eine geheimnisvolle Stille, die nicht zu enden schien.

Doch dann brach das Eis mit einem Schlag! Ein leises Wimmern ertönte plötzlich aus der Wolldecke heraus, das Geschenk selbst meldete sich zu Wort. Ein kleines Näschen schob sich vorsichtig aus der Umhüllung und schnupperte in die kalte Winternacht. Es hatte den Anschein, als ob dem kleinen Hund das Versteckspiel jetzt zu lange dauerte und er nachschauen wollte, wo er nun eigentlich hingebracht worden war.

Claudia streckte verzückt ihre Arme aus und Jochen legte ihr das Bündel hinein. »Danke, vielen, vielen Dank! Mama, siehst du, ich hatte recht, mein Weihnachtswunsch ist in Erfüllung gegangen. Wie sieht er denn aus, der kleine Hund? Was hat er für eine Farbe, und ist es ein Mädchen oder ein Junge?«

Nun fand auch Claudias Mutter ihre Sprache wieder, bedankte sich und bat alle ins Haus. Es wurde eng, sehr eng in der kleinen Wohnung, aber irgendwie fanden sie alle ein Plätzchen. Für Claudia ging ein Traum in Erfüllung. Sie hielt ihren kleinen Hund den ganzen Abend über in ihren Armen und malte sich in Gedanken ihre Zukunft aus. Sie freute sich schon jetzt darauf, bald mit ihrem Gefährten durch Felder und Fluren streifen zu können.

Es wurde ein wunderschöner, auch für die Schüler unvergesslicher Abend, an dem sie erfahren durften, dass man sich selber beschenkt, wenn man anderen eine Freude bereitet.

Wenn Mitgefühl und aktive Hilfe sich verbinden, dann entsteht Nächstenliebe, die den Menschen den Frieden auf Erden wieder etwas näher kommen lässt.

Der Weihnachtsesel

Schicksalhafte Begegnungen in Heidelberg

Der Nebel lag bleiern über dem Neckartal und hüllte alles in ein schmuddeliges, tristes Grau. Die Sonne hatte an diesem Vorweihnachtstag keine Chance. Sie blieb, wie schon am Tage zuvor, hinter den Wolken. Es wehte kein Lüftchen und doch hatte man das Gefühl, heute einer besonderen Kälte ausgesetzt zu sein. Bei diesem Wetter hätte man vermuten können, es ziehe die Menschen nicht hinaus ins Freie, sondern in ihre warmen Wohnungen. Doch das Gegenteil schien der Fall zu sein, ich hatte den Eindruck, dass gerade heute besonders viele Menschen unterwegs waren. Zumindest hier in der Innenstadt von Heidelberg war das zutreffend. Das einzigartige Flair der Altstadt mit seinem wunderbaren Weihnachtsmarkt verzaubert die Besucher immer wieder und versetzt jeden, der sich innerlich darauf einlässt, in eine erwartungsfrohe, vorweihnachtliche Stimmung. Warum ich mir gerade diesen trübseligen Tag ausgesucht hatte, um in die Stadt zu fahren, weiß ich heute nicht mehr. Vermutlich hatte ich vorher keine Zeit, doch dann mahnte das bevorstehende Fest, endlich noch die letzten Geschenke zu besorgen. Bei der Fahrt durch den Nebel nahm ich mir wieder einmal vor, im nächsten Jahr meine Weihnachtseinkäufe doch etwas früher zu erledigen.

Das Auto hatte ich auf dem Parkplatz an der Layergasse abgestellt und schlenderte nun in Richtung Alte Brücke. Beim Brückentor angekommen, verlangsamte ich meine Schritte, blieb stehen und meine Augen versuchten wie von selbst, das weltberühmte Panorama des Heidelberger Schlosses zu erblicken. Doch das war heute nicht möglich, der Nebel war einfach zu dicht. Das Schloss blieb wie hinter einem geheimnisvollen Schleier verborgen. Gerade als ich mich entschlossen hatte, in die enge Steingasse einzubiegen, um zur Heiliggeistkirche zu gelangen, hörte ich einen eigenartigen Laut. Ein mehrfach unterbrochener, seltsamer Ton erklang von der Alten Brücke herüber. Unwillkürlich blieb ich stehen und schaute zurück. Aber ich konnte zunächst nichts erkennen. Dann tauchten plötzlich aus dem Grau des Nebels zwei Gestalten auf, die sofort meine ganze Aufmerksamkeit auf sich zogen. Voraus ging ein großer, kräftiger Mann. Sein leicht nach vorne gebeugter Oberkörper vermittelte unwillkürlich den Eindruck, als ob er eine schwere, unsichtbare Last mit sich herumschleppen würde. Er war mit einem langen, schäbigen Mantel bekleidet, dem man sein Alter ansah. Einen ebenso abgetragenen großen Schlapphut trug er auf dem Kopf, die Krempe weit ins Gesicht gezogen. Dagegen schienen die Wanderstiefel, in denen seine Füße steckten, noch neueren Datums zu sein. Von seinem Gesicht war nicht viel zu erkennen und doch schien es mir, als ginge von diesem seltsamen Fremden eine geheimnisvolle Aura aus. Als er an mir vorüberschritt, erblickte ich nun auch den Verursacher des unerklärlichen Lautes von vorhin. Ein kleiner grauer Vierbeiner, ein junger Esel, trottete hinter dem Fremden her. Über seinem Rücken hing ein halbgefüllter Jutesack, dem Anschein nach mit etwas Heu beladen. Willig folgte das Eselchen seinem Herren, es sah aus, als ob es des derben Strickes nicht bedurft hätte, an dem es geführt wurde. Es war ein schönes Bild und ich musste unwillkürlich an den Stall von Bethlehem denken.

»Ob die beiden zum Weihnachtsmarkt gehen, um die Geschichte von vor 2.000 Jahren nachzustellen?« Diese Frage kam mir spontan in den Sinn. Doch kaum, dass ich diesen Gedanken aufgegriffen hatte, da waren sie auch schon hinter der Hausecke in Richtung Fischergasse verschwunden. Am liebsten wäre ich dem biblischen Paar nachgelaufen, doch dann besann ich mich auf mein Vorhaben und ging hinauf zur Altstadt.

In den Fußgängerzonen, besonders auf der Hauptstraße, herrschte bereits am Vormittag dichtes Gedränge. Für mich ein ungewohntes Bild. Es war gerade das Gegenteil von meinem kleinen, beschaulichen Heimatort, wo man heute bei diesem ungemütlichen Nebelwetter bestimmt keine drei Menschen traf, nicht einmal, wenn man durchs ganze Dorf gehen würde. Scheinbar war ich nicht der Einzige, der so kurz vor den Festtagen seine Geschenke nicht beisammen hatte. Hinzu kamen noch die vielen Touristen aus aller Welt, die den besonderen Zauber des Heidelberger Weihnachtsmarktes einzufangen versuchten.

Der Vormittag war schon längst vorüber und ich hatte immer noch nicht alles erledigt. Doch nach einem kurzen Blick auf meine Einkaufsliste atmete ich erleichtert auf. Es fehlten nur noch die zwei Märchenbücher für meine Enkelinnen. Also schnell weiter und in die Buchhandlung Schmidt u. Hahn in der Hauptstraße, dann hatte auch ich noch etwas Zeit, mich der vorweihnachtlichen Stimmung hinzugeben. Als ich eine Stunde später, ich hatte wieder einmal viel zu lange in dem Buchladen gestöbert, ins Freie trat, erinnerte mich mein Magen unmissverständlich an meine Selbsterhaltungspflicht. Ein warmer Eintopf mit Würstchen, das war jetzt bei der Kälte gerade das Richtige. Später wollte ich dann auf dem Heimweg noch in ein gemütliches Kaffeehaus gehen und bei einem Cappuccino nebst einem leckeren Kuchen den schönen Tag ausklingen lassen. Aber es kam alles ganz anders, als ich es geplant hatte.

Meine Einkäufe hatte ich inzwischen im Wagen verstaut und wollte zurück zum Marktplatz. Gerade als ich an der Heiliggeistkirche vorüberging, hörte ich wieder den unverwechselbaren Schrei eines Esels. Überrascht blieb ich stehen und da sah ich sie auch schon vor mir. Es war das ungleiche Paar vom Vormittag, der geheimnisvolle Fremde und sein kleines Eselchen. Sie standen dicht beieinander, inmitten vieler Menschen. Der Mann hatte seinen linken Arm um den Hals des Tieres gelegt und drückte es an sich. Es sah aus, als wollte er den kleinen Grauen beschützen. In der anderen Hand hielt er eine Sammelbüchse, mit der er von Zeit zu Zeit durch kräftiges Schütteln auf sein Begehr aufmerksam machte. Ein Bettler also! Das hatte ich am Vormittag bei unserer ersten Begegnung nicht vermutet. Gewiss, der schäbige Mantel ließ den Fremden nicht gerade wie einen wohlhabenden Herren aussehen. Oder gehörte er vielleicht zu einem verarmten Zirkus, der um seine Existenz kämpfte und dafür auf die Straße ging? Ich wusste auch nicht genau, warum, aber der geheimnisvolle Mann hatte sofort mein Interesse geweckt. War es nur Anteilnahme, Mitleid, oder steckte gar Neugierde an einem unbekannten Schicksal dahinter? Auch das kleine Eselchen rührte mich an. Geduldig stand es neben seinem Herrn, ließ den Kopf etwas hängen und schmiegte sich an ihn wie ein treuer Hund. Die Haltung des kleinen Eselchens ließ in mir Bilder der Weihnachtsgeschichte wach werden: Dort im Stall von Bethlehem vor 2.000 Jahren war auch ein Esel dabei und erlebte die Geburt von Jesus, die unsere Welt verändern sollte. Und 33 Jahre später war wieder ein Esel ein treuer Begleiter und trug ihn auf seinem letzten Weg nach Jerusalem. Dies und noch einiges mehr ging mir durch den Kopf, während ich, inmitten des pulsierenden Vorweihnachtstrubels stehend, meinen Gedanken freien Lauf ließ.

Plötzlich wurde ich unsanft in die Wirklichkeit zurückgeholt. Ein heftiger Rempler an meiner Schulter und ein »Oh Pardon, ich habe Sie nicht gesehen« zeigten mir deutlich, dass ich am falschen Platz stehen geblieben war.

»Bitte, es ist ja nichts passiert«, murmelte ich dem Davoneilenden nach und ging langsam zu dem Bettler hinüber. Meine höfliche Begrüßung schien ihn etwas zu überraschen. Er nahm seine Hand vom Hals seines grauen Begleiters und schob sich die Hutkrempe aus dem Gesicht. Zwei wunderschöne, stahlgraue Augen sahen mich durchdringend an und mit einer angenehmen, einfühlsamen Stimme gab er seiner Verwunderung Ausdruck:

»Das passiert mir nicht so oft, dass ich so liebevoll begrüßt werde. Wissen Sie, unseresgleichen ist es gewohnt, nicht bemerkt zu werden. An uns gehen die meisten oft achtlos vorüber, wir passen einfach nicht in die ach so heile, schöne Glitzerwelt der Menschen.«

Noch immer gefesselt von seinem klaren Blick, hörte ich, wie er weitersprach: »Wenn ich meinen lieben kleinen Esel nicht hätte, ich glaube, ich würde nicht hier stehen. Ihm habe ich es hauptsächlich zu verdanken, dass es ab und zu hier in meiner Sammelbüchse klimpert. Sie sind einer der wenigen, die zuerst den Menschen und dann das Tier sehen. Meistens ist es nämlich umgekehrt.«

Seine Worte gaben mir zu denken und ich wurde das Gefühl nicht los, dass dieser Mann schon bessere Zeiten erlebt hatte. Irgendetwas musste ihn aus der Bahn geworfen haben. Der bittere Unterton in seiner Stimme festigte in mir die Vermutung, dass seiner Seele tiefe Wunden zugefügt worden waren. Jetzt wollte ich natürlich noch mehr erfahren, aber ich musste vorsichtig sein. Deshalb widmete ich zunächst meine Aufmerksamkeit dem kleinen Esel, kraulte ihn zwischen seinen langen Ohren und strich ihm über sein dichtes Winterfell.

»Das ist tatsächlich ein wunderschönes Tier, das muss man einfach gern haben. Wenn man es so dastehen sieht, in seiner demütigen Haltung, dann kann man verstehen woher das Sprichwort von der Eselsgeduld kommt.«

»Sie lieben Tiere?«

Seine Frage kam für mich etwas überraschend, dabei schaute er mich wieder so eigenartig an, dass ich mir meine Antwort erst überlegen musste:

»Ja, ich bin mit Tieren groß geworden, wir hatten früher einen Bauernhof: Pferde, Kühe, Schweine, Hühner und sogar ein paar Bienenvölker. Nur einen Esel, den gab es nicht auf unserem Hof, das war ich manchmal selber«, versuchte ich zu scherzen. Doch darüber musste der Bettler nicht lachen. Er verzog nicht einmal sein Gesicht und mit unverkennbar herber Bitternis in seiner Stimme erwiderte er trocken:

»Aber bestimmt nicht ein so großer Esel, wie ich einer war.«

Da war es wieder. Ich spürte sofort, wie der Schmerz in seiner Seele versuchte, sich mit diesen Worten Luft zu verschaffen. Was hatte diesen Menschen so verletzt? War er vielleicht dadurch zum Bettler geworden?

Eine ältere Dame kam herbei, liebkoste das Eselchen, kramte aus ihrer Handtasche eine Geldbörse hervor und warf wortlos eine Münze in die Büchse. Dann eilte sie weiter.

»Vergelt's Gott«, rief ihr der Bettler nach, dann meinte er, zu mir gewandt: »Sehen Sie, das habe ich vorhin gemeint, so läuft das meistens ab: Zuerst das Tier, und wenn ich Glück habe, noch einen Groschen für mich. Der Mensch dahinter, oder gar sein Schicksal, das interessiert niemanden, unsere Welt ist kalt geworden!«

Mit diesen herben Worten hatte er mir unbewusst eine Steilvorlage gegeben, die ich auch sofort aufnahm: »Sehen Sie das nicht etwas zu pessimistisch? Natürlich gibt es Menschen, die kalt und eigennützig nur ihrem Vorteil nachstreben. Aber es gibt auch noch viele, die für andere etwas übrighaben und gerne helfen, wenn sie deren Not kennen. Zu diesen zähle auch ich mich, deshalb würde ich gerne Ihre Lebensgeschichte erfahren. Mich interessiert zum Beispiel, warum Sie hier stehen und betteln müssen, ob Sie gar obdachlos sind und wie Sie zu dem wunderschönen Esel gekommen sind.«

Er schaute mich verblüfft an und überlegte einen Augenblick. Dann nickte er wie zustimmend mit dem Kopf und begann, was gar nicht zu seiner angenehmen Stimme passte, etwas stockend zu erzählen. Zunächst berichtete er über seinen beruflichen Lebensweg. Als gelernter Gärtner war er nach seiner Ausbildung in einem Gartenbaucenter einer großen Handelskette beschäftigt gewesen. Mit seinem Verdienst war er zufrieden, damit konnte er gut leben. Dann hatte er eine wunderbare Frau kennengelernt, geheiratet und war glücklich gewesen. Zwei Jahre später war ihr Töchterchen zur Welt gekommen, es schien eine sehr schöne Zukunft vor ihnen zu liegen. Doch dann schlug das Schicksal grausam zu. Bei einem unverschuldeten Verkehrsunfall hatte er Frau und Tochter verloren, sie hatten keine Chance, sie waren sofort tot. Verzweifelt versuchte er, gegen das wahnsinnige Gefühl der abgrundtiefen Leere und die lähmende Hilflosigkeit anzukämpfen, aber er schaffte es nicht. Dann wurde er krank, fehlte immer öfter bei seiner Arbeitsstelle und verlor schließlich seinen Job. Zwei Jahre später lernte er zufällig wieder eine Frau kennen. Eine wunderbare Beziehung begann, die in ihm wieder Hoffnung auf ein neues Leben weckte. Doch bereits nach drei Monaten beendete die wohlhabende Witwe abrupt die Verbindung. Er fiel erneut in ein tiefes Loch und irgendwann stand er dann auf der Straße. Ein alter Bekannter, der ihm zufällig über den Weg gelaufen war, hatte ihn dann regelrecht aufgelesen und mitgenommen. Jetzt wohnte er bei ihm in einem kleinen Dorf im Odenwald und betreute dessen artenreiche Hobbytierhaltung. Der kleine Esel gehörte ihm natürlich auch nicht, aber er durfte ihn, wann immer er wollte, auf seinen Bittgängen mitnehmen. Er beendete seine Ausführungen über seine Vergangenheit mit den Worten:

»So, jetzt wissen Sie, warum ich betteln muss. Es ist mir schwergefallen, diesen Weg zu gehen, aber ich bin ja nicht allein, mein lieber kleiner Esel begleitet mich. Wir zwei verstehen uns und sind inzwischen ganz gute Freunde geworden. Sein Besitzer ist deshalb fast schon eifersüchtig und hänselt uns damit, dass mir der Esel eines Tages noch zum Goldesel werden könnte.«

Des Bettlers Bericht hatte mich schockiert, er tat mir jetzt noch mehr leid. Ich überlegte, wie man ihn aus diesem Teufelskreis befreien könnte. Vorsichtig erkundigte ich mich nach seinen Zukunftsplänen. Ob er zum Beispiel nicht wieder in seinem Beruf arbeiten wolle? Er schaute mich wieder traurig an und meinte:

»Ach, Sie haben ja gar keine Ahnung davon, wie das schmerzt, wenn man ganz unten angekommen ist. Eine Arbeitsstelle bekomme ich in meinem Alter nicht mehr. Ja, wenn ich Geld hätte, könnte ich mich vielleicht als Landschaftsgärtner selbstständig machen und diverse Gartenpflegedienste anbieten. Aber wer gibt denn schon einem Habenichts ein Darlehen? Keine Bank der Welt lässt sich darauf ein und meine Bettelei ist nicht so ergiebig, dass ich dieses Vorhaben je verwirklichen könnte. Sie sehen ja selbst, wie selten es in meiner Sammeldose klimpert. Die paar Groschen brauche ich, um leben zu können.« Resigniert wandte er sich ab, schlug seinen Mantelkragen hoch und schüttelte sich. Ich hatte den Eindruck, dass er fror, und sprach ihn darauf an:

»Ist Ihnen kalt? Das würde mich auch nicht wundern bei dieser Witterung.«

»Ja«, gestand er mir sofort, »schon beim Weggehen heute Morgen fühlte ich, wie mir der kalte Nebel in die Glieder gekrochen ist. Hinzu kommt noch, dass ich einen mächtigen Hunger habe, etwas Warmes im Magen würde mir jetzt guttun.«

Spontan setzte sich mir ein guter Gedanke in den Kopf, den ich auch sogleich in die Tat umzusetzen versuchte. Kurzentschlossen drückte ich ihm einen Geldschein in die Hand und forderte ihn auf, in eine Gaststätte zu gehen und etwas Ordentliches zu essen.

Überrascht schaute er mich an und lehnte ab: »Das geht nicht, ich kann mein Eselchen doch nicht mitnehmen und irgendwo anbinden, das will ich ihm nicht antun.«

Ach ja, der Esel! An den hatte ich im Moment gar nicht gedacht. »Das ist kein Problem«, fuhr es mir heraus, »auf das Tier kann ich ja solange aufpassen, so viel Zeit habe ich schon noch.«

»Gut, wenn Sie das für mich machen würden, dann nehme ich Ihr Angebot gerne an. Als ehemaliger Bauer kennen Sie sich doch mit Tieren bestens aus. Sollte der Kleine etwas fallen lassen, in dem Sack finden Sie eine Plastiktüte und eine kleine Schaufel.«

Jetzt wurde es mir doch etwas unheimlich zumute, daran hatte ich natürlich nicht gedacht. Aber es kam noch schlimmer! Der Bettler hatte sich kaum entfernt, da drehte er sich um und kam nochmals zurück. Nichts Gutes ahnend, erkundigte ich mich:

»Ist noch etwas?«

»Ja, wir müssen die Mäntel tauschen. In Ihrem feinen Zwirn wird Ihnen keiner einen Cent geben und ich kann mich mit diesem Lumpen doch in keinem Lokal sehen lassen.« Er grinste mich entschuldigend an und ich musste ihm recht geben. Seine Argumente waren nicht zu widerlegen. Ich hatte A gesagt, also musste ich nun auch B sagen, es gab für mich kein Zurück mehr. Also tauschten wir auf offener Straße, inmitten vieler Menschen, unsere Mäntel. Es war für mich nicht einfach, ich gestehe, dass es schon einer gewissen Überwindung bedurfte, in dieses schäbige Gewand zu schlüpfen. Überrascht schaute ich dem Bettler nach, der plötzlich wie verwandelt, beinahe nobel, in der Menschenmenge verschwunden war. Kleider machen halt Leute, musste ich unwillkürlich an den bekannten Ausspruch denken und erschrak heftig, als ich nun an mir herunterblickte. Es gab keinen Zweifel; ich war, zumindest von außen betrachtet, von einer Minute auf die andere zum Bettler geworden. Auch die Blicke der vorbeieilenden Menschen bestätigten diese Verwandlung. Selbst das kleine Eselchen schien mich akzeptiert zu haben, es rieb seine Schulter an mir, als wollte es mir zeigen, dass ich jetzt zu ihm passe.

»Wie recht du doch hast, ich muss wirklich auch ein Esel sein, mich auf so etwas einzulassen.«

Doch dann gestand ich mir ein, dass es ja mein eigener Vorschlag gewesen war, ich wollte doch dem hungrigen und frierenden Bettler etwas Gutes tun. Aber ich spürte jetzt buchstäblich am eigenen Leibe, was für ein großer Unterschied es war, ob man jemandem einfach so eine Spende zukommen ließ oder ihm aktiv und hautnah unter die Arme griff.

Ich hatte mich noch nicht so richtig mit meiner neuen Identität arrangiert, da kam mir plötzlich wieder so ein schrecklicher Gedanke in den Sinn: Was, wenn der Bettler mit meinem Mantel einfach so verschwindet und nicht mehr zurückkehrt? Was mache ich dann, ich kenne ja nicht einmal seinen Namen. Doch dann sah ich seine gütig blickenden stahlgrauen Augen vor mir und ich wurde wieder ruhiger. Nein, das würde er nicht machen, da müsste ich mich schon gewaltig in ihm getäuscht haben. Außerdem hatte er mir ja die Spendenbüchse und den kleinen Esel anvertraut. Letzteren würde er bestimmt nicht im Stich lassen. Auch zehn neue Mäntel könnten ihn nicht dazu bewegen, so etwas zu tun. Er war zwar mittellos, aber deshalb noch lange kein schlechter Mensch oder gar ein Lump.

Bestimmt hätte ich mir noch weitere Gedanken über den geheimnisvollen Fremden gemacht, doch dazu kam ich nicht mehr. Zwei halbwüchsige Jungen liefen auf mich zu, und ob ich wollte oder nicht, sofort beschlich mich ein ungutes Gefühl. Grinsend standen sie vor mir und der eine warf mir ein kleines, flaches Steinchen in die Sammeldose.

»Hier hast du was, damit du steinreich wirst«, spottete er und machte, dass er davonkam.

Und der andere schleuderte mir beim Weitergehen seine verächtliche Meinung an den Kopf: »Du bist wohl zu faul, um zu arbeiten, du Penner.«

Da hatte ich es. Das saß. Es war doch eigenartig. Man musste nur ganz unten angekommen sein, schon war man ein Mensch dritter Klasse und sofort gab es Mitmenschen, die meinten, auf einem herumtrampeln zu können. Doch dann durfte ich auch wieder positive Erfahrungen sammeln. Ganz besonders berührte es mich, als ein altes Mütterchen vorbeihinkte, dem man ansah, dass es von einer kleinen Rente leben musste. Die Frau schaute mir mitleidig in die Augen, während sie ihr Scherflein in die Dose fallen ließ. Am liebsten hätte ich ihr einen Euroschein in die Hand gedrückt, doch dazu durfte ich mich nicht verleiten lassen. Ich musste meine Rolle so echt wie möglich spielen und wollte dem Bettler nicht auch noch sein Geschäft verderben.

Aber schon beim nächsten Spender reagierte ich nicht bettelecht. Ein älterer Herr hielt mir doch tatsächlich einen Hundert-Euro-Schein unter die Nase und wollte, dass ich ihm auf einen Euro herausgeben sollte. Augenblicklich griff ich an meine Gesäßtasche, um meine Geldbörse hervorzuholen, da bemerkte ich gerade noch rechtzeitig meinen Irrtum und konterte:

»Sie belieben zu scherzen, mein Herr, natürlich kann ich das nicht! Doch ich bin auch mit dem Schein zufrieden, der würde mir schon gefallen.«

»Das kann ich mir denken, du Scherzbold, den brauche ich selbst. Tut mir leid für dich, vielleicht habe ich das nächste Mal was Passendes dabei.«

Kurz darauf war er in der wogenden Menschenmenge verschwunden und ich wusste nicht, ob er es ehrlich gemeint hatte oder ob er mich nur verkohlen wollte.

Um dem Eselchen ein wenig Bewegung zu verschaffen, lief ich langsam mit ihm eine kleine Strecke in Richtung Kornmarkt. Gerade als wir am Rathaus vorbeigingen, blieb der Graue plötzlich stehen und wollte partout nicht mehr weitergehen. Ich versuchte alles Mögliche, um das Tier zum Mitgehen zu bewegen. Aber es bockte und blieb steif wie ein Sägebock stehen. Stur wie ein Esel, dachte ich gerade, dann erkannte ich mit Entsetzen den Grund seines ungewöhnlichen Verhaltens. Das Eselchen hob wie selbstverständlich seinen Schwanz in die Höhe, machte einen kleinen Buckel und schon kullerten ein paar halbverdaute Heuknödel aufs Pflaster.

»Ach du Schei…, auch das noch! Hättest du damit nicht warten können, bis dein Herr wieder da ist?« Mir war das äußerst peinlich! Doch da half alles Jammern nichts, auch da musste ich durch. Anscheinend bekam ich bei meiner Premiere als Bettler gleich das volle Programm an negativen Erfahrungen serviert. Als dann noch ein kleines Mädchen im Vorbeigehen ihrer Mutter zurief:

»Mama, schau doch, der Esel hat einen Stinker auf die Straße gekackt, darf der das denn machen?«, da war es mit meiner Ruhe endgültig vorbei. Hastig nestelte ich den alten Jutesack auf, holte die kleine Handschaufel und den Plastikbeutel heraus und ließ die noch dampfenden Eselsäpfel darin verschwinden. Nachdem dann alles wieder im Sack verstaut war, atmete ich erleichtert auf und musste unwillkürlich an das bekannte Märchen »Tischlein, deck dich!« denken. Doch das kleine Eselchen hatte soeben keine blinkenden Goldtaler fallen lassen, sosehr ich das dem armen Bettler gegönnt hätte, sondern ganz stinknormale Eselsäpfel. Und trotzdem sollte der kleine Graue bald darauf, zumindest indirekt, zum Goldesel werden.

Ich wollte das Tierchen gerade wieder zum Weitergehen animieren, da spürte ich, dass etwas hinter mir sein musste. Das Gefühl, beobachtet zu werden, wurde immer stärker. Langsam drehte ich mich um und meine Blicke trafen sich mit denen einer wunderschönen Frau. Sie stand vor dem Rathaus, etwa zehn Meter von mir entfernt, und starrte zu uns beiden herüber. Ein edler, nach der neuesten Mode verarbeiteter Pelzmantel umhüllte ihre schlanke Gestalt und um ihren Kopf hatte sie, zum Schutz vor der grimmigen Kälte, ein in einem sehr dezenten Braun gemustertes Seidentuch geschlungen. Als sie mein Gesicht sah, stutzte sie unvermittelt, überlegte einen Augenblick und kam dann rasch auf mich zu. Sie grüßte freundlich und schaute mir dabei in die Augen. Dann betrachtete sie meinen Mantel und anschließend wurde das kleine Eselchen in Augenschein genommen. Geduldig wartete ich ab, was daraus werden sollte. Ich spürte instinktiv, dass diese schöne Frau den Bettler kennen musste, aber meine Person nicht einordnen konnte. Nach reiflicher Überlegung schien sie zu einem Entschluss gekommen zu sein. Sie stellte sich wieder vor mich hin, schaute mir erneut in die Augen und ließ mich das Resultat ihrer Beobachtungen wissen:

»Wo ist der Besitzer des Mantels, wo ist Dirk?«

Trotz meiner Vorahnung kam diese Frage doch etwas überraschend für mich, deshalb entgegnete ich darauf ein wenig irritiert: »Ich weiß nicht, ob der Mann Dirk heißt, aber ich habe ihn abgelöst, damit er sich aufwärmen und seinen Hunger stillen kann. Bestimmt wird er bald wiederkommen.«

»Ihr seid mir eine schöne Bettelgesellschaft, ihr kennt euch nicht einmal bei euren Namen. Sie sind doch ein Kollege von Dirk, oder etwa nicht?«

Jetzt kam ich zwangsläufig in Erklärungsnot. Was sollte ich antworten, die Wahrheit? Oder sollte ich flunkern? Eine Notlüge wäre in diesem Falle bestimmt zu verzeihen gewesen, doch meine innere Stimme riet mir dringend, dieser unbekannten Schönheit die Wahrheit zu sagen. Mit knappen Worten unterrichtete ich sie, warum und weshalb ich hier als vermeintlicher Bettler stand, und schloss meinen Bericht mit den Worten: »Ich hätte nicht gedacht, was so ein alter, schäbiger Mantel ausmachen kann.«

Ihre Augen wurden während meiner Erklärungen immer größer und als ich fertig war, blitzten sie regelrecht auf. Was für ein Feuer muss in dieser temperamentvollen Frau schlummern, kam es mir spontan in den Sinn. Doch sie ließ mir keine Zeit für weitere Überlegungen. Mit unverkennbarer Erleichterung in ihrer Stimme bestätigte sie mir:

»Sie wissen gar nicht, wie froh ich darüber bin, dass Sie mir die Wahrheit gesagt haben. Dadurch fällt es mir nun leichter, meinen Plan in die Tat umzusetzen. Wenn Sie mich angelogen und sich als echten Bettler ausgegeben hätten, wäre ich sogleich unverrichteter Dinge wieder verschwunden. Ich denke, es war das Schicksal, das es so eingefädelt hat, dass heute die zwei Menschen hier zusammentreffen, die dem Bettler helfen können.«

Sie unterbrach ihre Rede und räusperte sich kurz, bevor sie weitererzählte. Die Fremde hatte mich neugierig gemacht, gespannt lauschte ich nun ihren weiteren Ausführungen: »Auch ich will ehrlich zu Ihnen sein. Es liegt schon einige Zeit zurück, da habe ich Dirk kennengelernt. Wir verliebten uns beide Hals über Kopf ineinander, es entstand eine sehr schöne, erfüllte Beziehung zwischen uns. Wir verbrachten eine traumhafte Zeit miteinander, es war der schönste Sommer meines Lebens. Ich spürte, wie glücklich Dirk geworden war, doch je intensiver unsere Liebesbeziehung wurde, desto eingeengter fühlte ich mich. Nach drei Monaten habe ich mich dann von ihm getrennt. Für mich war es plötzlich vorbei, die wunderbare Rose war verblüht. Ich weiß, dass ich Dirk damit sehr wehgetan habe und manchmal kommt in mir der Gedanke hoch, ob sein sozialer Absturz nicht auch eine Folge unserer Trennung ist. Ich habe lange nichts mehr von ihm gehört. Als ich ihn heute Morgen zufällig mit seinem lieben Eselchen in der Fußgängerzone entdeckte, schnitt es mir ins Herz und mein Gewissen meldete sich. Aber was kann ich tun? Von mir würde er nie einen Cent annehmen, da kenne ich ihn zu gut. Ich dachte an vieles und verwarf alles wieder. Außerdem werde ich bald nach Neuseeland auswandern, mein Sohn ist dort seit kurzem verheiratet und ein Enkelkind ist auch schon unterwegs. Heute bin ich mal wieder nach Heidelberg gefahren. Eigentlich wollte ich mir bei Renate Exner mein eigenes Weihnachtsgeschenk kaufen; ein wunderschönes Schmuckstück sollte es sein. Doch jetzt weiß ich, wie mein Geld besser angelegt ist. Sie haben mir Ihre Ehrlichkeit bewiesen, ich vertraue Ihnen. Aber ich habe eine Bitte: Sie dürfen mich mit keiner Silbe erwähnen!«

Alles hätte ich erwartet, nur das nicht! Was mir soeben zu Ohren kam, versetzte mich in höchstes Erstaunen. Das war also die Frau, derentwegen der sensible Fremde zum Bettler geworden war. Was für eine Fügung des Schicksals! Mir lief es eiskalt den Rücken hinunter, ich freute mich riesig für den Beschenkten und darüber, dass ich dabei mithelfen durfte. Selbstverständlich sagte ich der netten, geheimnisvollen Frau meine Verschwiegenheit und meine Loyalität zu. Als ich ihr darauf mein Ehrenwort gegeben hatte, erkannte ich in ihren Gesichtszügen, dass auch sie unter der Trennung von damals litt. Was war der Grund dafür? Warum konnte oder wollte sie nicht zurück? Intuitiv sprach ich sie darauf an, doch sie wich mir aus und meinte nur:

»Ich habe Dirk auch heute noch sehr gern, er ist der beste Mensch, der mir in meinem Leben begegnet ist, aber ich kann nicht mit ihm leben. Ich weiß, ich würde ihn ständig kränken, und das hat er nicht verdient. Hier, nehmen Sie das Kuvert, ich verlasse mich auf Ihr Talent, es ihm zukommen zu lassen, ohne seinen Stolz zu verletzen. Wer so gut wie Sie den Bettler spielen kann, der bringt auch das fertig.«

Plötzlich hatte sie es eilig. Beim Weggehen drehte sie sich nochmals um, kraulte das Eselchen zwischen seinen langen Ohren und nachdenklich klangen ihre Worte: »Du hast mir die Augen geöffnet. Wenn ich dich nicht gesehen hätte, der Bettler wäre mir nicht aufgefallen.« Sie umarmte das Tierchen, drückte ihm einen flüchtigen Kuss auf die Stirn und lief dann, einen Gruß murmelnd, rasch davon. Ich schaute ihr sinnend nach, wobei ich das Gefühl nicht loswurde, dass sie ihre aufkommenden Tränen mit Gewalt unterdrückte.

Da stand ich nun, den Eselsstrick in der einen, das Kuvert in der anderen Hand und meine Gedanken kreisten um die für uns Männer so rätselhaften Frauen. Ein sanfter Stupser meines Begleiters erinnerte mich an meinen Auftrag.

»Du hast recht, ich muss jetzt schnell handeln, bevor dein Herrchen zurückkommt. Was soll ich deiner Meinung nach mit dem Kuvert machen? Am besten, ich stecke es einfach in die Manteltasche, da wird er es schon finden.«

Ich schaute das Eselchen an und es war mir, als ob es verneinend seinen Kopf schüttelte.

»Also nein. Aber wie dann? Es ihm einfach übergeben, das kann ich nicht, da müsste ich zu viel flunkern und ich bin ein schlechter Lügner, das hat mir schon früher meine Mutter gesagt.«

Beim nächsten sanften Stoß, den ich bekam, klingelte die Sammelbüchse.

»Ah, nun habe ich begriffen, was du meinst. Du hast es aber auch faustdick hinter deinen langen Ohren, du bist heute deinem Herrn, zumindest indirekt, zum Goldesel geworden.«

Kurzentschlossen öffnete ich die Büchse, entnahm dem Kuvert das Geldbündel, das aus lauter Fünfhundert-Euro-Scheinen bestand, rollte es zusammen und steckte es hinein. Den Umschlag ließ ich sicherheitshalber in meiner Hosentasche verschwinden. Erleichtert atmete ich auf, als die blecherne Sammelbüchse wieder verschlossen war. Nur etwas störte mich: Sie klimperte nicht mehr so lautstark wie bisher. Doch das war nun nicht mehr zu ändern. Ich hegte die Hoffnung, dass dies nicht auffiel, zumindest so lange nicht, wie ich noch zugegen war.

Gerade wollte ich wieder ein paar Schritte laufen und unseren Standort wechseln, da sah ich Margarete und Gerhard, ein befreundetes Ehepaar aus einem unserer Nachbardörfer. Reflexartig drehte ich mich um und beschäftigte mich mit dem Eselchen. Dabei murmelte ich vor mich hin: »Mir bleibt aber heute auch gar nichts erspart! Wenn die mich entdecken, dann bekomme ich im Dorf mein Fett weg.« Aber ich hatte Glück, mein Stoßgebet wurde anscheinend erhört und der Kelch ging an mir vorüber. Gott sei Dank, man hatte mich nicht erkannt.

Ach, wie sehnte ich die Rückkehr des Bettlers herbei. Der Nebel wurde immer dichter und ich bekam langsam Bedenken wegen der Heimfahrt. Allmählich hatte ich auch kalte Füße, sowohl real wie auch im übertragenen Sinne. Gerade machte ich mir Gedanken darüber, was ich tun sollte, wenn der überfällige Bettler nun doch nicht mehr zurückkehren würde, da stand er urplötzlich, wie aus dem Nichts aufgetaucht, vor mir. Ein sinnliches Lächeln umspielte seinen Mund, als er in die Manteltasche griff und mir einige Geldstücke entgegenhielt:

»Hier haben Sie das Restgeld. Es war eine wunderbare Idee von Ihnen, mich zum Essen einzuladen. Ich danke Ihnen von ganzem Herzen. Es hat mir schon lange nicht mehr so gut gemundet und die Wärme in der Gaststube habe ich auch genossen.«

Überrascht schaute ich zu ihm auf, begegnete seinem offenen Blick und beschämt musste ich an meine soeben noch gehegten Zweifel denken. »Behalten Sie das Geld, es gehört Ihnen«, lehnte ich sein Angebot ab.

»Nein, das will ich nicht! Auch ein Bettler hat so etwas wie eine Ehre im Leib.«

»Na gut, dann bitte ich um eine kleine Spende für das Eselchen hier«, scherzte ich und hielt ihm die Geldbüchse entgegen.

Er sah mich lange durchdringend an, dann warf er, ohne ein Wort zu sagen, die Münzen hinein. Daraufhin übergab ich ihm die Sammeldose und versuchte so unbefangen wie möglich von meinem Bettelerfolg zu berichten: »Eine Kleinigkeit habe ich, entgegen meinen Befürchtungen, in der Zwischenzeit doch zusammengebracht. Es sind auch ein paar Scheinchen dabei, ich glaube, dass Sie sich darüber freuen können.«

»Danke, nochmals vielen Dank für alles, was Sie für mich getan und für die Zeit, die Sie mir geschenkt haben. Ich hoffe, dass Sie nicht gar zu viele Unannehmlichkeiten erleben mussten.«

»Ach ja, es hätte schlimmer sein können«, versuchte ich, das Erlebte herunterzuspielen. »Doch die Erfahrungen, die ich heute dadurch gewonnen habe, die möchte ich nicht missen. Darüber könnte ich bestimmt auch eine Geschichte schreiben.«

Er sah mich wieder mit nachdenklichen Blicken an, dann meinte er: »So hat der heutige Tag uns beiden etwas gebracht.«

Oh ja, dachte ich, du wirst dich noch wundern über die versteckte Bescherung.

Das Eselchen war inzwischen unruhig geworden, es forderte vehement die von ihm so vermisste Liebkosung seines Herrchens ein.

»Der Kleine mahnt zur Heimkehr, es wird Zeit für uns zu gehen.«

Auf meinen fragenden Blick erklärte er mir, dass er auf der anderen Neckarseite den Traktor mit Anhänger seines Bekannten stehen hatte. Das Fahrzeug konnte er sich manchmal ausleihen und sich und dem Tier den langen Anmarsch ersparen. Wir tauschten erneut unsere Mäntel und nach einem herzlichen Abschied trennten wir uns.

Die Erlebnisse dieses Nachmittags hatten mich so in Beschlag genommen, dass es schon einiger Minuten bedurfte, bis ich begriffen hatte, wieder in »meinem« Leben angekommen zu sein. Wie gerne hätte ich jetzt in einen Spiegel geschaut, um zu sehen, ob ich wirklich noch derselbe war. Unwillkürlich schaute ich an mir herunter. »Na ja, der Mantel ist bestimmt noch derselbe, also hat es auch keine äußerlichen Veränderungen gegeben.« Aber da innen, tief in mir drin, das spürte ich ganz deutlich, da hatte sich mit Sicherheit etwas verändert. Nachdenklich ging ich zu meinem Auto und fuhr nach Hause. Mein Vorhaben, unterwegs noch in ein gemütliches Kaffeehaus zu gehen, hatte ich ganz vergessen.

Am Abend des nächsten Tages, es war der Heilige Abend, stand ich lange vor unserer kleinen Weihnachtskrippe. Das Eselchen im Stall führte mich zu der Krippe von Bethlehem und ich erkannte den tiefen Sinn der Weihnachtsbotschaft, dass der Sohn Gottes für alle, aber ganz besonders für die Schwachen, Einsamen und Elenden unter uns, auf die Erde gekommen war. Und meine Gedanken waren bei dem Bettler und seinem kleinen Esel, die jetzt irgendwo in einem kleinen Dorf im Odenwald die stille und heilige Nacht verbrachten.

Wahrlich, ich sage euch: Was ihr getan habt einem unter diesen meinen geringsten Brüdern, das habt ihr mir getan.

Matthäus 25,40

Mitternacht in der Weihnachtskrippe

Ein seltsamer Weihnachtstraum

Eine kleine Weihnachtsgeschichte

AUCH EIN MILLENNIUMSJAHR GEHT SCHNELL VORÜBER. Obwohl es als Jahrhundertschaltjahr nach der Ausnahmeregelung im Gregorianischen Kalender einen Tag mehr hatte, flogen diese nur so dahin. Das heilige Jahr 2000 neigte sich seinem Ende entgegen und die meisten Menschen stellten sich, wie jedes Jahr, dieselbe Frage: »Wo sind sie nur geblieben, die Monate, die Wochen, die Tage und die Stunden?« Dabei fallen dann dem einen oder anderen die Worte aus Psalm 90 wieder ein: »... und wenn es köstlich gewesen ist, so ist es Mühe und Arbeit gewesen, denn es fahret schnell dahin, als flögen sie davon.« Ja, so kann man es am besten ausdrücken, ein Tag nach dem anderen fliegt davon. Man kann ihn nicht aufhalten! Keine Macht der Welt vermag das zu tun! Nicht eine einzige Sekunde lässt sich aufhalten, alles ist vergänglich. Doch noch war das Jahr 2000 nicht vorüber. Noch war eine ganze Woche Zeit; heute war der Heilige Abend dieser Jubiläumsweihnacht.

Der Mond stand schon hoch am Himmel und zusammen mit den unzähligen Sternen verbreitete er ein geheimnisvolles Leuchten, womit er die Winterlandschaft in eine traumhafte, verzauberte Atmosphäre eintauchen ließ. Eine besondere Ruhe schien in dieser stillen und heiligen Nacht zu liegen. Wollenberg, das kleine, beschauliche Dörfchen am Nordrand des Kraichgaues, war zur Ruhe gekommen. Nach und nach verloschen die Lichter in den Häusern, die Müdigkeit ließ die Menschen schlafen gehen. Auch in dem Haus am östlichen Ortsrand, dort wo früher der schmale Postweg nach Hüffenhardt den Kirchberg entlangführte, wurde es langsam ruhig.

Es ging schon auf Mitternacht zu und ich wollte noch schnell, bevor auch ich zu Bette ging, das zur Seite gelegte zerrissene Geschenkpapier im Küchenherd verbrennen. All die Jahre über hatte das immer wie selbstverständlich meine Frau gemacht. Doch jetzt, da sie nun nicht mehr lebte, war es mir zur Aufgabe geworden, zumindest ein wenig für Ordnung im Haushalt zu sorgen. Zusammen mit meinen drei erwachsenen Töchtern und den Schwiegersöhnen hatte ich einen schönen und besinnlichen Heiligen Abend verbracht. Und doch war es nicht so, wie es bisher all die Jahre über gewesen war. Es fehlte einfach die Hauptperson der Familie. Auch bei den Kindern war zu spüren, dass sie bei jeder Kleinigkeit an ihre Mutter denken mussten. Bei aller Weihnachtsfreude war das Fehlen eines lieben Menschen der immer im Raum schwebende Anlass, den stets aufkommenden Erinnerungen nachzuhängen. So versuchten wir, mit den unabänderlichen Gegebenheiten zurechtzukommen. Jeder von unserer Familie verarbeitete das Schwere auf seine Art. Wir wussten, und das ist auch ein Teil der frohen Weihnachtsbotschaft, dass es weitergehen würde, dass auch nach der längsten Nacht wieder ein neuer Tag heraufzieht.

Die Kinder waren schon lange zurück in ihre eigenen Wohnungen gegangen, das Gröbste war aufgeräumt. Jetzt noch schnell die Lichter vom Christbaum und der Weihnachtskrippe löschen, dann nichts wie ab ins Bett! Morgen hieß es wieder rechtzeitig aufstehen, denn um neun Uhr begann bereits der Gottesdienst in unsrer Kirche. Doch als ich mich niederkniete, um die winzigen Kabelstecker aus dem kleinen Trafo zu ziehen, da hielt ich plötzlich inne. Erinnerungen und Gefühle kamen wieder in mir hoch und ich musste erneut an meine verstorbene Frau denken. Wie sehr hatte sie sich schon seit vielen Jahren eine Weihnachtskrippe gewünscht. Doch erst als diese unheilbare Krankheit von ihr Besitz ergriffen hatte, raffte ich mich endlich auf und erfüllte ihr diesen Herzenswunsch. Dann hatte ich plötzlich die Zeit, sogar viel Zeit, die ich vorher nicht zu haben glaubte. An zahllosen langen Winterabenden entstand ein kleines Kunstwerk, das ich mir bis dahin nicht zugetraut hatte. Bis auf die handgeschnitzten Holzfiguren, die ich uns von Oberammergau mitgebracht hatte, war alles in Eigenarbeit entstanden. Oft war sie, so wie ich jetzt, vor der Weihnachtskrippe gesessen und konnte sich nicht sattsehen an der einzigartigen Wurzelformation mit den vielen der Natur entliehenen Nachbildungen und den wunderbar geschnitzten Holzfiguren.

Wie ein monumentales Felsengebirge ragen die alten Eichenwurzeln steil empor und bilden eine wunderbare, bizarre Gebirgslandschaft mit einer als Stall genutzten Höhle auf der linken Seite. Ein weiterer etwas kleinerer Wurzelfelsenstall begrenzt die Krippenlandschaft gegenüber. Zwischen diesen beiden landschaftsprägenden Erhebungen führt ein langer Steg hinaus zu einer moosbewachsenen Baumscheibe. Diese immergrünen Oasen am Rande der kargen Felsenlandschaft sind die Weidegründe der Schafe, die dort von einem der Hirten gehütet werden. Auf halbem Weg dorthin, unweit des kleinen Ziehbrunnens, lassen die Schäfer ein einfaches Lagerfeuer brennen. Dort treffen sie sich und verbringen im Schutze des Feuers die kalten Nächte. Drüben in dem größeren der beiden Ställe steht, wie es nun schon seit jeher überliefert wurde, eine kleine Futterkrippe bei Ochs und Esel, mit dem neugeborenen Jesuskind auf Heu und Stroh. Eine wunderschön geschnitzte Maria kniet daneben und hält zusammen mit Josef die Nachtwache. Es ist so, wie man es von überallher kennt, es ist der Versuch, mithilfe der Figuren und der anderen Basteleien das Geschehen von Bethlehem in Judäa vor nun 2.000 Jahren nachzustellen. Es ist inzwischen schon zur Tradition geworden, jedes Jahr zu Weihnachten das kleine Ensemble mit einer neuen Figur, einem Tierchen oder einem selbstgebastelten Accessoire zu ergänzen. Dieses Mal hatte ich ein winziges aus Holz geschnitztes Lämmchen von meinem Wanderurlaub in Oberammergau mitgebracht. Nun liegt es, eng an eines der Schafe geschmiegt, draußen auf der Weide. Es ist ein friedliches Bild, das Ruhe und Geborgenheit ausstrahlt und meine Gedanken ins Land der Träume entführt.

Mein eigenes Gähnen holte mich in die Wirklichkeit zurück. Vorsichtig zog ich nun die kleinen Kabelstecker heraus. Zuerst verlosch der kreisrunde Lichtkegel im Stall, dann hörte das flackernde Lagerfeuer der Hirten auf zu brennen und zum Schluss verschwand der Stern von Bethlehem, der hoch oben über dem Felsen stand. Behutsam tastete ich mich nun im Dunkeln zur Türe. Ich hatte schon die Türklinke in der Hand, um das Wohnzimmer zu verlassen, da überkam mich ein eigenartiges Gefühl. In mir sträubte sich alles, aus dem Raum zu gehen. War es die behagliche Wärme, die mich abhielt, das kalte Schlafzimmer aufzusuchen, oder wollte ich die weihnachtliche Atmosphäre hier weiter auf mich wirken lassen? Ich wusste es damals nicht und ich kann es auch heute nicht sagen, was mich dazu bewog, diese Nacht auf der Wohnzimmercouch zu verbringen. Mit einer Decke und zwei Kissen machte ich es mir so bequem wie möglich und legte mich nieder. Bald darauf musste ich dann eingeschlafen sein.

Die Glocken unserer schönen Dorfkirche schlugen zur vollen Stunde. Es war 24 Uhr, Mitternacht, in dieser stillen und heiligen Nacht des Millenniumsjahres 2000. Der zwölfte Glockenschlag war noch nicht ganz verklungen, er schwebte noch in der Luft, bevor auch er, immer leiser werdend, aus dem Tal verschwand. Es herrschte eine kaum zu beschreibende Stille in dem Dorf im oberen Wollenbachtal. Auch in dem Haus am Ortsrand war es zunächst mucksmäuschenstill. Doch nicht lange! Kaum war der letzte Ton der Kirchenglocke verklungen, da vernahm man plötzlich ein leises, piepsendes Stimmchen. Es schien aus dem Nebengebäude der schönen Weihnachtskrippe zu kommen und zwar aus der Ecke, wo einige der Heu- und Strohbündel gelagert waren. Es war zu dunkel, um etwas erkennen zu können. Nur die Eule, die wieder oben auf ihrem Lieblingsplatz, dem kleinen Absatz des Hauptfelsens, saß, erkannte sofort den Verursacher der piepsenden Laute. Sie drehte einfach ihren Kopf um neunzig Grad, schaute in die Richtung der zu vernehmenden Laute und krächzte los:

»Das hätte ich mir denken können, dass ausgerechnet der Kleinste in unserer Runde das erste Wort hat. Na, du Miniaturausgabe einer Bonsaispitzmaus, du kannst dich noch so recken und strecken, du wirst nicht größer, das kannst du mir ruhig glauben.«

Missbilligend schaute das kleine Mäuschen zur Eule empor und erwiderte mit einem beleidigten Unterton in der Stimme: »Ich weiß, dass ich bei euch nur geduldet bin und ihr mich nicht als vollwertiges Mitglied eurer Gemeinschaft anerkennen werdet. Ihr seid halt alle Oberammergauer Originale und stammt von einem alten, renommierten Schnitzergeschlecht. Meine Herkunft dagegen bleibt im Dunkel der Geschichte verborgen. Und doch haben mich die Bewohner des Hauses für so interessant gehalten, dass sie mich aus der Mausefalle der Miniaturpuppenstube geholt und zu euch gebracht haben.«

Sie musste eine kleine Pause einlegen, holte tief Luft, warf sich dabei stolz in ihre Mäusebrust und piepste dann munter weiter: »Dass ich hier in diesem Hause sehr beliebt bin, das hast du da oben auf deinem Logenplatz auch schon oft beobachten können. Jeder, der hierherkommt, sucht doch zuerst nach mir, das hat mittlerweile schon Tradition. Da kommt mir meine Winzigkeit zugute, deshalb suchen sie manchmal sogar vergebens. Es ist schon oft vorgekommen, dass sie mich nicht gefunden haben. Immer wieder werde ich von neuem versteckt und muss mich in den unmöglichsten Winkeln verkriechen. Dass das für mich nicht gerade lustig ist, kannst du mir glauben. Alle anderen haben ihren festen Standplatz, wo sie vieles sehen und so einiges mitbekommen können. Ich habe mir fest vorgenommen, dieses Mal nicht wieder zu spät zu kommen! Es ist mein sehnlichster Wunsch, auch einmal das Kind in der Krippe anschauen zu können. Das ist auch der Grund dafür, warum ich heute der Erste war, der sich gemeldet hat. Ich musste mich doch zunächst aus dem Heu herauswühlen und meine steifen Glieder wieder beweglich machen.«

»Jaja, du kleines Mäuschen, du hast ja recht. Das letzte Mal bist du tatsächlich zu spät gekommen und wir haben dich schon vermisst«, gähnte die Katze zustimmend und blieb an ihrem Stammplatz auf dem kleinen Schemel sitzen.

Inzwischen regte sich überall Leben im und um den Stall von Bethlehem, alle Tiere und Figuren waren aus ihrem Schlaf erwacht. Für eine Menschenstunde durften sie ihre Statistenrolle verlassen und sich frei bewegen. Sie wollten alle in den Stall zur Krippe gehen und das schlafende Jesuskind anschauen. Aber es war dunkel, sehr dunkel in der Krippenlandschaft um den Stall von Bethlehem. Ein erst drei Tage altes Lämmchen hatte sich erhoben und rief nach seiner Mutter:

»Ich kann nichts erkennen, bitte, Mama, führe mich, ich will doch auch mitgehen zur Krippe im Stall.«

»Warte noch einen Augenblick, mein Kleines, bald wird es hell sein, dann brechen wir gemeinsam auf.«

Kaum dass sie es ausgesprochen hatte, da ertönte auch schon der Befehl des Erzengels, der, hoch oben auf einer Felsenbrücke stehend, das ganze Geschehen im Blick hatte: »Hirtenjunge, mache das Licht an! Heute bist du am nächsten dran, du stehst nicht weit vom Trafo entfernt und du hast die Menschen schon oft dabei beobachtet: Stöpsle die Stecker in die entsprechenden Vorrichtungen. Zuerst den Stern über mir, danach die Lampe im Stall und zuletzt das Hirtenfeuer.«

Der Angesprochene schaute erschrocken nach oben, konnte aber nichts erkennen. Es war einfach zu dunkel für seine Augen. Dann stiegen plötzlich Zweifel in ihm auf und er erkundigte sich ganz besorgt bei dem Engel: »Dürfen wir das überhaupt? Darf ich so einfach in die Schöpfung der Menschen eingreifen?«

Er hatte seine Bedenken kaum ausgesprochen, da wurde er mit donnernder Stimme zurechtgewiesen: »Ich glaube, ich höre nicht richtig! Was hast du da eben gesagt? In die Schöpfung der Menschen eingreifen? Die Menschen sind selber Teil der Schöpfung und keine Schöpfer, auch wenn sich das einige von ihnen einbilden. Die Menschen sind es, die ständig die Schöpfung auf den Kopf stellen wollen und so den gesamten Planeten, auf dem sie leben dürfen, zerstören und vernichten. Die tun gerade so, als hätten sie genügend davon, und wenn sie die Erde kaputt haben, dann hüpft man einfach auf einen anderen Planeten. Dabei wissen sie ganz genau, dass sie nur diese eine Erde haben, und doch leben sie so, als sei es anders. Beständig sägen sie an dem einen Ast, auf dem sie alle sitzen. Und warum? Nur wegen dem schnöden Mammon! Die Gier nach Geld und Macht bestimmt ihr Handeln, koste es, was es wolle. Dabei wäre es so einfach, wenn alle nach den Gesetzen der Liebe leben würden. Auch deshalb wurde doch dieses Kind vor 2.000 Jahren hierher auf die Erde geschickt, um die Liebe Gottes den Menschen zu bringen, damit sie gerettet werden. Aber viele von ihnen nehmen es nicht an. Ich bin gespannt, wie das weitergehen wird hier auf dieser Erde, ob die Menschen den richtigen Weg noch finden werden? Aber nun zurück zu unsrer kleinen Welt hier. Wir brauchen Licht, damit auch ihr alle den Weg zur Krippe unbeschadet gehen könnt. Es kann nicht jeder bei Dunkelheit so gut sehen wie die Eule und die Katze. Hirtenknabe, bücke dich und erledige deinen Auftrag! Es wird höchste Zeit, denn manche haben noch einen weiten Weg vor sich.«

So war der junge Hirte schon lange nicht mehr zurechtgewiesen worden. Flugs kniete er sich nieder und steckte den ersten Stecker ein. Sofort erstrahlte der Stern von Bethlehem, der hoch oben direkt über der höchsten Felsenspitze angebracht war, in seinem herrlichen Gelbschimmer und erhellte geheimnisvoll die Umgebung. Doch was war denn das? Er leuchtete nicht wie sonst ruhig und beschaulich von der Sternenspitze bis zu seinem langen Schweif. Nein, er flackerte wild umher. Er ähnelte eher einer gelben Warnleuchte auf einem Räumfahrzeug als einem Weihnachtsstern. Flackernd, ja beinahe kreisend, mit kurzen Unterbrechungen sandte der Stern sein Licht in die Nacht hinaus. Alle erschraken und schauten ängstlich zu dem wie wild gewordenen Kometen hinauf. Was hatte das zu bedeuten? Nahte da vielleicht gar ein Unheil? Auch der Erzengel war zunächst sprachlos. Er war dem Stern doch am nächsten, denn direkt unterhalb desselben hatte er seinen Platz auf der wie für ihn geschaffenen Engelsbrücke. Er bog sich weit zur Seite, um das Phänomen genauer betrachten zu können. Dabei wäre ihm beinahe das schöne Spruchband mit den Worten ›GLORIA IN EXCELSIS DEO‹ von der Schulter gerutscht. Erschrocken griff er danach und rief aufgeregt zu dem Hirtenjungen hinunter: »Was hast du denn da gemacht? Zieh sofort den Stecker wieder heraus, bevor der Stern explodiert. Mach schnell!«

»Ich habe doch gleich gesagt, wir sollen die Finger davon lassen! Das ist nicht unser Werk«, gab dieser den Rüffel zurück und zog das Kabelende wieder heraus. Der Stern verlosch und es war wieder stockdunkel geworden. Stille kehrte ein. Doch nicht lange. Schon nach wenigen Augenblicken vernahm man Geräusche wie von langsam ausschreitenden Huftieren. Das kleine Eselchen, das ständig irgendetwas tragen musste, näherte sich vorsichtig dem jungen Hirten. Auch jetzt hatte es wieder einen schweren Sack quer auf seinem Rücken liegen. Bei dem Knaben angekommen, blieb es stehen und meldete sich zögerlich zu Wort:

»Entschuldige, dass ich mich da einmische! Ich weiß, dass ich nicht als der Klügste in unserer Runde angesehen werde. Ja, bei manchen Menschen gelte ich als dumm oder gar als blöder Esel, den man nur als Lasttier gebrauchen kann. Aber die kennen mich halt nicht wirklich. Ich habe einen großen Kopf, lange Ohren und auch gute Augen. Ich habe schon viel beobachtet, seit ich hier bin, vielleicht kann ich dir helfen. Bitte, nimm mir zuerst den schweren Sack vom Rücken, damit ich mein Kreuz mal wieder richtig durchbiegen kann. Ich bin zwar zäh, aber die ständigen Lasten auf meinem Rücken gehen mir doch langsam in die Knochen.«

Der Junge erfüllte ihm seinen Wunsch, schnappte sich den schweren Sack und stellte ihn an die Felsenwand. »So, lieber Esel, jetzt bin ich aber gespannt, was du weißt. Kannst du mir erklären, was da vorhin mit dem Stern los war?«

»Ja, sag schon, kannst du das wirklich?«, ertönte es da vielstimmig aus allen Richtungen.

»Selbstverständlich kann ich das, es ist doch ganz einfach: Du musst nur die Stecker in die richtigen Anschlüsse einschieben. Ich bin mir sicher, dass du vorhin den Stern beim Hirtenfeuer angeschlossen hast. Das für das Lagerfeuer vorgesehene leichte Flackern hat bei dem Stern zwangsläufig diesen Katastropheneffekt ausgelöst. Nimm nun zuerst den Anschluss des Lagerfeuers und stecke ihn dort ein, wo du vorhin den Stern angeschlossen hast.«

»Ja, das muss der Fehler gewesen sein. Mach es genau so, wie es dir der Esel gesagt hat«, meldete sich jetzt auch wieder der Engel zu Wort.

Dieses Mal klappte es auf Anhieb. Zuerst flackerte das Hirtenfeuer auf, danach erstrahlte der Stern mit seinem Kometenschweif in gewohnter Helligkeit und zuletzt ging auch die kleine Deckenlaterne im Stall an und verbreitete ihren kreisrunden Lichtkegel über der Krippe. Ein allgemeines »Aah« und »Ooh« war zu vernehmen und voller Respekt hörte man den großen Widder mit seinen gedrehten, korkenzieherähnlichen Hörnern ausrufen: »Alle Achtung! Woher der Esel das bloß weiß? Von jetzt an habe ich eine ganz andere Meinung von ihm.«

Ein zustimmendes Gemurmel machte die Runde und ein genauer Beobachter hätte sehen können, dass eine leichte Röte über die langen Ohren des Eselchens huschte. Er war stolz auf das Lob, hatte er doch endgültig mit den Vorurteilen über seine Gattung aufräumen können.

Der Engel mahnte zum Aufbruch: »Beeilt euch und kommt alle herbei zur Krippe, es ist nun hell genug, dass jeder den Weg finden kann. Und denkt daran, bevor unsere Zeit abgelaufen ist, muss alles wieder an seinem Platz sein.«

»Ich auch?«, piepste das Weihnachtsmäuschen und wäre vor Aufregung beinahe unter die Räder des Eselkarrens geraten, der noch immer mitten auf dem Wege stand.

»Bei dir fällt es nicht auf, wo du dich versteckst. Kein Mensch kann sich die vielen Schlupfwinkel und Orte merken, wo du schon gewesen bist. Du kannst es dir selber aussuchen, du bist und bleibst halt die Ausnahmefigur in unserer kleinen Welt. Das heißt aber nicht, dass du Narrenfreiheit hast. Habe ich mich klar ausgedrückt?«

»Jaja, gestrenger Erzengel. Du hast aber auch gesagt: ›Fürchtet euch nicht!‹ Das gilt selbstverständlich auch für mich. Also lass mir meine Freude, ich will heute auch einmal das Kind in der Krippe anschauen. Hoffentlich schaffe ich das rechtzeitig.« Sprach es und eilte weiter.

Von überallher kamen sie nun herbei. Da waren die Hirten mit ihren Schafen und dem Hütehund. Sie kamen über den Steg von den Weidegründen herbeigeeilt. Die kleinen Lämmchen trugen sie auf ihren Schultern. Fröhlich und leichtfüßig schritten sie daher. Selbst der alte Hirte, der sich sonst so gramgebeugt auf seinen Stab stützte, machte den Eindruck, als ob er plötzlich um viele Jahre jünger geworden sei. Die Schafe folgten den Hirten auf dem Fuße, blökten freudig erregt und waren voller Übermut. Eine Ziege mit ihrem Jungen kam aus einer Seitenschlucht hervor und schloss sich dem fröhlichen Zug an. Alles, was Beine hatte, war nun unterwegs zur Krippe im Stall. Der Hirtenjunge schnappte sich den noch immer neben ihm stehenden Lastesel und zog ihn mit sich fort.

»Auf, Grauer, wir müssen uns beeilen, wir haben schon viel zu viel Zeit verloren. Jetzt kannst du endlich auch mal deinen Kameraden, der sonst immer im Stall bei dem Ochsen ist, sehen.«

»Auf den bin ich tatsächlich gespannt! Setz dich auf meinen Rücken, dann kommen wir schneller voran; wir schaffen das schon noch rechtzeitig«, war seine freudig erregte Antwort, bevor er losgaloppierte.

Eine aufgeregte Hühnerschar flatterte ihnen über den Weg, als sie in Richtung Felsenstall einbogen. Auch die hatten es eilig und nahmen deshalb die erstbeste Abkürzung.

Den weitesten Weg aber hatten die Heiligen Drei Könige zurückzulegen, denn sie standen um diese Zeit, wie immer, noch weit draußen hinter den steil aufragenden Felsen.

Dagegen konnten es zwei andere ruhig angehen lassen. Das waren der Ochse und der andere Esel. Die waren ja sozusagen die Hausherren hier und hatten ihren Platz direkt bei der Krippe. Die kleine Eselin schaute, wie so oft in dieser Nacht, ganz verträumt auf das schlafende Kind und freute sich, dass nun alle anderen auch hierherkommen durften, um es anzuschauen. Sie machte sich ihre eigenen Gedanken und ließ ihnen freien Lauf. Da stupste sie der Ochse mit seinem Maul in die Seite und schmatzte leise:

»Wir zwei haben es am besten von allen. Die anderen müssen sich beeilen, um auch einmal für kurze Zeit das Kind sehen zu können. Da haben wir es einfacher, wir haben einen Logenplatz, müssen nicht rennen und können stattdessen genüsslich unser Heu verzehren. Wenn jetzt die Stalltüre noch offen wäre, könnte ich noch schnell zum Brunnen laufen und meinen Durst löschen.« Er schnalzte mit der Zunge, so als ob er beinahe am Verdursten sei.

Die Eselin schaute ihn zunächst mitleidig an, dann gab sie ihm zur Antwort: »Du tust mir leid! Schämst du dich denn gar nicht, du alter Ochse? Du hast nur Fressen und Saufen im Kopf. Nicht einmal in dieser heiligen Stunde kannst du an etwas anderes denken. Aber was rege ich mich denn auf? So ist es halt auf dieser Welt, selbst unter den Menschen gibt es solche Ochsen wie dich.« Das Eselchen wandte sich wieder zur Krippe und seine Augen begegneten Marias gütigem Blick.

Diese hatte den Dialog der beiden Tiere aufmerksam verfolgt. Jetzt meinte sie, wobei ein leichter Tadel in ihrer Stimme nicht zu überhören war: »Du brauchst nicht so hart mit dem Ochsen zu sein, kleiner Esel. Das ist halt seine Art, er meint es bestimmt nicht so, wie es sich angehört hat.«

Das Eselchen überlegte gerade, was es darauf antworten sollte, da knarrte es leise hinter ihm. Als es sich umschaute, stellte es zu seiner Verwunderung fest, dass die Außentüre des Stalles sich langsam öffnete. »Nanu, die Türe geht doch nicht von allein auf, zieht da einer an dem Seil?« Ein kurzer Blick auf die Gegenseite und es hatte den Verursacher entdeckt. An dem langen Strick, der dort von der Decke herabhing, kletterte ein älteres, aber wohlgenährtes Murmeltier nach unten. Durch sein Gewicht hatte es den Öffnungsmechanismus der Stalltüre gelöst und so wie es jetzt nach unten schwebte, ging auf der Gegenseite die Stalltüre nach oben.

Der junge Ochse, der den Vorgang ebenfalls mit weit aufgerissenen Augen verfolgt hatte, erkannte sofort die Gelegenheit, doch noch seinen Durst löschen zu können, und rannte los. Er senkte gerade seinen mächtigen Kopf und wollte durch die Öffnung nach draußen stürmen, als das Murmeltier den Boden erreichte und das Seil freigab. Es konnte ja nicht wissen, was jetzt passieren würde: Vom Gegengewicht befreit, donnerte die Klapptüre nach unten und dem Ochsen direkt auf seinen mächtigen Schädel. Auch eine Vollbremsung des Rindviehs konnte dies nicht verhindern. Dabei hatte er noch Glück im Unglück, dass seine Hörner nicht in den Brettern der Türe stecken blieben. Ganz benommen lag er vor dem wieder geschlossenen Ausgang. Dann schüttelte er wiederholt seinen mächtigen Kopf einige Male hin und her, muhte zunächst etwas Unverständliches vor sich hin, stand wieder auf und schnaufte dann ganz entrüstet: »Jetzt weiß ich, was es heißt, ein Brett vor dem Kopf zu haben!«

Das Murmeltier war ganz erschrocken darüber, was es da eben unbewusst angerichtet hatte. »Entschuldige, lieber Ochse, ich wusste nicht, dass mit dem Seil so ein raffinierter Mechanismus verbunden ist. Ich hatte mich so gefreut, als ich es erblickte, und mich spontan zu dieser Abkürzung entschlossen. Dadurch wollte ich mir den weiten Umweg über die Felsenlandschaft ersparen. Sei mir bitte nicht böse, das nächste Mal weiß ich Bescheid und werde dich vorher warnen.«

»Das nächste Mal? Wer weiß, wann das sein wird. Bis dahin hast du das bestimmt wieder vergessen«, meinte einer der Hirten, die gerade eingetroffen waren und alles mitbekommen hatten.

»Nein, ganz bestimmt nicht! Das werde ich nicht mehr vergessen, und wenn es wieder 1.000 Jahre dauern sollte.«

Inzwischen waren sie alle eingetroffen und drängten sich um die Krippe. Es wurde eng, sehr eng im Stall von Bethlehem. Doch man rückte zusammen und machte sich gegenseitig Platz. Das war ein buntes Völkchen, das sich da versammelt hatte, um dem Kind in der Krippe zu huldigen. Da waren die Hirten mit ihren Schafen, die beiden Esel und der Ochse, die Ziege mit ihrem Jungen, der Hund, die Katze, die Eule, der Hahn mit seinen Hennen, der Feldhase, das Murmeltier und auch die Heiligen Drei Könige hatten es noch rechtzeitig geschafft. Und wenn man es auch beinahe wieder übersehen hätte, das Bonsaispitzmäuschen war natürlich mittendrin. Um eine gute Sicht zu haben, war es einfach an einem Gabelstiel emporgeklettert. Dort oben thronte es wie auf einem Hochsitz und freute sich, endlich auch so richtig dabei sein zu dürfen. Die kleine Maus verabscheute es, sich immer irgendwo verstecken zu müssen.

Alle waren hellwach und freuten sich, nur das Kind in der Krippe schlief selig und ein süßes Lächeln lag dabei auf seinem Gesichtchen. Der Erzengel war der Einzige, der seinen Platz hoch oben nicht verlassen hatte. Es schien, als ob er über alles wachen würde, und er hatte sowieso den besten Überblick. Er schaute verträumt hinab und es hatte den Anschein, als seien seine Gedanken unendlich weit weg. Doch plötzlich fuhr er heftig erschrocken auf und lauschte. Die Kirchturmuhr schlug wieder zur vollen Stunde. Die Mitternachtsstunde ging zu Ende und keiner hatte es bemerkt. War der Engel eingeschlafen oder hatte er sich von den Ereignissen um ihn herum so einfangen lassen, dass er die Zeit total vergessen hatte?

Nun war er mit einem Schlag hellwach geworden und mit lauter Stimme rief er hinab: »Eilt schnell zurück auf eure Plätze! Unsere Zeit ist abgelaufen, und du, Hirtenjunge, zieh die Lichtstecker heraus, damit …« Weiter kam er nicht mehr, der Einuhrschlag ertönte und beendete die mitternächtliche Stunde. Der letzte Ton der Kirchturmuhr war verhallt und es wurde schlagartig still im Stall von Bethlehem, der Weihnachtskrippe, in dem Haus am Rande des Dorfes im oberen Wollenbachtal. Nur das Licht im Stall, der Stern und das Hirtenfeuer leuchteten weiter. Der Hirtenjunge hatte noch versucht davonzurennen, um dem Aufruf des Engels nachzukommen. Doch als er sich gerade umdrehen wollte, war die Zeit abgelaufen und er fiel, wie alle anderen auch, in seine Statistenrolle zurück. Selbst das Lämmchen, das er auf seine Schultern genommen hatte, um ihm dadurch einen besseren Blick auf das Kind in der Krippe zu ermöglichen, lag noch, sich eng an seinen Hals schmiegend, dort oben.

Die Zeit hatte sie alle total überrascht! Die Zeit ist unbarmherzig und kennt kein Erbarmen! Sie lässt nicht mit sich verhandeln und ist nicht käuflich. Nicht den Bruchteil einer Sekunde hält die Zeit den Atem an, das Rad dreht sich unaufhaltsam weiter. Daran sollte man rechtzeitig denken, um die Weichenstellungen des Lebens nicht zu verpassen.

Als der Morgen graute und die Kirchenglocken den Weihnachtsgottesdienst ankündigten, erwachte ich aus meinem tiefen Schlaf. Mir war, als hätte ich einen sonderbaren Traum geträumt. Zunächst schaute ich mich verwundert um, da ich nicht in meinem Bett, sondern auf der Wohnzimmercouch lag. Dann fiel mir wieder ein, dass ja gestern der Heilige Abend gewesen war, ich nach dem Weggang der Kinder noch ein wenig meinen Gedanken nachhängen wollte und mich deshalb hier niedergelegt hatte. Da musste ich dann wohl eingeschlafen sein. Aber was war das für ein seltsamer Traum gewesen? Ich drehte mich um und schaute zur Weihnachtskrippe. Sofort war ich hellwach. Was war denn das? Die Beleuchtung der Krippe brannte ja noch! Sollte ich heute Nacht vergessen haben, sie auszuschalten? Nein, ich war mir ganz sicher, die Anschlüsse gezogen zu haben. Die Kerzen des Christbaumes brannten auch nicht mehr, deren Stecker hatte ich doch zuerst herausgenommen. Oder war das vielleicht auch ein Teil meines Traums gewesen?

Ich stand auf, ging hinüber und kniete mich vor die Weihnachtskrippe. Verwundert schaute ich auf die Szene im Stall und verstand gar nichts mehr. Alle Figuren standen dicht gedrängt um das Kind in der Krippe herum. Nur der Engel war an seinem gewohnten Platz, hoch oben unter dem leuchtenden Stern. Und wo war das kleine Mäuschen? Das wurde doch gestern im Heu des Nebengebäudes versteckt und keiner hatte es gefunden. Als ich dort nachschaute, war es auch nicht mehr an seinem Platz. Erst nach langem Suchen sah ich es oben auf dem Stielende der im Strohballen steckenden Gabel sitzen. Es schaute von dort auf das Kind in der Krippe.

War das das Werk der Kinder? Nein, bestimmt nicht! Das hätte ich doch mitbekommen.

Es blieb für mich ein Rätsel und ich musste wieder an meinen Traum denken. Kopfschüttelnd löschte ich die Krippenbeleuchtung und machte mich für den Weihnachtsgottesdienst fertig. Der Predigt konnte ich an diesem Tag nicht richtig folgen, meine Gedanken schweiften immer wieder zurück zu diesem seltsamen Traum.

Die größte Wurst und der Lausbub

Eine kleine Weihnachtsgeschichte

Es liegt schon sehr lange zurück, mehr als ein halbes Jahrhundert. Doch ich kann mich noch so genau daran erinnern, als sei es erst vor einem Jahr gewesen. Und ganz besonders an Weihnachten kommen Gedanken, Gefühle und Erinnerungen daran in mir hoch.

Man schrieb das Jahr 1947 und der Zweite Weltkrieg mit seinem unsagbaren Leid und Schrecken war gerade mal zwei Jahre vorbei. Die Städte lagen noch in Schutt und Asche, viele Menschen hungerten und es mangelte an fast allen Dingen des täglichen Lebens.

Und dann kam in diesem Jahr auch noch die größte Dürre des zwanzigsten Jahrhunderts hinzu. Vieles vertrocknete auf den Feldern. Die Ernte war mehr als mager. Das Futter für das Vieh fehlte, und der Schmalhans schaute aus vielen Küchentüren und grinste so manchem hungrigen Kind ins Gesicht.

Ganz besonders hart traf es in unserem Dorf eine junge Witwe mit ihren vier Kindern. Ihr Mann war im Krieg gefallen, und sie musste mit ihren lieben Kindern ihre Heimat drüben in Böhmen verlassen. Über Nacht wurden sie von Haus und Hof vertrieben und kamen über ein Auffanglager schließlich in unseren Ort.

Es gab aber keinen Wohnraum mehr im Dorf, alles war bereits überfüllt. Und so wurden sie in einem Häuschen etwas außerhalb des Ortes einquartiert. Es war eine einfache Jagdhütte mit offenem Anbau, aber sie hatten wenigstens ein Dach über dem Kopf. Der einzige Raum war einfach und schlicht eingerichtet. Und das Wichtigste: Es war warm in der Stube. Holz für den Herd gab es ja genug im angrenzenden Wald.

Ihr größter Stolz war eine braune Bergziege. So hatten wenigstens die Kinder ihre tägliche Milch. Die Mutter arbeitete als Tagelöhnerin bei den Bauern im Ort, was ihr nicht immer leichtfiel.

Und nun, ausgerechnet vor Weihnachten, war sie krank geworden und lag mit hohem Fieber im Bett. Sie dachte gerade an das bevorstehende Weihnachtsfest und überlegte, was für eine Freude sie ihren Kindern machen könnte, als ihre zwei Ältesten hereingestürmt kamen und berichteten, dass sie der Ziege gerade das letzte Heu gefüttert hatten. Auch das noch. Ohne Heu keine Milch, und Grünfutter gab es bei dem Frost auch schon seit Wochen nicht mehr.

»Nehmt den Handkarren, geht zum Mühlenbauern und bittet ihn um etwas Heu für unsere Ziege. Ich werde es abarbeiten, wenn ich wieder gesund bin.« Mit diesen Worten schickte sie die Kinder hinunter ins Dorf. Erstaunlicherweise wollten gleich alle vier gehen. Anscheinend waren sie froh über die Abwechslung, mal wieder in den Ort zu kommen.

Bei uns, dem Mühlenbauern, wie wir im Dorf genannt wurden, weil wir neben der Landwirtschaft noch eine kleine Getreidemühle betrieben, hatte die Dürre auch große Löcher in den Vorräten der Scheune und des Speichers hinterlassen. Doch die zehn Personen, die wir damals waren, mussten keinen Hunger leiden. Aber davon wusste ich damals mit meinen vier Jahren noch recht wenig.

Traditionsgemäß hatten wir, wie immer in der Woche vor Weihnachten, geschlachtet. Aber nicht so ein dürres Schweinchen, wie die Futterknappheit vermuten ließ. Nein, eine ganz besonders große Sau. Die hatte in diesem Herbst nicht geferkelt und war so verfressen, dass sie kaum satt zu kriegen war. Mit dem Futter konnte man bestimmt zehn Jungtiere über den Winter bringen.

Nach dem Schlachten zeigte sich dann auch, dass sie einen sehr großen Magen hatte. Als der dann gefüllt war, staunte jeder über den riesengroßen Schwartenmagen, der daraus entstanden war. Mein Vater meinte: »Der hat bestimmt zwölf Pfund, auf den freue ich mich ganz besonders.«

Wir Kinder sehnten uns jedoch nach den ganz kleinen Leberwürstchen, die uns der Hausmetzger immer extra zubereitete. Wie stolz waren wir, wenn wir bei der Brotzeit dann eine ganze Wurst bekamen.

Eine schöne Sitte der Nächstenliebe gab es damals noch bei uns auf dem Land. Am Morgen nach dem Schlachttag wurde fast die ganze Metzelsuppe, wie die Wurstsuppe bei uns genannt wurde, an Nachbarn und Bedürftige im Ort verteilt. Und wenn neben den Fettaugen auch noch ein Würstchen aus der Suppe hervorlugte, war die Freude bei den Empfängern groß. So konnten sich immer viele Menschen im Ort auf die Schlachttage im Winter freuen. Meist war es die Aufgabe von uns Kindern, das Austragen der Suppe zu übernehmen.

Ich hatte mich gerade mal wieder in die »hintere Stube«, das war die große Vorratskammer im Nordteil unseres Hauses, geschlichen, um nachzusehen, wie viele kleine Würstchen noch da waren.

Da hingen sie alle beieinander, große und kleine, dicke und dünne, dunkle und helle, aufgereiht zum Trocknen an Haselnussstecken vor dem geöffneten Fenster. Und der Riesenschwartenmagen lag, dick und behäbig, auf einem Nudelbrett auf der Fensterbank. Den konnte man nicht aufhängen, der brauchte eine Sonderbehandlung. Es roch so verführerisch im Zimmer wie immer nach dem Schlachten.

Ich schaute gerade nach oben, dorthin, wo die kleinen Würstchen hingen, als ich unten im Hof Kinderstimmen hörte. Schnell schob ich einen Stuhl ans Fenster, um hinausschauen zu können. Doch dabei stieß ich so ungeschickt an das Nudelbrett, dass dieses vornüberkippte und der Schwartenmagen zum Fenster hinauskullerte.

Ich wollte das Unheil noch verhindern, bekam aber nur das Nudelbrett zu fassen. Der Schwartenmagen war weg! Heute weiß ich, dass ich diesen Koloss mit meinen kleinen Händen gar nicht hätte halten können.

Nach dem ersten Schock, mir war buchstäblich das Herz in die Hose gerutscht, stieg ich dann auf den Stuhl, um vorsichtig hinabschauen zu können. Und was erblickten meine Augen? Nichts! Jedenfalls keinen Schwartenmagen.

Die Kinder vom Haus am Waldrand zogen gerade einen Handkarren mit Heu zum Hof hinaus. Ob die was gesehen hatten? Die fuhren doch auch an diesem

Fenster vorbei. Oder hatte der Hofhund, der alte Gauner …? Nein, der war angekettet und die Kette war nicht so lang, dass sie bis zum Fenster reichte. Oder war der Saumagen etwa rübergerollt und der Hund hatte ihn in seine Hütte gezerrt? Bestimmt nicht, sonst wäre das Tier auch in der Hütte und nicht draußen.

Ich war verzweifelt und bekam es mit der Angst zu tun. Die Strafe vor Weihnachten konnte ich mir denken. Nein, nicht schon wieder in dem dunklen Rübenkeller sitzen. Ich war fest entschlossen: Nichts wird verraten! Und so schlich ich mich aus dem Zimmer und verdrückte mich. Den Vater, den höre ich heute noch toben, als bekannt wurde, dass der Schwartenmagen wie vom Erdboden verschluckt war.

Keiner hatte etwas bemerkt. »War der vielleicht gar am helllichten Tage geklaut worden?« Lebensmitteldiebstähle waren in diesen hungrigen Zeiten schon öfter vorgekommen. Auch bei uns wurden Gänse und Hasen entwendet. Aber am helllichten Tag?

Keiner bemerkte in der Aufregung, dass ich besonders ruhig war und ganz brav in meiner Ecke saß. Gott sei Dank!

Die letzten sechzig Meter zum Waldhaus hinauf waren steil ansteigend. Aber die Kinder wunderten sich trotzdem, dass sie sich mit dem Heukarren so schwertaten. Doch als sie das Heu so weit abgeladen hatten, trauten sie ihren Augen nicht, was da noch auf dem Karren lag: Dick, fett und verlockend lachte ihnen der große Schwartenmagen mit seinen Pausbacken entgegen.

Das Heu hatte seinen Aufprall gedämpft, und so war er unversehrt geblieben, als er vom Fensterbrett geradewegs auf den vorbeifahrenden Heukarren fiel und sich darin vergrub.

»Mutter, Mutter, sieh doch, was wir da gefunden haben!«

Mit diesen Worten schoben sie den Karren zur Tür hinein. Die Mutter war sprachlos. Lange starrte sie auf den Schwartenmagen. Dann hörte man sie murmeln: »So ein großherziges Weihnachtsgeschenk.« Sie nahm den Koloss vom Karren und legte ihn auf den Tisch. Nachdenklich wandte sie ihren Blick zur Seite und sah zu dem kleinen Eichenholzkreuz hinüber, das in der Zimmerecke über dem Bettkasten hing. So verharrte sie eine Weile, und es schien, als ob sie ein stilles Gebet sprechen würde. Tränen der Freude und der Erleichterung brachen aus ihren Augen. Sie freute sich riesig. Nun hatten auch sie etwas ganz Besonderes zum Weihnachtsfest. Es war bestimmt die größte Wurst, die sie je gesehen hatte!

Pellkartoffeln, Schwartenmagen und Ziegenmilch, ein schöneres Festmahl konnten sich die fünf Bewohner der Waldhütte nicht vorstellen. Sie genossen es und waren dankbar dafür. Es ging noch lange laut und lustig zu in dem kleinen Häuschen am Waldesrand, so dass sich selbst die vorbeiziehenden Rehe wunderten, dass hier heute so lange das Licht brannte.

Eine Woche später, die Frau vom Waldhaus war inzwischen wieder genesen, kam sie zu uns, um sich für das überaus großherzige Weihnachtsgeschenk zu bedanken. Ich war froh, dass nur meine Mutter zu Hause war. Sie verstand zunächst nur teilweise, was ihr da zu Ohren kam, doch als sie mich mit hochrotem Kopf danebenstehen sah, murmelte sie etwas wie: »Es ist schon gut so, liebe Frau.«

Nachdem sie gegangen war, nahm Mutter meinen Kopf in ihre gütigen Hände und sah mir lange in die Augen. Was mochte sie bloß gedacht haben? Ohne ein Wort von ihr begann ich dann mit meiner Beichte und erzählte, was mir passiert war. Sie hatte nicht ein Wort des Tadels an mich gerichtet. Und nach einer Zeit der Stille meinte sie dann:

»Ich hätte selbst daran denken müssen, aber ich habe diese Familie total vergessen. So hast du es eben getan. Wenn auch unbewusst, so durftest du doch für einen winzigen Augenblick ein kleiner Weihnachtsengel für diese armen Menschen sein.«

Ich konnte es damals noch nicht begreifen, warum sie mir nicht böse war. Ja, ich hatte den Eindruck, dass sie geradezu froh und stolz auf mich war.

Es blieb unser beider Geheimnis. Doch es war sonderbar. Mit dem Schwartenmagen wurde ich immer wieder in meinem Leben konfrontiert. So haben mich beispielsweise meine Mitschüler einige Jahre später des Öfteren »Schwartenmagen« genannt. Ob die vielleicht doch etwas herausbekommen hatten? Ich denke, nicht. Es waren bestimmt die deftigen Pausenbrote, die mir Mutter damals immer mitgegeben hatte. Die waren zu dieser Zeit oftmals mit Schwartenmagen belegt gewesen.

Erst viel später als Erwachsener begriff ich so richtig, was damals eigentlich geschehen war. Viele würden sagen: Zufall. Doch für mich ist es viel mehr. Und es zeigt mir auch, dass wir nicht darauf warten sollen, bis uns das Schicksal einen Stups verpasst, sondern dass wir auch selbst etwas dazu beitragen können, um für andere da zu sein.

Es gibt halt Augenblicke im Leben, wo wir spüren dürfen, dass der Himmel die Erde berührt. Ich denke manchmal, Weihnachten ist auch so ein Zeitfenster, wo sich die unsichtbare und unsere sichtbare Welt begegnen.

Und wenn wir innehalten, dürfen wir wieder einen dieser unvergänglichen Augenblicke erleben.

Nur mit Toleranz und Nächstenliebe ist ein friedliches Miteinander auf dieser Erde möglich.

Kohlrübenwinter

Eine kleine Weihnachtsgeschichte aus den Hungerjahren 1916/17

Der Erste Weltkrieg tobte nun schon seit drei Jahren und hatte bereits viele Wunden geschlagen. Seine hässlichen Spuren waren überall gegenwärtig, vor allem in den großen Städten litten die Menschen unter den Folgen des Krieges. Es herrschte ein unbeschreiblicher Mangel an fast allen Dingen des täglichen Lebens. Besonders gravierend war die Situation bei den Lebensmitteln, der Hunger war in beinahe allen Häusern anzutreffen. Eine verheerende Missernte im Sommer 1916 verschlimmerte die ohnehin schon prekäre Ernährungslage noch zusätzlich, was schließlich den berüchtigten Hungerwinter 1916/17 zur Folge hatte. Ein Unglück kommt halt selten allein! Die Lebensmittel wurden scharf rationiert, doch damit konnte man den Hunger auch nicht stillen, nur etwas gerechter verteilen. Als dann im Februar noch eine grimmige Kälte einsetzte und die Flüsse gefrieren ließ, war die Not der Menschen kaum noch zu überbieten. Die so dringend benötigten Kohlen lagen mit den Schiffen buchstäblich auf dem Eis. Jetzt war nicht nur der Schmalhans, sondern auch noch Väterchen Frost ein steter Gast in den Häusern. Viele Menschen froren in diesen Wochen und so mancher Schwache und Kranke erlebte das nächste Frühjahr nicht mehr.

Auch bei uns auf dem Lande, in unserem kleinen Wollenberg, waren diese schrecklichen Jahre nicht spurlos vorübergegangen. Die meisten der wehrfähigen Männer waren im Krieg. Die Alten, die Frauen und die Kinder mühten sich redlich, die anfallenden Arbeiten zu verrichten und das Leben im Dorf aufrechtzuerhalten. Es war eine harte Zeit, gab es doch damals noch keine Maschinen für die Landwirtschaft, so wie es heute der Fall ist. Ja, wir hatten noch nicht einmal elektrischen Strom in unserem Dorf. Diese heute nicht mehr wegzudenkende Erleichterung einzurichten, wurde bereits im Jahre 1911 im Gemeinderat unseres Dorfes beschlossen. Bedingt durch den Ersten Weltkrieg, sollte sie aber erst zehn Jahre später bei uns Einzug halten. Auch die in den Städten und den meisten anderen Orten schon lange zur Selbstverständlichkeit gewordene zentrale Wasserversorgung gab es noch nicht im Ort. Erst im Jahre 1952 war es dann so weit. Bis dahin musste der gesamte Wasserbedarf, sowohl für den Haushalt wie auch für die Tiere auf den Höfen, mühsam und zeitaufwändig von den fünf Brunnen des Dorfes herbeigeschafft werden.

Mein Urgroßvater war damals hauptberuflicher Müller und bewirtschaftete die am südöstlichen Ortsrand von Wollenberg gelegene Öl- und Getreidemühle. Die noch dazugehörige kleine Landwirtschaft war in dieser Zeit verpachtet, da mein Großvater weder Interesse an der Mühle noch an der Landwirtschaft hatte, er war Architekt geworden. Großmutter dagegen wäre für ihr Leben gerne Bäuerin gewesen, stammte sie doch aus einem kleinen landwirtschaftlichen Betrieb. Doch ihr Wunsch sollte erst einige Jahre später in Erfüllung gehen, als die Familie den abgelaufenen Pachtvertrag für den Landwirtschaftsbetrieb nicht mehr verlängert hatte. Es wurde die spätere Existenzgrundlage für meinen Vater. Mit ausschlaggebend für diese Entscheidung waren bestimmt auch die Hungerjahre während des Ersten Weltkrieges gewesen.

Es war kalt, bitterkalt, und der Schneefall der letzten Tage hatte über Nacht das liebliche Wollenbachtal in einen dicken weißen Mantel eingehüllt. So wunderschön diese Zauberwelt auch anzusehen war, es erschwerte wieder einmal zusätzlich das Leben der ohnehin schon geplagten Menschen. Der Wollenbach war noch nicht gänzlich zugefroren, aber der fast immer träge dahinfließende Mühlkanal trug bereits eine dicke Eisdecke. Das riesige Mühlrad, mit seinen 8,4 Metern Durchmesser eines der größten im nordbadischen Raum, stand still. Meterlange dicke Eiszapfen hingen von seinen starken eichenen Speichenbalken herab und zeugten davon, dass hier zurzeit nichts mehr ging. Doch gerade jetzt wäre die Kraft des Wassers gebraucht worden, damit das wenige, was die Missernte einbrachte, zu Mehl gemahlen werden konnte. Aber hier war nichts zu machen! Da bekamen die Menschen wieder einmal am eigenen Leibe zu spüren, wie abhängig sie doch von der Natur waren. Urgroßvater jedoch ließ sich so schnell nicht unterkriegen, er suchte und er fand einen Ausweg: »Wenn der Frost noch länger anhält, dann versuchen wir es drüben in der Ölmühle. Wir spannen die Pferde unseres Pächters vor den Göppel und zerquetschen den Roggen mit dem großen Kollergang.« Die Ölmühle, das Gebäude steht heute noch, hatte eine Göppelhalle. Darin konnte man mit Pferden oder mit Ochsen, die im Kreise liefen, den Getriebemechanismus der Ölmühle antreiben. Das geschah immer dann, wenn im Sommer der Wollenbach zu wenig Wasser mit sich führte oder dieses im Winter eingefroren war. Der Kollergang bestand aus einem riesigen und zwei mittleren Mühlsteinen. Während der große Mühlstein waagrecht liegend auf dem Boden verankert ruhte, drehten sich die darauf stehenden um die eigene Achse und zusätzlich noch im Kreise. Diese Drehungen wurden über ein einfaches überdimensionales Holzzahnrad, verbunden mit einer baumstarken Welle, in Gang gesetzt. Und diese durch das Gebäude verlaufende Achse konnte über lederne Treibriemen entweder vom Wasserrad oder eben von dem oben genannten Göppel angetrieben werden. Dass dies eine harte Arbeit für die Tiere war, kann man sich noch heute gut vorstellen. Man war immer froh, wenn diese Einrichtung nicht gebraucht wurde. Deshalb wurde vorerst noch etwas zugewartet, Urgroßvater verschob die Entscheidung um einige Tage und hoffte auf milderes Wetter nach den Feiertagen.

Die letzte Woche vor Weihnachten war angebrochen und doch konnten sich die Menschen nicht auf das Fest freuen. Immerhin war es bereits das dritte Weihnachtsfest, das von diesem schrecklichen Krieg überschattet wurde. Was für ein Widerspruch: hier das Fest der Liebe, wo man seinem Nächsten und eben auch seinem Feinde die Hand reichen sollte; dort die brutale Realität des Krieges, wo sich die Menschen gegenseitig nach dem Leben trachteten. Millionen Tote und Verwundete, Vertreibung, Flucht, Not, Elend und Hunger. Ja, Hunger!

Hunger nicht nur nach einem Stück Brot, sondern auch Hunger und Sehnsucht nach Frieden. Endlich Frieden auf dieser Erde, wie es die Weihnachtsbotschaft verkündet, und nie wieder Krieg! Ist das denn so schwierig? Warum sind wir Menschen dazu nicht fähig?

Doch der Kampf um das tägliche Brot ging weiter. Die Menschen hatten Hunger, da halfen auch die Kohlrüben nicht viel, die in diesen Wochen oft gegessen wurden und diesem Winter seinen berüchtigten Namen gaben. Sie konnten zwar für eine kurze Zeit den Magen der Menschen füllen, aber satt machen konnten sie halt nicht und fett wurde man davon schon gar nicht. Es gab aber auch ab und an Tage, an denen sich die Menschen auf dem Lande einmal so richtig satt essen konnten. Das waren die Schlachttage, die in der Regel auf die kalten Wintermonate gelegt wurden. Da hatten die meisten Mastschweine ihr ideales Schlachtgewicht erreicht und die kühleren Temperaturen in dieser Jahreszeit waren für die Verarbeitung der Tiere und die Haltbarkeit der Würste die erforderlichen Voraussetzungen. Kühlschränke oder gar Gefriertruhen gab es damals noch nicht bei uns.

Traditionsgemäß wurde in der Wollenberger Mühle immer in der Woche vor Weihnachten geschlachtet. Man hatte damals keine eigenen Schweine im Stall, doch die Pacht ließ man sich zum Teil in Naturalien, meistens in Gestalt eines fetten Schweines, bezahlen. Die Missernte hatte auch den Ertrag der Kartoffeln spärlich ausfallen lassen. Das Hauptfutter für die Schweine war dadurch ebenfalls knapp geworden. Auch das Beifutter, die von den Kindern zusammengelesenen Kastanien und Eicheln, konnten den Futterwert der fehlenden Kartoffeln nicht ersetzen. Großmutter betrachtete das magere Tier mit Kennerblick und äußerte halblaut ihre Enttäuschung:

»Da werden in diesem Winter mehr Augen in den Topf hineinschauen als heraus.«

Schon früh, noch in der Dunkelheit, wurde mit der Arbeit begonnen. Bis der Hausmetzger des Ortes auf den Hof kam, musste das Wasser in dem großen Kessel bereits kochen. Schon am Vorabend wurden unzählige Eimer voll Wasser vom Dorfbrunnen herbeigeschafft und in die bereitstehenden Behälter gefüllt. Am Schlachttage hatte man hierfür keine Zeit, die Entfernung zum nächsten Brunnen betrug immerhin 60 Meter. Viele Hände waren an so einem Schlachttag erforderlich. Deshalb wurde alles, was Beine und einigermaßen tüchtige Hände hatte, hierzu eingeteilt. Von den Kindern bis zur Großmutter hatte jeder seine spezielle Tätigkeit zu verrichten. Alle waren mit Eifer dabei, man freute sich schon sehnlichst auf den ersten Höhepunkt des Tages, das Kesselfleischessen, das in der Regel noch am Vormittag anstand. Hierbei durften alle nach Herzenslust zugreifen, es war Tradition, dass jeder sich sein Lieblingsstück aus dem großen, dampfenden Topf herausholen durfte. Die Wellfleischspezialisten fischten sich die begehrten Teile von Schnuffel, Fleisch und Schweinebäckchen, die Frauen meistens ein durchwachsenes Bauchstück und die Kinder ließen sich eher etwas von dem mageren Fleisch vorlegen. So konnte jeder nach seinem Geschmack zufriedengestellt werden. Als Beilage zum Fleisch wurden in der Regel selbst eingeschnittenes Sauerkraut und das herzhafte, knusprige Holzofenbrot gereicht. Zufrieden und gesättigt ging man danach wieder an die Arbeit. Dass dabei viele davon träumten, jede Woche oder doch wenigstens einmal im Monat so einen Festtag zu erleben, das war nur zu verständlich. Aber das blieb ein Traum. Geschlachtet wurde nur ein- oder höchstens zweimal im Jahr. Deshalb waren die Essensportionen schon am nächsten Tag wieder rationiert, schließlich mussten die Vorräte über einen längeren Zeitraum ausreichen.

Es gab noch viel zu tun, die nächste größere Aktion war das Zubereiten der verschiedenen Wurstsorten. Die zum baldigen Verzehr vorgesehenen wurden in gereinigte Schweinedärme und in den Saumagen gefüllt, der Rest kam zur Haltbarmachung in große Dosen. Bis die Würste anschließend gebrüht waren, während die Dosen noch zwei Stunden lang kochten, wurde es oft sehr späte Nacht.

Die Dämmerung hatte bereits eingesetzt, Großmutter stand gerade am Küchenherd und gab den letzten in kleine Würfel geschnittenen Rückenspeck in die große Bratpfanne. Ihre besorgten Blicke wanderten zu den noch leeren Steinguttöpfen hinüber, die sie zur Aufnahme des heißen, flüssigen Schweineschmalzes bereitgestellt hatte, als zaghaft an die hintere Küchentüre, die ins Freie führte, geklopft wurde. Zunächst hatte sie nichts gehört, das Fett in der Pfanne brodelte und zischte gar zu laut, so dass sie das Anklopfen nicht registrierte. Erst als sie den Deckel über die Pfanne gestülpt hatte, vernahm sie den Einlassbegehr. Auf ihr »Herein!« wurde die Tür vorsichtig geöffnet und Lazarus, der Jude vom oberen Nachbarhaus, stand tiefgebeugt im Eingang. Völlig überrascht schaute Großmutter auf den späten Besucher und drückte ihre Verwunderung aus:

»Lazarus, du? Mit dir hätte ich heute nicht gerechnet! Ihr Juden macht doch sonst immer einen großen

Bogen um alles, was mit Schweinefleisch zu tun hat. Aber komm doch erst einmal herein und mach die Türe zu, es ist bitterkalt draußen und es zieht heftig.«

Lazarus beeilte sich, der Aufforderung nachzukommen, trat ein und schloss mit den Worten »Gott zum Gruße« die Türe hinter sich.

Der Jude war ein hagerer, hoch aufgeschossener Mann, der nun im Alter, von Arbeit und Sorgen gebeugt, viel kleiner wirkte, als er in Wirklichkeit war. Seine einfache Kleidung zeugte davon, dass er nicht zu den Reichen seines Standes gehörte, eher schon die unterste Schicht seiner Glaubensbrüder repräsentierte. Sein sehr schmales Gesicht war von einem langen, aber lichten Bart eingerahmt, aus dem eine markante, leicht gekrümmte Nase hervorstach. Das Auffallendste an diesem Gesicht aber waren seine schönen Augen. Wie zwei kleine Sterne leuchteten sie, gütig blickend, und zeugten von einem innerlich zufriedenen Menschen. Der schwarze, etwas verbeulte Hut, den er auf dem Kopf trug, schien im Laufe der Jahre eingegangen zu sein. Er passte nicht mehr so recht und saß obenauf, so dass man immer, wenn man hinsah, den Eindruck gewann, er werde jeden Augenblick herunterfallen. Wie selbstverständlich ging er zuerst zum Küchenherd, hielt seine Hände über die Herdplatte und versuchte, seine klammen Finger aufzuwärmen. Dabei schaute er Großmutter von der Seite her an und äußerte dann seine Beobachtungen:

»Du scheinst auch Sorgen zu haben, Luise, oder täusche ich mich?«

Erstaunt blickte sie zu ihm hinüber, bevor sie leicht irritiert antwortete: »Du bist ein sehr guter Beobachter, Lazarus, ich glaube, deinen scharfen Augen entgeht nichts. Manchmal habe ich bei dir das Gefühl, dass du den Menschen bis in ihre Seelen blicken kannst. Es stimmt tatsächlich, ich mache mir Sorgen, weil die Schmalztöpfe nicht voll werden. Die Sau war heuer zu mager. Wenn es gutgeht, werden wir gerade mal die Hälfte der üblichen Menge bekommen. Das Fett wird uns gerade in diesem Winter sehr fehlen, da mache ich mir als Hausfrau schon meine Sorgen. Aber sag, Lazarus, was führt dich heute Abend zu uns? Du wirst doch nicht gekommen sein, um dir eine Metzelsuppe zu holen?«, scherzte sie unbefangen.

Lazarus trat sofort einen Schritt zurück, streckte seine inzwischen angewärmten Hände in die Höhe und rief ganz entsetzt: »Mein Gott, der Gerechte, bewahre mich davor, diese Sünde zu begehen! Luise, du weißt doch auch, dass ich niemals schwach geworden bin und bisher kein Schweinefleisch gegessen habe. Ich halte mich an die Gesetze meiner Vorfahren und esse nur das, was erlaubt und koscher ist. Das hier, Luise, das ist bei uns Chasser-treife und für einen gläubigen Juden strikt verboten.« (Schwein, hebr. Chasser, ist für Juden tabu, und das jiddische Wort »treife« meint eine Sache, die nicht koscher ist. Somit bedeutet Chasser-treife gleich doppelt, nicht koscher zu sein.)

»Es ist mir bekannt, Lazarus, dass du ein treuer Diener deines Herrn bist. Ich wollte dich damit auch nicht in Versuchung bringen, es war nur ein kleiner Scherz. Du kennst mich doch nun schon so viele Jahre und weißt, dass ich gerne mal ein Späßchen mache. Die Zeit ist so schon ernst genug, man könnte den ganzen Tag heulen, wenn man die Not und das Elend auf dieser Welt sieht. Aber sag doch selbst, ist es nicht eigenartig und nur schwer nachvollziehbar, dass wir beide an denselben Gott glauben und der eine darf Schweinefleisch essen, so viel er will, und dem anderen ist es verboten.«

»So ist es nun halt einmal, ich halte mich an die Gesetze der Juden und ihr Christen an die euren. Was soll man sonst auch tun? Mir ist schon bekannt, dass einige meiner Glaubensbrüder, auch hier im Ort, heimlich und bei Nacht sich das eine oder andere Würstchen holen und es sich schmecken lassen. Die Not macht die Menschen mürbe und lässt sie schwach werden.«

»Ja, so ist es, Lazarus, und deshalb haben wir nicht das Recht, diese Menschen zu verdammen. Wie lautet doch das Sprichwort? In der Not frisst der Teufel Fliegen.«

»Von mir aus kann der Teufel so viele Fliegen fressen, bis er daran erstickt, bei Lazarus wird deshalb auch in der Not kein Schweinefleisch über seine Lippen kommen.«

Der betagte Jude wirkte plötzlich wie verwandelt. Sein ausgemergelter Körper streckte sich, hochaufgerichtet und mit funkelnden Augen stand er im Raum. Großmutter bewunderte seine Standhaftigkeit und lobte ihn:

»Das gefällt mir an dir, Lazarus. Bei dir hat man immer das Gefühl, dass du auch das tust, was du sagst. Deshalb hätte ich dir gern etwas abgegeben, daran sollte es nicht liegen. Aber ich respektiere deinen Glauben.«

»Danke, Nachbarin. Ich weiß, dass du ein gutes Herz hast und mit beiden Händen gibst. Deshalb bin ich auch gekommen, ich habe eine große Bitte an dich. Du weißt, dass es bei uns zurzeit nicht besonders gut aussieht. Von unserem Sohn, der auf den Schlachtfeldern im Osten für unser Vaterland kämpfen muss, haben wir schon lange nichts mehr gehört. Wir wissen nicht, ob er überhaupt noch lebt. Dass sich meine Schwiegertochter im Sommer ihr Bein gebrochen hatte und lange nicht gehen konnte, das habt ihr ja auch mitbekommen. Dadurch konnten wir dieses Jahr beim Ährenlesen im Sommer nur wenig zusammenbringen, wo es doch heuer bei der schlechten Getreideernte eh schon wenig zu sammeln gab. Wir haben nur noch etwas vom Roggen übrig, aber keinen Weizen mehr. Und gerade jetzt bräuchten wir noch etwas vom Weizenmehl. Unsere kleine Rebekka liegt schon seit Tagen darnieder, hat keinen Appetit mehr und das wenige, was sie zu sich nimmt, erbricht sie anschließend wieder. Diese ständige Kohlrübensuppe ist einfach nicht gut für ihren empfindlichen Magen. Das liebe Kind träumt ständig von einem Berches, aber dafür fehlt uns eben das Weizenmehl. Wenn ihr uns davon etwas borgen würdet, könnten wir der Kleinen ihren Wunsch erfüllen. Wir werden im nächsten Jahr, so Gott will, wieder Ähren droben auf den Feldern der Wagenbacher Höfe lesen und euch das Geliehene wieder zurückgeben.«

Der Bittsteller stand erneut in sich gesunken und blickte Großmutter mit traurig flehenden Blicken an. Diese stand gerade wieder am Herd, in der einen Hand hielt sie den Pfannendeckel und mit der anderen stocherte sie mit einer Bratschaufel die bereits angeschmolzenen Speckwürfel durcheinander. Abrupt unterbrach sie ihre Arbeit und drehte sich zu Lazarus um:

»Das habe ich nicht gewusst, dass es mit deiner Enkelin so schlecht steht. Es ist ja eh nicht viel dran an der Kleinen, sehr bleich und schmal hat sie ja schon länger ausgesehen. Selbstverständlich bekommst du das Mehl von mir, das ist gar keine Frage, nur …« Sie unterbrach kurz ihre Rede und überlegte: »Da gibt es allerdings ein Problem: Wir können zurzeit nicht mahlen! Du wirst es mitbekommen haben, dass die Mühle wegen des Frostes stillsteht. Aber ich frage sogleich meinen Schwiegervater, ob er nicht doch noch einen Rest in seiner Mehlkiste hat.«

Der Müller stand in dem kleinen Nebengebäude vor dem Kessel und beaufsichtigte das Brühen der Würste. Diese Arbeit war ihm so wichtig, dass er sich jedes Mal selbst darum kümmerte. Es war nicht immer einfach, den alten gemauerten Kessel auf konstanter Temperatur von 75 Grad zu halten, der hatte schon seine Tücken, die man kennen musste. War die Temperatur zu nieder, so litt die Haltbarkeit der Würste, stieg sie dagegen zu sehr an, dann konnten die Würste aufplatzen und der Inhalt schwamm in der Brühe. Wenn es auch immer hieß: »In eine gute Wurstsuppe gehören auch einige geplatzte Würste, erst dann schmeckt sie so richtig lecker.« Doch des Müllers Stolz war es schon von jeher gewesen, alle Brühwürste unbeschadet aus dem Kessel bergen zu können. Eine Wurst zum Abendbrot war ihm lieber als eine geplatzte in der Metzelsuppe. »Die kann auch ohne schwimmenden Inhalt hervorragend munden«, pflegte er immer zu sagen.

Auf die Frage seiner Schwiegertochter schüttelte er nur bedauernd mit dem Kopf: »Nein, Luise, vom Weizenmehl ist kein Stäubchen mehr im Kasten, das haben die Leute alles für ihre Weihnachtsbäckereien geholt. Aber von dem Brotmehl ist noch eine kleine Menge vorrätig.« Er schaute sie nur kurz an, dann kehrte sein Blick wieder zu seinen Würsten zurück. Nach einem erneuten Blick auf das Thermometer bückte er sich und legte ein kleineres Holzscheit auf das Feuer. Doch da war Großmutter schon wieder zurück bei dem Juden in der Küche.

Lazarus sah in ihr Gesicht und wusste sofort, dass er nun mit einem abschlägigen Bescheid zu rechnen hatte. Er stand noch an demselben Platz wie vorhin und es hatte den Anschein, als ob seine hagere Gestalt noch mehr in sich zusammengesunken war. In seine verzweifelte Gedankenwelt hinein drang kaum hörbar, wie aus weiter Ferne kommend, Großmutters Aufforderung:

»Jetzt setz dich erst einmal auf den Stuhl dort am Tisch. Ich werde schon einen Weg finden, wie ich dir helfen kann.«

Kaum hatte sie die Worte ausgesprochen, huschte ein Leuchten über ihr Gesicht und sie schlug sich mit der Hand an ihre Stirn: »Es ist doch eigenartig, an das Nächstliegende denkt man meistens zuletzt. Du kannst das gewünschte Weißmehl haben, Lazarus. Drüben im Vorratsschränkchen habe ich noch eine ganze Tüte davon, die gebe ich dir. Da muss meine Familie halt etwas kürzertreten über die Feiertage, die Gesundheit deiner Enkelin hat Vorrang. Ich hole es dir gleich, doch zuerst muss ich noch das ausgelassene Fett versorgen.«

Der Angesprochene verfolgte jede Handbewegung von Großmutter mit steigendem Interesse. Es war das erste Mal in seinem langen Leben, dass er diesen Vorgang beobachten konnte. Zunächst füllte sie mit einem großen Schöpflöffel die inzwischen zusammengeschmolzenen Speckwürfel in eine gewöhnliche Kartoffelpresse und drückte sie vorsichtig aus. Das flüssige Fett konnte nun in die bereitstehenden Steinguttöpfe rinnen. Die ausgepressten Würfelstücke, die Grieben, kamen in einen gesonderten Topf. Zum Schluss wurde das heiße Fett, das sich durch das Erhitzen der Fettstücke in der Pfanne abgesetzt hatte, ebenfalls in die Steinguttöpfe gefüllt.

Anschließend wurden diese zur Abkühlung ins Freie gestellt. Lazarus entging nichts, jede Kleinigkeit war für ihn von Interesse. Dabei vollführte seine markante Nase, angeregt von den Gerüchen im Raum, unwillkürlich so eigenartige Bewegungen, dass es den Anschein hatte, als ob sie vor lauter Freude tanzen wollte. Ohne dies zunächst zu registrieren, zog Lazarus den verführerischen Duft des heißen Fettes durch sein Riechorgan. Als er es dann doch bemerkte, erschrak er heftig und meinte etwas verlegen:

»Ich hätte nicht gedacht, dass ein so unkoscheres Produkt so gut riechen kann. Wenn der Geschmack ebenfalls so lecker ist, dann kann man schon verstehen, dass man dabei schwach werden kann.«

Großmutter schaute ihn zunächst verwundert an, bevor sie ihm tadelnd antwortete: »Lazarus, Lazarus, du wirst doch nicht …!«

Er ließ sie erst gar nicht ausreden, so schnell kam seine Rechtfertigung: »Mein Gott, der Gerechte, wo denkst du denn hin, Nachbarin, ich bleibe stark, ich widerstehe der Versuchung. Zur Not esse ich halt auch Fliegen.«

»Das brauchst du nicht, Lazarus, ich hole dir jetzt dein Mehl.«

Kurz darauf bekam er eine ganze Tüte mit Weißmehl in die Hand gedrückt und in einer kleinen Dose hatte Großmutter noch etwas ganz Besonderes für den Nachbarn:

»Da ist Fenchelsamen drin. Davon machst du deiner Enkelin dreimal am Tag einen frischen Tee, das beruhigt die Magennerven. Die Tüte Mehl bekommt ihr von mir als Weihnachtsgeschenk; du brauchst es also nicht mehr zurückzugeben.«

Mit dankbarem Blick sah der Beschenkte Großmutter an und stammelte etwas von: »Der Herr wird es dir vergelten, Nachbarin.« Dabei bekamen seine schönen Augen einen feuchten Schimmer. Beinahe fluchtartig verließ er die Küche wieder durch die hintere Türe und ging in die Nacht hinaus.

Es gab noch viel zu tun an diesem vorweihnachtlichen Schlachttag, bis endlich alles geschafft war. Spät in der Nacht verkrochen sich alle hundemüde in ihren Betten und schliefen tief und fest. Nur Großmutter konnte zunächst nicht einschlafen, die kranke Rebekka ging ihr nicht aus dem Kopf. Immer wieder musste sie an das kleine Mädchen denken. Erst nachdem sie für das Kind gebetet und beschlossen hatte, morgen nach ihm zu schauen, wurde sie ruhiger und dämmerte schließlich weg.

Der neue Tag war noch jung. Die Sonne hatte gerade die letzten Nebelschleier aus dem Tal vertrieben und es sah ganz danach aus, als ob es trotz der Kälte ein schöner Wintertag werden würde. Luise war auf dem Wege zu ihrer kleinen Hühnerschar, um diese ins Freie zu entlassen. Auch wenn die Schneehöhe schon beachtlich war, unter den Fichten am hinteren Gartenrand und unter dem großen Vordach der alten Scheune konnten sie sich aufhalten und ihrer Lieblingsbeschäftigung nachgehen. Hier durften sie nach Herzenslust scharren und das eine oder andere Körnchen finden. Ja, auch das Hühnerfutter war bereits knapp geworden, und ohne Futter gab es, zumal jetzt im Winter, auch keine Eier mehr. Großmutter betrachtete lange den stolzen Hahn, den Herrscher der kleinen Hühnerschar. Dem konnte man den Futtermangel noch nicht ansehen. Luise machte sich ihre eigenen Gedanken über das Prachtexemplar:

»Der behauptet seine Vormachtstellung und frisst den Hühnern das Beste weg und dabei legt er nicht ein einziges Ei. Ich denke, es wird diesen Winter auch ohne ihn gehen, und im Frühjahr holen wir dann eben einen neuen, aus einer anderen Zucht.«

Kaum dass sie ihn erdacht, setzte sie ihren Plan auch sogleich in die Tat um. Der Hahn wurde eingefangen und in einen Sack gesteckt. Auf dem Weg zum Hackklotz fiel ihr gerade noch rechtzeitig ein, dass das nicht ging. Sie durfte das Tier nicht selbst töten!

»Das darf ich nicht machen, den muss ich schon lebend übergeben, sonst nimmt ihn der Jude nicht an. Das Tier muss nicht nur koscher sein, sondern auch fachgerecht geschächtet werden.«

Lazarus wohnte mit Tochter und Enkelin in dem zweiten ehemaligen Judenhaus der Herren von Gemmingen-Guttenberg, das die früheren Grundherren des Dorfes im Jahre 1795 in Wollenberg errichtet hatten. Von Anfang an war es fast ausschließlich von Juden bewohnt, auch dann noch, als die Herrschaft das Gebäude im neunzehnten Jahrhundert verkauft hatte.

Lazarus stand gerade vor dem Haus, als Großmutter mit einem Sack auf dem Rücken den Weg heraufgeschnauft kam. Der Mann verstand nicht sofort, was seine Nachbarin meinte, als sie ihm den Sack mit Inhalt vor die Nase hielt und kurz angebunden erklärte: »Da, nimm und geh und lass ihn schächten!«

Verblüfft sah er sie an: »Ich weiß nicht, was du willst, Luise.«

»Ist das so schwer zu begreifen, du hast doch sonst kein Brett vor dem Kopf. Ich habe mir wegen deiner Enkelin die ganze Zeit den Kopf zerbrochen, wie ich ihr helfen könnte. Da kam mir der Hahn gerade recht. Damit könnt ihr für euer krankes Kind eine kräftige Hühnerbrühe zubereiten, die einige Tage reichen wird. Und das zarte Geflügelfleisch wird ihr Magen auch besser vertragen als alles andere. Du wirst sehen, dass sie damit wieder auf die Beine kommen wird. Jetzt schau nicht so ungläubig drein und mach dich auf den Weg. Wenn es dir recht ist, werde ich jetzt hinaufgehen und die kleine Rebekka besuchen. Ich will selber nachschauen, wie es ihr geht.«

Plötzlich hatte Lazarus begriffen, was er da in Händen hielt. Seine Augen leuchteten freudig auf und mit einem Dankeswort auf den Lippen verschwand er mit seinem unerwarteten Geschenk.

Als Großmutter wenig später in die Wohnung des Nachbarn getreten war, blieb sie zunächst stehen und schaute sich um. Sie wusste selber nicht mehr, wann sie das letzte Mal hier gewesen war. Nach ihrem Gefühl musste das schon sehr lange her sein. Die Stube war einfach eingerichtet, aber wohltuend sauber. Neben dem alten Holzofen hatte man ein Krankenlager für das Mädchen hergerichtet. Rebekka war kaum zu erkennen, die dicke Wolldecke hatte sie bis zur Nasenspitze hochgezogen. Von dem bleichen, ausgezehrten Gesichtchen war nur die obere Hälfte zu sehen. Sie hatte ihre Augen geschlossen, es schien, als ob sie schlafen würde. Ihre Mutter saß vor dem einzigen Fenster des Zimmers, neben ihr lehnte eine einfache, selbstgeschnitzte Krücke an der Wand. Die bleiverglasten Fensterscheiben waren von unten her vereist, so dass nur wenig Licht ins Zimmer drang. Es war regelrecht duster hier drinnen und es herrschte eine eigenartige Atmosphäre in dem kleinen Raum. Luise hatte das Empfinden, sich in einem Trauerhaus zu befinden.

Rebekkas Mutter war gerade damit beschäftigt gewesen, einen löchrigen Strumpf zu stopfen. Sie wollte ihre Arbeit beiseitelegen und der Eintretenden entgegengehen. Diese winkte ab, legte den Zeigefinger an den Mund und bat somit die Mutter des Mädchens, ruhig sitzen zu bleiben. Selbst leise auftretend, näherte sie sich dem Bett der Kranken. Als sie an dem einfachen Tisch vorbeiging, bemerkte sie ein kleines Tellerchen mit kalt gewordener Kohlrübensuppe. Ein antiquierter Holzlöffel lag noch unbenutzt daneben. Lange stand Großmutter vor dem Lager des Kindes. Unwillkürlich hatte sie, ohne sich dessen bewusst geworden zu sein, ihre Hände gefaltet und ein stilles Gebet gen Himmel geschickt. Der Anblick des ausgezehrten Gesichtchens hatte sie bis in ihre Seele hinein berührt. Das Mitleid mit der Kranken diktierte in ihr den Hilferuf an den Schöpfer allen Lebens. Sie musste an ihre eigenen Kinder denken, die mit fünf und neun Jahren auch nicht viel älter als Rebekka, aber wohlauf waren. Sie wusste nicht, wie lange sie so gestanden hatte, plötzlich zuckte sie zusammen, als etwas ihre Hände berührte. Das Mädchen hatte die Augen aufgeschlagen und zaghaft schob sie ihr Händchen unter der Decke hervor und legte es auf Großmutters betende Hände. Ihre blauen, aber matt blickenden Augen lächelten sie an und ihr blasser Mund hauchte:

»Danke für das Mehl.«

Gerührt und tief bewegt kniete sich Großmutter nieder und streichelte über das dünnhäutige, blasse Gesicht. Dabei erzählte sie ihr von der guten Suppe und dem zarten Fleisch, das sie nun bald bekommen und das ihr wieder Kraft und Gesundheit geben werde. Ein geheimnisvolles Leuchten in den Augen des Kindes bestätigte ihre Hoffnung, dass sie es schaffen würde. Sie stand auf, ging zur Mutter ans Fenster und verabschiedete sich:

»Jetzt kann ich beruhigt nach Hause gehen, ich bin mir sicher, dass die Kleine bald wieder gesund wird.«

Die Tage vor Weihnachten vergingen wie im Flug. Die Arbeit und die Vorbereitungen auf das Fest der Liebe nahmen die Menschen in Beschlag. Auch wenn es an vielen Dingen mangelte, das Weihnachtsfest sollte nicht auch noch dem Krieg zum Opfer fallen. Je größer die Not, desto mehr rückten die Menschen im Ort zusammen. Geschenke waren in diesen Zeiten die Ausnahme, wenn es denn welche gab, dann fielen sie sehr bescheiden aus. Die Wünsche der Menschen waren vielmehr auf das Ende des Krieges und die Hoffnung auf einen dauerhaften Frieden gerichtet.

Der Heilige Abend neigte sich langsam seinem Ende zu, tiefe Dunkelheit lag über dem Ort. Kein Stern war zu sehen, es herrschte eine geheimnisvolle Ruhe. Die stille und heilige Nacht hatte Einzug gehalten. Drunten in der alten Mühle war die ganze Familie in der zum Feste geschmückten Wohnstube versammelt. Großmutter Luise war gerade damit beschäftigt, die selbstgefertigten Kerzen aus Bienenwachs am Weihnachtsbaum zu entzünden. Die Augen aller Anwesenden waren gespannt auf sie gerichtet. Sobald die letzte Kerze brennen würde, wollten sie gemeinsam einige Weihnachtslieder singen. Das einfach geschmückte Bäumchen strahlte so schön wie die anderen der Vorjahre auch. Wenigstens hier musste nicht gespart werden. Die Kugeln, die

Strohsterne und das Lametta wurden jedes Jahr wiederverwendet.

Die stille Erwartung der Versammelten wurde jäh unterbrochen. Draußen hatte es an die Türe geklopft. Wer sollte da zu dieser vorgerückten Stunde noch kommen? Fragende Blicke gingen reihum, bis endlich einer hinausging, um nachzuschauen. Die Überraschung war groß, als Lazarus mit seiner Enkelin an der Hand ins Zimmer trat. Das Mädchen war noch sehr blass im Gesicht, aber es grenzte an ein Wunder, dass sie wieder auf den Beinen war und mitlaufen konnte. Damit hatte hier niemand gerechnet. Ihr Großvater versuchte etwas umständlich, die Situation zu erklären:

»Rebekka ist noch sehr schwach, aber sie wollte unbedingt heute Abend zu euch kommen, um sich nochmals für eure Hilfe zu bedanken. Und dann …«, er räusperte sich und fuhr etwas verlegen fort, »und dann wollte sie auch einmal euren Weihnachtsbaum leuchten sehen.«

Großmutter war ganz gerührt und ging zu dem Mädchen: »Ich freue mich so, dass es dir wieder besser geht, das ist die schönste Weihnachtsfreude, die ich mir denken kann.«

Rebekka strahlte sie mit ihren blauen Augen an, zog ein kleines Briefchen aus ihrer Jackentasche, hielt es ihr erwartungsvoll entgegen und ganz stolz kam es leise über ihre Lippen: »Das gebe ich dir für deine liebe Hilfe, ich habe es zusammen mit Mutter für dich gebastelt.«

Gespannt verfolgten dann ihre Augen, wie Großmutter dem Papierchen einen kleinen Strohstern entnahm und sich riesig darüber freute: »Das ist ja ein richtiger Davidstern, den hängen wir sogleich ganz oben an die Spitze des Weihnachtsbaumes.«

Rebekka nickte begeistert: »Da wird sich das Christkind aber sehr freuen. Opa Lazarus hat mir erzählt, dass euer Jesuskind auch Jude war, als es damals in Bethlehem geboren wurde.«

Überrascht schauten alle auf das kleine Mädchen, das eben in seiner kindlichen Unbefangenheit über die Brücke der Verbindung zwischen Juden und Christen gegangen war.

Kurz darauf erklangen drunten in der Mühle einige der schönen Weihnachtslieder und ein kleines Mädchen stand verzückt und mit offenem Mund an der Hand ihres Großvaters und ließ den Zauber dieser Heiligen Nacht in ihre kleine Seele rinnen.

Die Liebe eines Tieres hilft, die Lieblosigkeit der Menschen zu ertragen.

Rehweihnacht

Eine nicht zu Ende erzählte Geschichte

Die Mitte des Wintertages war bereits überschritten und noch immer tobte einer der heftigsten Schneestürme der letzten Jahre über dem nordöstlichen Kraichgau. Die Flocken, die so groß wie frischgerupfte Gänsedaunen waren, tanzten in der Luft und es hatte den Anschein, als ob sie nicht auf die Erde herunterwollten. Sie flogen in waagrechter Formation wie ein überaus großer Schwarm Zugvögel und trieben sich gegenseitig immer weiter. Es war unmöglich, eine einzelne Schneeflocke mit den Augen zu verfolgen. Sie kamen pausenlos in einer solchen Dichte dahergestürmt, dass es trotz der Tageszeit beinahe dunkel geworden war.

Der Wind, der, meist aus westlicher Richtung kommend, über das schmale, tief eingeschnittene Tal hinwegstrich, hatte gedreht und fegte mit Macht den Mühlbach entlang. Die schlanken Erlen an der Uferböschung wurden heftig durchgerüttelt und so mancher dürrer Ast wurde dabei abgerissen und hinabgeschleudert. Der Mühlbach, der, von Bad-Rappenau kommend und nun in Richtung Norden fließend, dem Neckar zuströmt, hatte hier in seinem Mittellauf durch so manche Jahrtausende hindurch ein wunderschönes, einzigartiges Tälchen geschaffen: das Fünfmühlental, benannt nach den fünf Mühlen, die hier einstmals an dem kleinen Bächlein betrieben wurden. In mäandernden Windungen schlängelt sich der Wasserlauf durch liebliche Wiesen, die hangaufwärts von herrlichen Laubwäldern begrenzt werden. Plätschernd und munter vor sich hinmurmelnd folgt das klare Wasser seinem selbstgewählten Lauf. Nur in den schmalen, zum Teil noch vorhandenen, mit geringstem Gefälle angelegten Mühlkanälen muss es, wie in ein Korsett gezwängt, dem Willen des Menschen gehorchend, talabwärts fließen. Arbeiten muss das Wasser des Mühlbaches allerdings heute nicht mehr. Auch in diesem romantischen Tal, wo man meint, hier sei die Zeit stehen geblieben, wurde der Mühlenbetrieb in der Mitte des vorigen Jahrhunderts aufgegeben. Doch die Gebäude der ehemaligen Mühlen stehen noch oder wurden wieder aufgebaut und sind bewohnt.

In dem nach einem Brand wieder neuerbauten Wohnhaus der Sommersmühle, der mittleren Mühle des Tales, stand ein kleines Mädchen auf einem Stuhl hinter dem Fenster und drückte sein Näschen an die Glasscheibe. Fasziniert schaute die Kleine von der mollig warmen Stube aus den unzählbaren Schneeflocken zu, die, vom Wind getrieben, an ihr vorbeiwirbelten. Immer wieder gab sie ihrem Erstaunen Ausdruck, indem sie sich umdrehte und ins Zimmer rief:

»Das müsst ihr sehen, was da draußen los ist! Aber ihr verschlaft ja alles, ihr Faulenzer.«

Die Faulenzer, das waren Leo, der Hund des Hauses, und Bambi, ein junges Reh. Das ungleiche Paar schien ein Herz und eine Seele zu sein. Sie lagen eng nebeneinander auf einem alten Teppich in ihrer Lieblingsecke und schienen zu schlafen. Doch bei genauer Betrachtung konnte man an den feinen Bewegungen ihrer Ohren erkennen, dass sie trotz ihres scheinbaren Tiefschlafs das Geschehen im Zimmer sehr wohl mitbekamen. Es war ein friedliches Bild, wie der Nachkomme des Wolfes und das scheue Reh einträchtig wie Geschwister ihrem Mittagsschlaf frönten. Das Schneetreiben, das da draußen durch das Mühlental wirbelte, schien die beiden nicht im Geringsten zu interessieren. Sie genossen es, den Sturm in der warmen Stube verschlafen zu dürfen. Leo und Bambi waren voll in die Familie des Hauses integriert und nun schon ein halbes Jahr beieinander. Der Golden Retriever war bereits zwei Jahre im Hause, als im Sommer das kleine Rehkitz aufgenommen wurde. Seine Mutter hatte eine rätselhafte Krankheit und konnte das Neugeborene nicht ausreichend ernähren. Deshalb wurde es aus dem Gehege genommen und von den Bewohnern liebevoll mit der Flasche aufgezogen. Es war für das kleine, hilflose Rehkind die einzige Chance, zu überleben. Und es überlebte! Die Sommersmühle war für das kleine Reh, dem man spontan den Namen Bambi gegeben hatte, zu einem neuen Zuhause geworden. Leo schaute zunächst ein wenig verwundert, er wusste nicht, wie er sich verhalten sollte. Doch dann entschied er sich, vermutlich auf Anraten seines Herrchens, das neue Wesen zu beschützen und es als Spielkameraden anzuerkennen. Der Hund und das Reh wuchsen gemeinsam auf und wurden bald zu unzertrennlichen Freunden. Und wie selbstverständlich war Sophia, das kleine Mädchen am Fenster, die Dritte im Bunde geworden. Rührend und mit viel Liebe hatte sie täglich mehrmals dem kleinen Rehkitz die Milchflasche gegeben und sich jedes Mal gefreut, wenn Bambi alles leergetrunken hatte. Ein halbes Jahr war inzwischen vergangen. Einen schönen Sommer und einen herrlichen Herbst hatten sie miteinander verbracht und nun war es Weihnachten geworden.

So plötzlich der Schneesturm heute gekommen war, so unvermittelt hatte er nach über zwei Stunden wieder aufgehört. Der heftige Wind hatte die letzten dunklen Schneewolken vertrieben und urplötzlich stand, wie nach einem Sommergewitter, die Sonne am Himmel. Die Gebäude blieben aber trotzdem im Schatten des Waldes, denn um diese Jahreszeit schaffte es die Sonne nicht mehr, bis auf den schmalen Grund des tief eingeschnittenen Tales vorzudringen. Ihre Strahlen reichten nur noch bis zur Hälfte des östlichen Waldhanges herab. Sophia war gerade von ihrem Stuhl am Fenster herabgestiegen, als ihre Mutter ins Zimmer trat. Sofort erhoben sich Leo und Bambi, sprangen ihr entgegen und strichen um ihre Beine.

»Na, ihr zwei, für euch wird es jetzt Zeit, dass ihr hinausgeht ins Freie. Dort könnt ihr euch im Neuschnee nach Herzenslust austoben.«

»Oh ja, da darf ich auch wieder mitgehen und im Schnee herumtoben«, begeisterte sich das Mädchen und wollte aus dem Zimmer stürmen.

»Nein, das geht heute nicht, Sophia, wir machen uns jetzt fertig, fahren zu Opa und Oma und auf dem Rückweg nehmen wir Papa mit. Hoffentlich kommen wir mit dem Auto durch den Neuschnee, ich habe keine Lust, wegen der kurzen Strecke noch die Schneeketten aufzulegen.«

»Ob Oma ihren kleinen Christbaum schon geschmückt hat? Meinst du, dass ich den schon vor der Bescherung sehen darf?«

»Du kannst es mal wieder nicht erwarten, lass dich doch überraschen, Sophia.«

Kurze Zeit später fuhren sie los. Leo durfte mit. Er hatte seinen Platz wie immer hinten im Wagen. Bambi dagegen musste zu Hause bleiben. Autofahren, das war es nicht gewohnt, das war nicht seine Welt. Es konnte partout nicht verstehen, dass sein Freund Leo so gerne mit diesem brummenden Vehikel fuhr. Nein, das gefiel ihm ganz und gar nicht! In dieser Beziehung hatte es ganz andere Ansichten als sein Freund. Aber ansonsten verstanden sie sich prächtig, der Wächter des Hofes und das scheue Reh. Doch da gab es noch etwas, bei dem sie nicht einer Meinung waren: So wie Bambi es eben nicht verstehen konnte, dass Leo gerne mit dem Auto fuhr, so konnte er es nicht begreifen, dass es ihn nicht mitnehmen konnte, wenn es ab und zu in den Wald ging, um seine Verwandten zu besuchen. Das hatte es inzwischen schon einige Male getan. Seine Zieheltern ließen ihm diese Freiheit, sie wussten, dass es wieder zurückkehren würde. Doch sein Freund Leo wollte nicht kapieren, dass die Tiere des Waldes und damit eben auch Bambis Verwandte, die Rehe, sich vor ihm fürchteten und flohen.

»Du hast doch auch keine Angst vor mir und bist ebenfalls ein Reh«, brummte er jedes Mal beleidigt, wenn er erfuhr, dass Bambi wieder allein im Wald gewesen war. Auf diese Freiheit, die das Reh leben durfte, war er schon ein wenig eifersüchtig. Er durfte nicht weggehen, hatte er doch Haus und Hof zu bewachen.

»Wir sind nun schon lange beieinander, ich kenne dich von klein an und ich kenne dich sehr gut. Deshalb weiß ich, dass du mir nichts antust! Aber das wissen die Tiere des Waldes nicht«, versuchte es ihm Bambi zu erklären.

»Du kannst es ihnen doch sagen.«

»Es nützt nichts, das können die mir nicht glauben. So etwas muss man selber erlebt haben, kannst du das nicht verstehen, Leo?«

»Na gut, ich muss es wohl akzeptieren. So hat halt jeder von uns seinen Spaß. Du genießt die Freiheit im Wald und ich fahre gerne mit dem Auto.«

Der Tag neigte sich langsam seinem Ende zu, aber noch war es hell genug, um alles beobachten zu können. Bambi stand unter einem Erlenbaum am Ufer des Mühlbachs und schaute lange unentwegt zum gegenüberliegenden Waldrand hinüber. Es hoffte, irgendeinen Laut oder ein Zeichen zu vernehmen, die auf das befreundete Rehrudel hinweisen würden, das es dort drüben schon einige Male angetroffen hatte. Das junge Reh spürte ein tiefes inneres Verlangen, gerade heute an Weihnachten mit seiner lieben Verwandtschaft einen kleinen Plausch zu halten. Aber es rührte sich nichts, eine gespenstige Stille lag über dem Tal. Noch zögerte Bambi, doch dann entschloss es sich abrupt, loszumarschieren und sich auf die Suche nach den Rehen zu begeben. Mit hohen Sprüngen überquerte es die Wiese. Der Schnee lag immerhin 20 Zentimeter hoch, so dass es mit dieser Art der Fortbewegung am wenigsten Mühe hatte. Am Waldrandgebüsch angelangt, wechselte es, nun langsamer werdend, hangaufwärts. Dabei drehte es seine Lauscher in alle Richtungen, um jedes noch so leise Geräusch wahrnehmen zu können. Aber es war nichts zu hören, kein

Knacken eines dürren Ästchens, kein Laut eines Tieres, ja, nicht einmal das übliche Rauschen des Windes in den Zweigen. Der viele Schnee hatte alles wie in Watte verpackt; es war kirchenstill geworden im Mühlental.

Bambi schritt langsam weiter und blieb dann vor einer mächtigen Randfichte mit tief nach unten reichenden Ästen stehen. Der Neuschnee, der hier am Waldrand viel höher lag, hatte die Fichtenzweige bis auf den Boden gedrückt. Es sah aus, als ob der weiße Mantel des Baumes mit einer langen Schleppe versehen und bis weit auf die Wiesen hinausreichen würde. Was hinter dieser weißen Wand verborgen war, konnte man nicht erkennen, aber die sensiblen Lauscher des jungen Rehs meldeten ihm die erhoffte frohe Botschaft: Die für Menschenohren nicht wahrnehmbaren Atemgeräusche ruhender Tiere verrieten ihm, dass es seine Artgenossen gefunden hatte.

»Na endlich, hier seid ihr also! Da habe ich doch richtig vermutet, dass ihr an dieser Stelle Schutz gesucht und wie ich sehe, auch gefunden habt. Kommt doch heraus aus eurem Versteck und lasst euch begrüßen.«

Zunächst blieb es ruhig hinter der Schneewand, so dass Bambi schon glaubte, seine Ohren hätten es getäuscht. Doch dann hörte es, wie eines der Rehe es ganz entsetzt belehrte: »Wir sind doch nicht lebensmüde! Noch ist es viel zu hell, sich aus der Deckung zu wagen und sich zu zeigen. Man merkt halt, dass du nicht hier im Wald aufgewachsen bist und die Gefahren nicht kennst, denen wir ständig ausgesetzt sind. Du musst schon zu uns unter den Schutz des Baumes kommen, wenn du uns sehen willst.«

»Entschuldige, ich habe wieder mal nicht daran gedacht, Ricke, ich komme sofort.«

Mit ein paar mächtigen Sprüngen umging Bambi die schneebehangene Fichte und wechselte in den Wald. Hier lag erheblich weniger Schnee und die Äste des Baumes hingen auf dieser Seite nicht so tief herunter. Es konnte, ohne sich bücken zu müssen, nun bequem zu dem unter der Fichte ruhenden Rudel gelangen. In einem Umkreis von zwei Metern um den Stamm gab es hier keinen Schnee. Die dichten Äste des Baumes hatten die weiße Pracht abgehalten und nach außen abgleiten lassen. Die Rehe hatten hier auf dem dick mit Fichtennadeln gepolsterten Boden ein bequemes Ruhelager gefunden.

»So, endlich bin ich hier, es ist schön, euch alle mal wieder begrüßen zu können. Wie ich sehe, habt ihr beinahe ein so weiches Lager wie ich auf meiner Decke.« Bambi ging reihum und stupste alle mit seiner Nase an, wobei es sich den Geruch jedes einzelnen Tieres einprägte. Danach legte es sich ebenfalls nieder und begann zu erzählen: Es berichtete, was es in der Zwischenzeit so alles erlebt hatte, von der Menschenfamilie und auch von Leo, dem lieben Hund. Staunend und zweifelnd folgte das ganze Rudel den Ausführungen des kleinen Rehs. Immer wieder wurde es von Zwischenrufen unterbrochen und mehrmals musste es das Gesagte wiederholen. Es war für die Rehe einfach unverständlich, dass Leo, der Hund, sich Bambi gegenüber so kameradschaftlich, ja beinahe liebevoll verhielt, wo sie selber doch ausschließlich nur negative Erfahrungen mit seinen Artgenossen gesammelt hatten.

Die alte, erfahrene Ricke fasste ihre Verwunderung mit der Feststellung zusammen: »Wenn wir es nicht selbst schon aus der Entfernung beobachtet hätten, dass das so ist, wie du es uns erzählt hast, wir könnten es dir nicht glauben.«

Bambi versuchte es mit einer weiteren Erklärung: »Das ist so, weil der Hund mich kennt!«

»Wenn das wirklich stimmt«, folgerte Ricke weiter, »dann müssten sich die Tiere und die Menschen einfach mal alle zusammentun, um sich gegenseitig kennenzulernen. Dann könnten wir alle in Frieden miteinander leben.«

»Das wäre schön«, erklang es nun aus der Runde, »wir müssten uns auch nicht mehr vor dem Jäger in Acht nehmen.«

»Ach ja, der Jäger, vor dem fürchten wir uns am meisten«, klagte Rickes jüngste Tochter, die sich direkt am Stamm der Fichte niedergelassen hatte.

»Aber heute braucht ihr keine Angst zu haben«, schaltete sich Bambi wieder ins Gespräch ein. »Heute feiern die Menschen doch das Weihnachtsfest. Da wird keinem Tier etwas zuleide getan, das könnt ihr mir wirklich glauben.«

»Ach Bambi, wie unerfahren du doch bist! Du glaubst nur an das Gute im Menschen, weil du fast nur positive Erfahrungen mit ihnen gemacht hast. Dir ist man bisher nur mit Liebe begegnet, aber glaube mir, es gibt auch andere Menschen. Wir haben leider diese Erfahrungen schon des Öfteren machen müssen, ich kann dir nur raten, sieh dich vor, damit du nicht auch eines Abends einfach abgeknallt wirst.« Der alte Rehbock hatte sich bei seiner Warnung so aufgeregt, dass er dabei aufgestanden war, um tief durchatmen zu können.

»Aber das kann doch mir nicht passieren, ich trage immer ein gelbes Halsband, daran kann jeder erkennen, dass ich zu den Menschen gehöre«, gab Bambi zur Antwort.

Das alte Reh betrachtete das Kleine eine Weile, bevor es ihm seine Meinung dazu sagte: »Man merkt, dass du noch ganz grün hinter deinen Lauschern bist, dir fehlen die Erziehung in der Freiheit und die Erfahrung im Wald. Dein Halsband ist wirklich sehr schön und man kann es tatsächlich von weitem sehen, doch glaube mir, das wird dich nicht schützen. Selbst wenn du schneeweiß wärst und ein leuchtendes Kreuz auf deinem Kopf trügest, so wie es von unserem Urahn in der alten Hubertuslegende überliefert ist, selbst dann gäbe es Menschen, die dich töten würden. Auch wenn die ganze Welt heute ihr Weihnachtsfest feiert; der Frieden und die Liebe, die ihr vor 2.000 Jahren durch den Messias überbracht wurden, sind leider noch immer nicht allgemeingültige Realität auf dieser Erde geworden. Solange die Menschen sich noch gegenseitig bekriegen, solange werden sie auch gegenüber uns Tieren keine Skrupel haben. Bis sich das einmal ändert, müssen wir noch sehr lange warten, das werden wir beide nicht mehr erleben. Also, sieh dich vor, wenn du nachher wieder zu deiner Menschenfamilie zurückkehrst, dass es dich nicht erwischt. Uns hat das Leben gelehrt, vorsichtig zu sein. Du dagegen bist mit viel Liebe und in Frieden aufgenommen worden, du kennst die Gefahren noch nicht. Wenn du bei uns bleiben könntest, würden wir dir alles beibringen, was du hier in der Freiheit des Waldes wissen musst.«

Bambi hatte sich die Predigt des erfahrenen Rehbocks in Ruhe angehört. Was ihm da eben so eindringlich gesagt wurde, beschäftigte es sehr. Es überlegte eine Weile, bevor es antwortete: »Du hast sehr weise gesprochen und deine große Erfahrung mag dir recht geben. Ich danke dir auch für dein Angebot, aber für immer kann ich nicht bei euch bleiben, dazu habe ich bereits zu feste Bindungen an meine Lieben dort unten. Doch so oft es mir möglich ist, werde ich zu euch kommen, um alles zu lernen, was für ein Reh wichtig ist. Auch heute kann ich nicht bei euch bleiben, denn gerade an Weihnachten wartet die kleine Sophia bestimmt wieder sehnsüchtig auf mich. Die anderen natürlich auch, von Leo ganz zu schweigen. Ich bin den Menschen so dankbar, denn ohne ihre Hilfe und Liebe hätte ich nicht überleben können.«

»Ja, mach das so, aber vergiss meine Worte nicht!«

Inzwischen war es unter dem schneebehangenen Baum dunkel geworden. Auch draußen legte sich langsam die Dämmerung unaufhaltsam über das Tal. Die stille und heilige Nacht hatte Einzug gehalten. Die Tiere unter der Fichte waren zur Ruhe gekommen. Der alte Rehbock hatte sich schon längst wieder auf seinem Lager niedergelassen und hing seinen Gedanken nach. Nur das leise Atmen der Rehe war zu vernehmen, ansonsten herrschte eine beinahe unheimliche Stille. Kein Lüftchen regte sich, die Äste und Zweige der Bäume zeigten unbeweglich wie Statisten zum nächtlichen Winterhimmel empor. Kurze Zeit später begann es wieder leise zu schneien. Bambi wollte gerade aufstehen und sich verabschieden, da ertönte in einiger Entfernung der heisere Schrei eines Eichelhähers. Sofort gingen die Köpfe in die Höhe und die Rehe lauschten angespannt in die Nacht hinaus. Keines sagte ein Wort, auch Bambi hielt sich instinktiv an das Beispiel seiner Verwandten. Zunächst war nichts mehr zu vernehmen, doch die verunsicherten Tiere wussten, dass der Wächter des Waldes nicht umsonst seinen Warnruf ausgestoßen hatte. Nachdem einige Zeit vergangen und kein weiteres Zeichen erfolgt war, wussten die Tiere des Waldes, dass die Gefahr vorüber war. Welche Veranlassung bestanden hatte, das wussten sie nicht zu deuten, doch dem Warnruf des Eichelhähers wurde immer Folge geleistet. Für Bambi war das eine neue Erfahrung in seinem bisher doch so unbefangenen Leben. Wieder etwas dazugelernt!

»So, jetzt wird es aber allerhöchste Zeit für mich, zurückzugehen, ich möchte doch noch vor meiner lieben Menschenfamilie zu Hause sein.«

»Ja, das ist vernünftig, sonst sperren sie dich womöglich noch ein, wenn sie merken, dass du so oft ausbüxst«, scherzte Ricke und erhob sich vom Lager.

»Nein, das glaube ich nicht, die Menschen gönnen mir die Freiheit. Nur Leo kann manchmal etwas neidisch werden, aber das nehme ich ihm nicht übel. Er muss halt immer gehorchen und seine Wächterpflichten ernst nehmen. Da verstehe ich, dass er auch mal gerne mit mir im Wald herumstreunen würde.«

»Lieber nicht, lass mir nur den Hund zu Hause, vor dem haben wir alle Angst«, meldete sich sogleich das Jüngste der Rehfamilie zu Wort.

»Das mache ich auch nicht und das habe ich Leo inzwischen schon beigebracht«, erwiderte Bambi lächelnd. »Aber noch etwas anderes: Ihr könntet mich eigentlich nach Hause begleiten, ich hätte da ein paar Leckereien für euch. Hinter dem Schuppen ist noch genügend Heu in der großen Raufe und von den leckeren Kastanien sind auch noch viele im Trögchen. Das wäre doch mal ein herzhafter Weihnachtsschmaus für euch, es reicht bestimmt für alle.«

»Das hört sich gut an, geradezu verlockend. Im tiefen Schnee finden wir auf der Wiese eh nicht viel zu fressen. Da bleiben uns nur die wenigen dürren Halme, die noch herausragen. Was meint ihr dazu? Ich denke, bei der Dunkelheit könnten wir es wagen.«

Ein zustimmendes Gemurmel machte die Runde und bestätigte die führende Ricke in ihrem Verlangen. Nur das Jüngste warf zaghaft die Frage auf: »Aber der Hund?«

»Da kann ich euch beruhigen, es ist niemand zu Hause, weder Hund noch Mensch. Die sind heute Mittag mit diesem stinkenden Vehikel weggefahren. Es besteht keine Gefahr für euch, und wenn sie zurückkommen, hören wir es rechtzeitig. Dann könnt ihr in aller Ruhe in euren Wald entfliehen.«

»Das ist gut, wir werden dich alle begleiten«, bestimmte die Anführerin, »und damit du keine Schwierigkeiten bekommst, werden wir im Gänsemarsch laufen, dann kann keiner feststellen, wie viele Tiere heute Nacht dein Futter verzehrt haben. Also lasst uns aufbrechen. Bambi, geh voraus und führe uns.«

Der leichte Schneefall hatte wieder aufgehört und vereinzelt tauchten ein paar Sterne am Nachthimmel auf. Die Eule, die wie immer um diese Zeit hoch oben in der Giebelöffnung thronte, staunte nicht schlecht, als sie die Rehe auf die Sommersmühle zumarschieren sah. Mit ihren scharfen Augen hatte sie die Tiere sofort erspäht. Aber sie war hier auch die Einzige, die dem munteren Treiben zuschauen durfte. Ansonsten lief alles ruhig und in stiller Heimlichkeit ab.

Was war das für eine Freude unter den Rehen, hier konnten sie sich ohne größere Anstrengung so richtig satt fressen. Bambi passte währenddessen auf und ließ den Weg nach Bad-Rappenau nicht aus den Augen. Es war stolz, seinen Verwandten so ein leckeres Weihnachtsessen bieten zu können. Ein schlechtes Gewissen hatte es dabei nicht. Warum auch? Es war doch sein Futter, das konnte es selber verzehren oder auch verschenken. Das ganze Rudel labte sich an den Köstlichkeiten, besonders die Kastanien waren ein unerwarteter Leckerbissen. Schon nach kurzer Zeit hatten die Tiere den ganzen Vorrat verspeist.

»Das war ein ausgezeichnetes Weihnachtsessen, vielen Dank, Bambi, das war eine gute Idee von dir. Da werden wir mal wieder vorbeikommen, wenn …«, Ricke wurde in ihrer Dankesrede unterbrochen. Motorengeräusche waren zu hören und bald darauf konnte man die Lichtkegel der Scheinwerfer hinter der Kurve hervorleuchten sehen.

»Sie kommen, lauft nun zurück in euren Wald!«

Es hätte dieser Aufforderung nicht bedurft, die scheuen Tiere waren bereits auf der Flucht. Mit großen Sprüngen flohen sie in Richtung des nahen Mühlbachs und nach dessen Überquerung verschwanden sie ungesehen im gegenüberliegenden Wald. »Besuch uns doch wieder!«, war das Einzige, was Bambi noch zu hören bekam. Es schaute den Freunden nach und Wehmut stieg in ihm auf. Es war verlockend, dem Rudel nachzuspringen, doch dann besann es sich und trottete langsam hinauf zum Haus. Gerade, als es um die Ecke bog, erfassten die Scheinwerfer des zurückkehrenden Wagens den kleinen Ausreißer.

»Mama, schau, dort! Bambi wartet schon auf uns, es friert bestimmt, ich nehme es gleich mit in die warme Stube.«

»Ja, tu das, Sophia, ich werde inzwischen mit deinem Vater die Sachen aus dem Auto holen.«

Kaum hielt der Wagen an, wurde auch schon die Türe aufgestoßen und mit mächtigen Sprüngen stürmte Leo seiner Freundin entgegen. War das wieder eine überaus stürmische Begrüßung! Der Hund sprang wie wild um das kleine Reh herum und forderte es zum Herumtollen auf. Doch Bambi hatte im Moment keine Lust dazu, seine Gedanken waren noch drüben im nahen Wald bei ihren Freunden.

Leo beschnupperte nun seine Kameradin und stellte dann wissend fest: »Du warst wieder weg, das hätte ich mir denken können.«

»Na und? Du warst ja auch weg.«

»Das stimmt, und ich habe schon geschnuppert, was wir heute Abend für tolle Geschenke bekommen. Es ist zwar alles gut verpackt, doch meiner sensiblen Nase bleibt eben nichts verborgen.«

Es wurde ein wunderschöner Abend in der einsamen, romantisch gelegenen Mühle. Drinnen in der warmen Stube saß die kleine Sophia auf dem Boden vor dem hell erleuchteten Weihnachtsbaum und packte ihre Geschenke aus. Zu ihrer Linken lag Leo, den Kopf auf seine großen Vorderpfoten gelegt, und beobachtete still das Geschehen um sich herum. Und auf der anderen Seite ruhte Bambi und genoss den Frieden, der über dieser Heiligen Nacht zu liegen schien. Sophias Eltern hatten sich auf der Couch niedergelassen und freuten sich an dem Glück ihres kleinen Blondschopfs. Das Licht in der ehemaligen Mühle brannte noch lange an diesem Abend, bevor es auch hier dunkel wurde und sich das Mühlental endgültig zur Ruhe begab.

Wenn es ein Märchen gewesen wäre, hätte es bestimmt hier sein Ende gefunden. Doch die Realität sieht oftmals ganz anders aus. Eiskalt und brutal kann das Schicksal zuschlagen: Es waren gerade einmal zwei Tage vergangen, da passierte es. Bambi, das kleine Reh, war nicht mehr nach Hause zurückgekehrt! Alles Suchen war vergebens, es blieb für immer verschwunden. Sophia war unendlich traurig. Auch Leo verstand die Welt nicht mehr. Die Eltern versuchten alles, um ihrer kleinen Tochter den Schmerz zu lindern. Sie erzählten Sophia, dass das kleine Reh nun endgültig zu seiner Familie in den Wald zurückgekehrt sei und dort in grenzenloser Freiheit ein neues Leben begonnen hatte. Das Kind konnte es nicht verstehen. Sie hatte doch das Rehkitz mit der Flasche aufgezogen, sie hatte es doch so lieb. Ganz fest klammerte sie sich an die Hoffnung, dass es eines Tages wieder zu ihr zurückkommen würde. Die Eltern teilten den Schmerz ihrer kleinen Tochter, aber nicht deren Hoffnung, denn sie wussten, was wirklich geschehen war!

Jedes Kind, das in diese Welt hineingeboren wird,
ist ein Zeichen dafür, dass Gott unsere Erde noch nicht aufgegeben hat.

(gehört in der Wieskirche zu Steingaden)

Schicksalswege

Die Macht der Nächstenliebe

Eine kleine Weihnachtsgeschichte

Markus lag in seinem Bettchen und wartete auf seine Mutter. Die Decke hatte er sich bis zur Nasenspitze hochgezogen, nicht weil es ihm kalt war, nein, das machte er immer so. Er brauchte das, es gab ihm ein Gefühl von Geborgenheit. Mit seinen fünf Jahren war er schon recht selbstständig und seinem Alter weit voraus. Aber ohne einen Gutenachtkuss von seiner Mutter und das kleine Abendgebet, das sie immer gemeinsam sprachen, konnte er nicht einschlafen. Das war er von klein auf so gewohnt, es war inzwischen zur Selbstverständlichkeit geworden. Auch dadurch war im Laufe der Jahre eine sehr tiefe Verbundenheit mit seiner lieben Mama entstanden.

Dass er keinen Vater hatte, war ihm bisher noch nicht so richtig bewusst geworden. Natürlich hatte er sich schon einige Male bei seiner Mutter danach erkundigt, doch in diesem Punkt wich sie ihm aus, sie wollte nicht darüber reden. Es tat ihr noch immer weh, auch wenn inzwischen schon sechs Jahre ins Land gezogen waren. Und gerade jetzt in der Weihnachtszeit wurde sie wieder an die Ereignisse von damals erinnert.

Sie hatten heute am Nachmittag gemeinsam die kleine Weihnachtskrippe aufgebaut und die schönen Figuren liebevoll an ihre Plätze gestellt. Die handgeschnitzten und kunstvoll bemalten Kostbarkeiten waren ein Geschenk ihrer Eltern gewesen, sie waren bereits seit Jahrzehnten im Familienbesitz. Der kleine Markus hatte viele Fragen. Schon beim Auspacken der zahlreichen Einzelstücke erkundigte er sich, was das sei. Seine Mutter musste auf sein vieles »Was«, »Wer«, »Warum«, »Wann«, »Weshalb« und »Wozu« Antworten geben. Und so blieb es nicht aus, dass sie ihrem Sohn unter Zuhilfenahme der Krippenfiguren die Weihnachtsgeschichte erzählte. Als dann zum Schluss noch die Heiligen Drei Könige auf den Weg zur Krippe gestellt wurden, war es für sie selbstverständlich, auch über deren Geschichte zu berichten. Dabei erwähnte sie auch den Tötungsbefehl des Königs Herodes, wie es im zweiten Kapitel des Matthäus-Evangeliums geschrieben steht. Doch als sie dann das ernste Gesichtchen ihres Sohnes sah, erschrak sie heftig und machte sich im Stillen Selbstvorwürfe. Da saß der kleine Knirps auf dem Boden, hielt gerade den dunkelhäutigen Kaspar in seinen Händchen und schaute sie mit entsetzten Augen an. Sofort versuchte sie, das Gespräch in eine andere Richtung zu lenken, was ihr wider Erwarten auch schnell gelang. Aber dass in der Gedankenwelt des kleinen Markus viele Fragezeichen zurückblieben, das konnte sie nicht mehr verhindern. Dazu war es bereits zu spät.

Leise öffnete sich die Türe und die Mutter trat ins Zimmer des Knaben. Sofort ging sein Köpfchen hoch und ein Leuchten in seinen blauen Augen verriet ihr, dass er schon sehnsüchtig auf sie gewartet hatte. Sie setzte sich zu ihm aufs Bett, strich ihm sanft mit der Hand über seinen schönen blonden Lockenkopf und etwas müde kamen ihre Worte: »So, mein kleiner Liebling, jetzt wird es aber Zeit, dass wir zur Ruhe kommen. Es war heute ein langer Tag, auch ich freue mich auf mein Bett.«

»Aber zuerst beten wir noch miteinander und ein Lied musst du mir auch noch vorsingen. Du weißt doch, dass ich das so gerne von dir höre.«

»Na gut, wenn du mich schon so lieb darum bittest und weil morgen Weihnachten ist, singe ich für dich heute ein Weihnachtslied.«

Kurz darauf klang leise eine klare und wundervolle Sopranstimme durch den kleinen Raum. Markus' Mutter sang für ihr Söhnchen das schöne Weihnachtslied »Stille Nacht, Heilige Nacht«. Ein anonymer Beobachter hätte den Eindruck gewinnen können, ein leibhaftiger Engel säße am Bettchen eines Kindes und sänge es in den Schlaf.

Die letzten Töne des schönen Liedes schwebten noch im Raum, da überraschte Markus seine Mutter mit der Frage: »Mama, lebt der König Herodes noch? Sag, dass das heute mit den Kindern nicht mehr geschieht.«

Von diesem Gedanken ihres Söhnchens völlig überrascht, schaute sie ihn erschrocken an und kaltes Entsetzen überfiel sie. Sie konnte nichts sagen, ihr fehlten einfach die Worte. Hatte ihre Erzählung heute Mittag die Seele ihres Jungen so erschüttert, dass seine Gedanken immer wieder um diese Begebenheit kreisten? Schlagartig fiel ihr die eigene Geschichte wieder ein. Die Erinnerungen an die Ereignisse von damals und an ihre Gefühle kamen ihr wieder in den Sinn und liefen wie ein Film vor ihrem inneren Auge ab:

Es war vor sechs Jahren und es war ebenfalls kurz vor Weihnachten gewesen. Das Wetter passte zu ihrer Stimmung, es war ein richtig trübseliger Tag. Der Nebel lag bleiern über dem Neckar, die feuchte Kälte kroch ihr durch sämtliche Glieder und ließ sie frösteln. Bei diesem unangenehmen Wetter blieb man am besten in der warmen Wohnung. Doch dort hatte sie es nicht mehr ausgehalten, ihre Verzweiflung hatte sie nach draußen getrieben. Sie hatte gehofft, Menschen zu treffen, sie konnte jetzt nicht allein sein. Und doch war sie allein, einsam in der großen Stadt! Menschen gab es genug, auch hier in Heilbronn und gerade jetzt in der besinnlichen Vorweihnachtszeit herrschte überall reges Treiben. Doch jeder schien nur seine eigenen Besorgungen im Kopf zu haben. Hektisch eilten sie aneinander vorbei und man war selbst in der Masse allein. Der Einzige, mit dem sie über ihre Sorgen hätte reden können, ihr Freund, hatte sie am Vorabend abgrundtief enttäuscht.

Freudestrahlend hatte sie ihm, nachdem sie sich sicher war, mitgeteilt, dass sie ein Kind erwartete. Eine frohe Weihnachtsüberraschung sollte es für ihn sein und sie hörte im Geiste schon die Hochzeitsglocken läuten. Aber anstelle der Freude, die sie erwartet hatte, erkannte sie sofort auf seinem wie versteinert wirkenden Gesicht, dass ihre Botschaft genau das Gegenteil bei ihm ausgelöst hatte.

Eiskalt und ohne langes Nachdenken kam seine zynische Forderung: »Du wirst das Kind nicht bekommen, das ist doch wohl selbstverständlich.«

Zunächst konnte sie nichts sagen, sie war sprachlos. Vor allem diese Gefühlskälte überraschte sie und machte sie betroffen. So kannte sie ihren Geliebten nicht, es war das erste Mal gewesen, dass er ihr diese Seite offenbart hatte. Sie musste zuerst den ekeligen Kloß, der sich in ihrem Hals festgesetzt hatte, runterschlucken. Dann kam ganz entrüstet ihre Frage: »Wie bitte, verstehe ich dich richtig, du willst unser gemeinsames Kind nicht? Das meinst du doch nicht im Ernst, weshalb lehnst du das so kategorisch ab? Ich freue mich schon riesig darauf und ich dachte, dass es bei dir genauso ist. Jetzt hat unser Leben doch erst einen Sinn erhalten, wir werden nun eine richtige Familie sein.«

Er hatte sie erschrocken angeschaut und man konnte ihm ansehen, dass etwas Unangenehmes durch seinen Kopf ging. Dann platzte es aus ihm heraus: »Das ist ja genau das, was zwischen uns nicht sein kann. Eigentlich wollte ich es dir schon lange sagen, doch ich hatte nie den Mut dazu und ich wollte dich nicht verlieren. Ich bin bereits verheiratet und ich habe auch zwei kleine Kinder. Eine Trennung von meiner Frau kommt für mich nicht infrage, denn ich bin finanziell von ihr abhängig und ihrem Vater verdanke ich auch meine gesellschaftliche Stellung. Denk doch nur, was das für einen Skandal in der Stadt geben würde, wenn deine Schwangerschaft bekannt würde. Das wäre eine Katastrophe für mich. Nein, das kannst du mir nicht antun! Deshalb verlange ich von dir, dass du die für mich so wichtige Entscheidung akzeptieren wirst. Unsere Beziehung können wir dann wie bisher weiterführen.«

Fassungslos und entsetzt starrte Gabi den Mann an, dem sie die ganze Zeit so sehr vertraut hatte. Sie konnte das Gehörte nicht fassen. Tausend Gedanken schossen ihr durch den Kopf: Ich muss träumen, denn das kann doch nicht wahr sein! Das ist doch nicht der wunderbare Mann, den ich so sehr liebe? Da steht doch der Leibhaftige vor mir und will mir mein Kind wegnehmen. Wie kann sich ein Mensch so verändern? Wie man sich doch täuschen kann. Ich glaube, ich habe einen großen Fehler gemacht und alles durch die rosarote Brille der Verliebtheit gesehen.

Aber dann war sie mit einem Schlag hellwach geworden! Plötzlich hatte sie begriffen, was ihr die Realität knallhart präsentiert hatte. Ihr Gesicht war schneeweiß geworden. Doch an ihren Augen konnte man erkennen, dass sie den Kampf aufgenommen hatte, sie funkelten und blitzten wie bei einem Wetterleuchten. Und das Gewitter ließ nicht lange auf sich warten. Ohne ein Wort zu sagen, ging sie an ihm vorbei, öffnete die Wohnungstür, drehte sich um und wie ein Donnerschlag kam ihre Aufforderung: »Geh!« Sie sagte nur dies eine Wort, aber es drückte alles aus, was sie in diesem Moment empfand.

Von ihrer Reaktion völlig überrascht, schaute er sie irritiert an und versuchte, die Situation zu entschärfen, indem er ihr anbot: »Lass uns doch in Ruhe über alles reden, schlaf erst einmal darüber und überlege dir meinen Vorschlag. Morgen sehen wir dann weiter.«

Gabi ließ sich auf keine weitere Diskussion ein, packte ihn am Arm und schob ihn einfach hinaus. Mit lautem Knall fiel die Tür hinter ihm ins Schloss. Völlig überrascht stand er im Flur und starrte auf den verschlossenen Eingang. Seine Gefühle waren im Widerstreit miteinander. Zuerst wollte er dem aufkommenden Wunsch nachgeben und zurückgehen, um den brutal abgerissenen Gesprächsfaden wieder aufzunehmen. Doch dann meldete sich sein gekränkter Stolz und die Feigheit vor der Verantwortung trieb ihn fluchtartig aus dem Haus. Ohne, wie sonst üblich, einen Blick hinauf zu den beleuchteten Fenstern ihrer Wohnung zu werfen, stieg er in seinen Wagen und brauste mit quietschenden Reifen davon.

Gabi stand wie gelähmt. Dann zitterte sie am ganzen Körper und fror. Schauer liefen ihr über den Rücken und dann versagten ihre Beine den Dienst. Langsam rutschte sie nach unten, bis sie auf dem Boden saß. Dann brach es aus ihr heraus, das heulende Elend verschaffte sich Luft. Sie schlug beide Hände vors Gesicht und weinte bitterlich. Es hatte den Anschein, als ob die ganze Enttäuschung, die Verlogenheit, die Angst vor der ungewissen Zukunft und ihre Hilflosigkeit in einem Meer von Tränen ertränkt werden sollten. Wie ein Häufchen Elend kauerte sie auf dem Boden. Sie wusste später nicht mehr, wie lange sie so gesessen hatte. Irgendwann musste sie dann aufgestanden und in ihr Bett gewankt sein.

Ihr Schlaf war unruhig und nicht von langer Dauer. Alpträume geißelten ihr Unterbewusstsein, sie wälzte sich von einer Seite auf die andere. Gegen Mitternacht war sie schweißgebadet aufgewacht und konnte die ganze Nacht über keine Ruhe mehr finden. Immer wieder versuchte sie sich einzureden, dass das alles nur ein böser Traum gewesen sein musste. Doch noch bevor der Morgen graute, war ihr bewusst geworden, dass die Wirklichkeit manchmal grausamer sein konnte als der schlimmste Traum.

Gabi stand noch immer auf der Brücke beim Götzenturm und starrte hinunter auf die träge dahingleitenden Fluten des Neckars. Im grauen Einerlei des Nebels konnte sie das Wasser nur schemenhaft erkennen. Es schien, als ob der Fluss mit einem seidenen Schleier vor ihren Augen verborgen werden sollte. Die Ereignisse des gestrigen Abends hatten sich wie teuflische Dämonen in ihrem Kopf festgesetzt. Unbewusst suchte sie nach einem neuen Weg, denn ihr war klar, dass es kein Zurück zu ihrer bisherigen Beziehung geben würde. Aber wie es weitergehen sollte, das wusste sie auch nicht. Noch war sie zu verwirrt, die Enttäuschung saß einfach zu tief, um auch nur einen einzigen klaren Gedanken fassen zu können. Plötzlich schlich sich eine furchtbare, teuflische Versuchung bei ihr ein, klammerte sich fest und wollte ihre Sinne vernebeln:

»Wenn du jetzt runterspringst, dann sind alle Probleme gelöst. Das geht ganz einfach, bei dieser Kälte verlierst du umgehend das Bewusstsein und du spürst gar nicht, wie schnell alles zu Ende ist. Überlege nicht lange, lass dich einfach fallen.«

Der heisere Schrei einer Krähe, die plötzlich aus dem Grauschleier des Nebels auftauchte und beängstigend nah über ihren Kopf hinwegflog, riss sie aus ihren unseligen Gedanken. Erschrocken und völlig entsetzt hielt sie sich mit beiden Händen am Brückengeländer fest und atmete tief durch. Ihr Gesicht war schneeweiß geworden, aber es war nicht nur das geisterhafte Auftauchen des schwarzen Schicksalsvogels, nein, es waren auch die Verzweiflung und die schrecklichen Eingebungen, die ihr panische Ängste einjagten.

»Bin ich denn jetzt schon so weit, dass ich mein Leben wegwerfen will? Ich muss verrückt sein, daran auch nur einen Gedanken zu verschwenden.«

Mit einem Ruck drehte sie sich um und verließ den unheimlichen Ort. Ein feuchtkalter Wind wehte ihr ins Gesicht. Mechanisch schlug sie ihren Mantelkragen hoch und zog den Schal fester. Aber es half wenig, sie fror trotzdem. Ziellos ging sie weiter, bog unbewusst in die Allerheiligenstraße ein, am Deutschhof vorbei, zur Fleiner Straße. Hier auf der Heilbronner Einkaufsmeile herrschte so kurz vor Weihnachten reges Treiben. Das trübselige Wetter schien die Menschen nicht davon abzuhalten, ihre Einkäufe zu erledigen. Das gleiche Bild bot sich ihr, als sie die Kaiserstraße überquert hatte und auf die Sülmerstraße wechselte. Auch hier wieder viele Menschen, die, mit Taschen und Paketen beladen, aneinander vorbeihetzten, als wären sie auf der Flucht. Als es dann auch noch zu regnen anfing, ergriff auch Gabi die Initiative. Zunächst hatte sie überlegt, in ein gemütliches Café zu gehen, um sich bei einem Cappuccino aufzuwärmen, doch nun eilte sie zu ihrer Wohnung zurück. Sie hatte nur den einen Gedanken: Raus, schleunigst raus aus der Stadt, bevor sie mich erdrückt. Ohne groß zu überlegen, griff sie nach dem Autoschlüssel auf der Ablage, verließ die Wohnung, eilte zu ihrem Kleinwagen und fuhr los. Wohin sie fahren würde, wusste sie selbst noch nicht so genau. Sie hoffte, irgendwo draußen auf dem Land, vielleicht bei einem Waldspaziergang, ihre innere Ruhe wiederzufinden.

Auf der B27 verließ sie Heilbronn in Richtung Norden. Die Sicht war infolge des dichten Nebels im Neckartal mehr als eingeschränkt. Schemenhaft leuchteten ihr aus dem schier undurchdringlichen Grau die Scheinwerfer der entgegenkommenden Autos entgegen. Gabi fühlte sich unwohl und überlegte, wie sie dem ausweichen könnte. »Ich muss aus dem Neckartal heraus und auf die Höhe fahren, vielleicht ist es dort oben besser«, flüsterte sie vor sich hin. So verließ sie bei Gundelsheim die B27 und als sie kurz darauf den Ortsnamen »Höchstberg« las, hatte das Schicksal bereits seine Weichen gestellt und ihr das Ziel vorgegeben.

Sie hatte das kleine Dorf noch nicht ganz erreicht, da lichtete sich plötzlich der Nebel und die ersten Häuser von Höchstberg lagen vor ihr. Überrascht, wie hell und freundlich es doch an diesem frühen Nachmittag hier oben sein konnte, ließ sie ihre Blicke langsam über die reizvolle Hochebene schweifen. Abrupt hielt sie den Wagen an, als ihre Augen einen Kirchturm mit einem hier in dieser Gegend ungewöhnlichen Zwiebelhut hinter dem querstehenden Gotteshaus erblickten. Was sie so sehr verwunderte, war nicht das Bauwerk an sich. Diese himmelwärts ragenden Glockentürme gehörten einfach, wie selbstverständlich, zu jeder christlichen Kirche dazu. Nein, das Besondere hier war die Lage des herrlichen Ensembles. Es schien, als ob es, weitab vom Dorf, mitten auf den Feldern stehen würde.

»Wo aber ist die Dorfkirche?«, stellte sich Gabi selbst die sich ihr aufdrängende Frage. Ihre Blicke kehrten zurück und schweiften über die Dächer des Ortes. Doch einen Kirchturm oder eine Kirche konnte sie dort nicht entdecken. Denn es gibt und es gab nie eine Kirche in Höchstberg, das ist das Außergewöhnliche dieses lieblichen Dörfchens. Plötzlich fiel ihr ein, dass sie von ihrer jetzigen Arbeitsstätte aus, der Plattenwaldklinik, am nördlichen Horizont immer eine einzelstehende Kirche erblicken konnte. Jetzt wurde es ihr bewusst, wo es sie an diesem Vorweihnachtstag hingeführt hatte. Hierher wollte sie schon lange einmal, aber sie hatte bisher nie die Zeit dafür gefunden. Doch heute hatte das Schicksal selbst die Weichen gestellt und auf geheimnisvolle Weise ihren Weg bestimmt. Es sollte für Gabi die entscheidende Stunde in ihrem jungen Leben werden.

Die exponierte Lage des Gotteshauses hatte ihr Interesse geweckt, das wollte sie sich genauer anschauen. Langsam fuhr sie weiter, durchquerte den Ort und hielt kurze Zeit später auf dem großzügig angelegten Parkplatz, direkt neben den drei prächtigen Birken. Als sie ausgestiegen war, blieb sie zunächst wie verzaubert stehen und genoss das herrliche Bild, das sich ihr hier oben, beinahe märchenhaft, darbot. Die Hochebene war frei von Nebel und wurde von der tiefstehenden Sonne beschienen. Doch ringsherum in den Tälern der Jagst, des Kochers, der Schefflenz, des Tiefenbaches und des Neckars lag der Nebel und sein grauweißer Schleier reichte bis obenan. Man konnte den Eindruck gewinnen, auf einer flachen Insel zu stehen, die einsam mitten im weiten Ozean liegt. Wie schön doch die Natur sein konnte, selbst dem grauen und tristen Nebel war hier oben noch eine wunderbare, geheimnisvolle Seite abzugewinnen. Plötzlich schienen auch ihre Sorgen weit weg unter dem dichten Grau vergraben zu sein. Da draußen in südlicher Richtung war auch von der Stadt Heilbronn, die Gabi so fluchtartig verlassen hatte, nichts mehr zu sehen. Der Nebel hatte sie einfach verschluckt. Selbst die hohen und normalerweise weithin sichtbaren Kühltürme des Kohlekraftwerkes blieben heute im Grau verborgen.

Laute Glockenschläge rissen die stille Betrachterin aus ihren Träumen und erinnerten sie an ihr eigentliches Ziel. Gabi riss sich von ihren Gedanken los, drehte sich um und ging durch das Tor in den Kirchenhof. Bewundernd blieb sie vor den zwei wuchtigen Kastanienbäumen stehen, die hoch hinauf, beinahe bis zum Zwiebelhut des Turmes, ragten. Erst auf den zweiten Blick entdeckte sie hinter den mächtigen Stämmen der Baumriesen eine künstlich angelegte Grotte. Zwei wunderbar modellierte Figuren in Lebensgröße zogen die Blicke jedes Betrachters auf sich. Hier wurde gezeigt, wie Jesus auf dem Boden kniet und beide Hände einem Engel entgegenstreckt, der ihm einen goldenen Kelch übergibt. Es stellt das bekannte Ereignis auf dem Ölberg bei Jerusalem dar, wo Jesus seinen Gottvater bittet, den bitteren Kelch nicht annehmen zu müssen. Nachdenklich betrachtete Gabi die Szene und ihre eigene Not war plötzlich wieder gegenwärtig. Traurig wandte sie sich ab, der Anblick ging ihr regelrecht unter die Haut.

Fünf Schritte weiter, und die junge Frau stand vor dem neben der Kirche erbauten Glockenturm. Ein großer, breiter Rundbogen ermöglichte ihr, unter dem Turm hindurchzugehen. Als sie ihn durchschritten hatte, blieb sie erneut staunend stehen. Direkt dahinter, im Schutz von Turm und Kirchengebäude, stand ein großer, alter Nussbaum.

Es ist der Symbolbaum dieser wunderschönen Wallfahrtskirche mit einer interessanten, ungewöhnlichen Entstehungslegende. Der Bau wurde im Jahre 1700 eingeweiht und trägt den Namen »Unserer lieben Frau vom Nussbaum«.

Weil die Seitentüre verschlossen war, lenkte Gabi ihre Schritte zur Rückseite der Kirche, wo sich der Friedhof der kleinen Gemeinde anschloss. Hier ist auch der Eingang zum Gotteshaus zu finden, das tagsüber immer geöffnet ist. Als sie eingetreten war, hatte sie unwillkürlich innegehalten. So ein wunderschönes Kleinod hatte sie hier auf dem Land, inmitten der Felder, nicht erwartet. Wie versteinert blieb sie stehen und ließ die geheimnisvolle Atmosphäre auf sich wirken. Sie konnte später nicht sagen, wie lange sie so verharrte. Aber es musste schon eine geraume Zeit vergangen sein, bis sie wieder in die Realität zurückfand. Erst nachdem sie ein unterdrücktes Niesen hörte, war ihr bewusst geworden, dass sie nicht allein in dem wunderschönen Gotteshaus war. Ihre Blicke wanderten durch den Raum und dann sah sie die Verursacherin. Eine ältere Frau mit wunderschönem weißem Haar war vor dem Altarraum mit dem Aufbau einer Weihnachtskrippe beschäftigt. Liebevoll ging sie zu Werke. Sie war so in ihre Arbeit vertieft, dass sie die Eingetretene zunächst gar nicht bemerkt hatte. Doch irgendwann erfassten ihre Augen die junge Frau und sie erkannte sofort die Traurigkeit und die Verzweiflung, die auf dem schönen, aber bleichen Gesicht zu liegen schienen. Nachdenklich widmete sie sich wieder ihren Krippenfiguren. Gabi war nun nach vorne gekommen und hatte sich nach einem kurzen Gruß auf der ersten Bank niedergelassen. Bewundernd schaute sie der Frau zu, wie sie jedes Detail liebevoll an seinen Platz stellte. Gabi erkannte sofort, dass hier eine Künstlerin am Werke war und diese ihre Weihnachtslandschaft nicht zum ersten Mal aufbaute.

Die Frau war ihr sofort sympathisch gewesen und hatte sie spontan an ihre verstorbene Mutter erinnert. Gabi hätte gerne ein Gespräch mit ihr begonnen, aber sie wusste nicht, wie sie die Fremde ansprechen sollte, und wollte sie auch nicht von ihrer Arbeit abhalten. Doch das Schicksal ergriff die Initiative. Plötzlich ging alles ganz schnell. Die Frau hatte gerade die Futterkrippe in den Stall von Bethlehem gestellt und das kleine nackte Jesuskind aus seinem Schächtelchen genommen. Sie wollte es eben an seinen Platz legen, besann sich jedoch einen Moment und drückte ihm spontan einen Kuss auf sein kleines lächelndes Gesichtchen. Dann erst legte sie es behutsam auf das Heu in der Krippe. Gabi hatte diese liebevolle Geste verfolgt und ihr war schlagartig die eigene Situation bewusst geworden. Sie hatte beide Hände vors Gesicht gehalten, um das aufkommende Schluchzen noch zu verhindern. Doch da gab es nichts mehr zu halten. Sie musste bitterlich weinen. Die Tränen schossen ihr nur so aus den Augen, ein heftiger Weinkrampf erschütterte ihren ganzen Körper. Die Ereignisse des gestrigen Abends geißelten wieder ihre Gedanken und die Enttäuschungen über ihren Freund stürzten wie ein Wasserfall über sie hinweg. Es sah so aus, als ob das alles mit einer Flut von Tränen hinweggeschwemmt werden sollte. Plötzlich spürte sie eine warme Hand auf der ihren. Gabi erschrak nicht, sie blickte sich um und gewahrte schemenhaft, dass sich die Frau an ihre Seite gesetzt hatte. Ohne ein Wort zu sagen, war sie herübergekommen und hatte einfach wie selbstverständlich ihre Hand gehalten. Es war, als ob ein beschützender Engel neben ihr Platz genommen hätte. Nachdem sie eine ganze Weile geschwiegen hatte, kam ihre fürsorgliche Frage:

»Was ist mit Ihnen, mein Kind? Was bedrückt Sie so, dass Sie weinen wie ein Schlosshund?«

Ihre Stimme war weich, sie hatte einen gütigen Klang und Gabi musste wieder an ihre Mutter denken. Sie spürte instinktiv: Dieser Frau kannst du dich anvertrauen, ihr kannst du alles sagen. Doch vorher musste sie ihr tränennasses Gesicht trocknen. Sie suchte krampfhaft in ihrer Handtasche nach Papiertüchern, fand sie aber vor Erregung nicht sogleich. Da erklang erneut die gütige Stimme neben ihr:

»Hier, nehmen Sie meine.«

Dankbar hatte sie zugegriffen und ihre Tränen getrocknet, erst danach fand sie eine Antwort auf die vorherige Frage: »Sie sagten soeben ganz liebevoll ›mein Kind‹ zu mir, damit haben Sie den Nagel auf den Kopf getroffen. Ich erwarte nämlich ein Kind! Doch mein Freund, jetzt muss ich wohl besser sagen: der Erzeuger meines Kindes lehnte es rundweg ab und ich hatte mich so darauf gefreut. Gleichgültig, wie ich mich auch entscheide, einen werde ich verlieren. Entweder das Kind oder den Vater.«

Sie legte eine kleine Pause ein, dann erzählte sie der fremden Frau neben ihr alles, was seit gestern Abend geschehen war. Ja, sie ging noch weiter und berichtete aus ihrem Leben vieles, was sie für erwähnenswert hielt. Still und ohne nachzufragen, hörte sich die Fremde den Lebenslauf der neben ihr sitzenden jungen Frau an. So erfuhr sie auch, dass ihre Eltern vor zwei Jahren bei einem Verkehrsunfall ums Leben gekommen waren und sie nun seit einem Jahr in Heilbronn eine kleine Wohnung hatte. Geschwister hätte sie auch keine, sie war auf sich allein gestellt.

Gabi hatte sich alles von der Seele geredet, sie spürte, wie es ihr plötzlich leichter wurde. Der berühmte Stein schien von ihrem Herzen gefallen zu sein. »So, jetzt geht es mir schon viel besser. Ich danke Ihnen, dass Sie mir

Ihre Zeit geschenkt und mir wie ein Beichtvater zugehört haben.«

»Man hat es Ihnen angesehen, dass Sie eine schwere Last mit sich herumtragen. Ich hatte mir so etwas Ähnliches gedacht, als ich Sie vorhin so verzweifelt da hinten habe stehen sehen. Doch wie soll es nun weitergehen? Werden Sie das Kind bekommen oder wählen Sie den Herodesweg und …?«

Sofort hatte Gabi sie unterbrochen: »Nein, diesen Weg werde ich nicht gehen, ich will nicht noch mehr Schuld auf mich laden. Selbstverständlich will ich das Kind! Das ist für mich gar keine Frage, aber ich weiß nicht, ob ich das alles auf die Reihe kriegen werde. Ich habe keine Verwandten, die mir beistehen könnten, und meinen Beruf kann ich auch nicht so einfach aufgeben. Ich frage mich, wie es weitergehen soll.«

Der Engel neben ihr lächelte sie an: »Aber ich weiß es, meine Liebe! Es freut mich, dass Sie zu Ihrem Kind stehen, und ich will Ihnen helfen. Deshalb werde ich Ihnen jetzt einen Vorschlag machen: Das Wichtigste ist jetzt für Sie, dass Sie aus Ihrem bisherigen Umfeld herauskommen. Ein Neuanfang ist nur möglich, wenn Sie die Stadt verlassen und dort alles hinter sich lassen. Sehen Sie, meine Tochter wohnt drüben in Bad-Rappenau. Sie ist verheiratet und erwartet im nächsten Jahr ebenfalls ein Baby. Zwei kleine Buben sind auch schon da, deshalb ist meine Tochter nicht mehr berufstätig und ganz zu Hause. Die kleine Einliegerwohnung wird demnächst auch wieder frei, das wäre das Richtige für Sie. So könntet ihr euch gegenseitig die Betreuung der Kinder aufteilen. Und ein Arbeitsplatz wird sich bestimmt auch in einer der vielen Kliniken finden lassen. Das dürfte bei

Ihrer Ausbildung das kleinste Problem sein. Na, was sagen Sie dazu?«

Gabi hatte mit zunehmendem Interesse die Vorschläge des Engels angehört. Sie war sprachlos! So eine positive Entwicklung hätte sie sich in ihren kühnsten Träumen nicht vorstellen können. Die schreckliche Situation auf der Neckarbrücke vom Vormittag kam ihr wieder in den Sinn, wo sie die Verzweiflung beinahe so weit getrieben hatte, der Versuchung nachzugeben und den falschen Weg zu nehmen. Spontan fiel ihr ein Satz ein, den sie vor einiger Zeit gelesen hatte: »Es gibt immer zwei Wege in deinem Leben, du musst dich nur für den richtigen entscheiden.« Nun war sie sich sicher, diesen gefunden zu haben.

Freudestrahlend ergriff sie die Hände der immer noch neben ihr sitzenden Frau und mit glückseliger Stimme quoll es aus ihrem Herzen: »Danke, vielen herzlichen Dank für Ihre Hilfe, ich nehme Ihr Angebot gerne an. Das ist für mich und mein ungeborenes Kind das schönste Weihnachtsgeschenk, das ich mir denken kann. Jetzt kann ich wieder froh in die Zukunft schauen. Ich danke dem Schicksal, dass es mich heute hierhergeführt hat, und ich danke Ihnen für Ihre Liebe und die Zeit, die Sie mir geschenkt haben. Sie waren wie eine Mutter zu mir. Ja, Sie haben mich bereits vorhin, sofort als ich Sie gesehen hatte, an meine eigene Mutter erinnert. Verraten Sie mir bitte Ihren Namen, damit ich weiß, wem ich das alles zu verdanken habe?«

Sie waren beide aufgestanden und die schöne, weiche Stimme flüsterte: »Maria, sag einfach Maria zu mir!«

»Seltsam, so ein Zufall. Meine Mutter hieß auch Maria.«

Nachdenklich schaute sie in das zufrieden lächelnde Gesicht ihres Weihnachtsengels und einer spontanen Eingebung folgend nahm sie die bisher fremde und jetzt so vertraute Frau in die Arme und sagte einfach nur: »Maria.«

Die Antwort ließ nicht lange auf sich warten: »Gabi.«

Lange standen sie so und hielten sich gegenseitig umschlungen. Keine sagte ein Wort. Es herrschte die sprichwörtliche Kirchenstille in dem wunderschönen Gotteshaus zu Unserer lieben Frau vom Nussbaum. Zwei Seelen waren in einem stillen Gebet vereint. Wie ein Orakel ertönten plötzlich die lauten Glockenschläge vom nebenstehenden Kirchturm herein. Die Frauen schauten sich an und lachten. Die Zeit mahnte ihre Vergänglichkeit an und kündete vom nahenden Abend.

»Jetzt ist es aber höchste Eisenbahn, dass ich mein Bethlehem zu Ende bringe«, scherzte Maria und Gabi bot ihr sofort ihre Hilfe an. Maria nickte ihr wortlos zu und dann werkelten sie Hand in Hand, so als ob sie das schon immer gemeinsam getan hätten. Als der frühe Abend hereinbrach und die Dämmerung die Natur zur Ruhe schickte, hatten auch die beiden Frauen ihre Arbeit beendet. Stolz betrachteten sie ihr Werk und freuten sich wie kleine Kinder. Nachdem sie noch schnell aufgeräumt und alle Lichter gelöscht hatten, verließen Maria und Gabi den Ort der wundersamen Begegnung. Draußen vor der Kirche hieß es dann vorerst Abschied voneinander zu nehmen. Aber es war keine Trennung für immer, aus dieser ersten Begegnung heraus entwickelte sich zwischen den beiden eine immer tiefer werdende Freundschaft. Gabi war in ihren Wagen gestiegen und nach Heilbronn zurückgefahren und Maria strampelte mit ihrem Fahrrad nach Hause.

Bereits zu Beginn des neuen Frühlings war Gabi nach Bad-Rappenau umgezogen. Nach einigen Bewerbungen klappte es dann auch mit einer neuen Arbeitsstelle. Sie hatte wirklich Glück gehabt, besser hätte sie es nicht treffen können. Marias Tochter hatte sich rührend ihrer neuen Untermieterin angenommen. Schon bald hatte Gabi in ihrer neuen Umgebung Fuß gefasst, sie fühlte sich in Bad-Rappenau sehr wohl. Als dann im Sommer ihr kleiner Junge geboren wurde, war sie überglücklich und konnte wieder hoffnungsvoll in die Zukunft blicken.

Der kleine Markus war schon lange eingeschlafen, die ruhigen Atemzüge verrieten, dass sein Schlaf tief und fest war. Sein rechtes Händchen hatte er muschelförmig über sein Näschen gelegt, das tat er immer, wenn er recht müde war. Es war eine eigenartige Handbewegung, die sie schon früh bei ihm beobachtet hatte. Auch wenn der Kleine bereits im Reich der Träume war, seine Frage war noch immer gegenwärtig. Unbeantwortet schien sie noch im Raum zu schweben: »Mama, lebt der König Herodes noch? Sag, dass das mit den Kindern heute nicht mehr geschieht.«

Gabi betrachtete lange ihren schlafenden Liebling, dann kam leise ihre Antwort: »Nein, mein Kleiner, diesen König Herodes gibt es seit 2.000 Jahren nicht mehr. Aber dafür steckt in vielen von uns so ein kleiner Tyrann, doch das kannst du erst später verstehen. Ich werde alles in meiner Macht Stehende tun und mit dir einen anderen Weg gehen, damit das Böse nicht auch in dein Herz einziehen und deine Seele vergiften wird. Das verspreche ich dir!«

Der Kleine schlief selig weiter. Die Antwort auf seine Frage hatte er nicht mehr mitbekommen. Ob sie in seine Träume eingeflossen war? Seine Mutter konnte es nicht erfahren. Am nächsten Morgen war es jedenfalls kein Thema mehr für Markus, er hatte nicht mehr nachgefragt.

Das Lächeln eines Kindes
ist eines der schönsten Geschenke,
das man mit dem Herzen entgegennehmen kann.

SOS im Kinderdorf

Eine kleine Weihnachtsgeschichte

Bleiern lag der Nebel schon seit Tagen in den Tälern des welligen Berglandes. Nur auf den Hochebenen schaffte es die Sonne in den Nachmittagsstunden für eine kurze Zeit, den geheimnisvollen Zauberschleier des Spätherbstes zu vertreiben. Doch um diese Jahreszeit, es waren die letzten Novembertage, verschwand sie, den Gesetzen der Natur folgend, bald wieder hinter den Wipfeln des Schurwaldes. Und der Nebel zog wieder von den Tälern herauf und legte sich über das Land. Es war die Zeit der frühen Abende und der langen Nächte, die Zeit, die den nahenden Winter ankündigte.

Wie auf Bestellung fiel dann auch am Tage vor Adventsbeginn überraschend der erste Schnee. Aus den Fenstern der kleinen schmucken Häuschen des SOS-Kinderdorfes leuchtete das Licht in die beginnende Dunkelheit hinaus. Es war ein schönes, ja ein anheimelndes Bild, das sich jedem darbot, der sich um diese Zeit noch draußen aufhalten musste. Der Neuschnee hatte die Hausdächer wie in Watte eingepackt und die vielen Bäume, die überall zwischen den Gebäuden standen, trugen das Weiß auf ihren Ästen, als ob sie mit feinem Zuckerguss überzogen wären. Es herrschte eine friedliche Stille in dem idyllisch gelegenen Dörfchen am Rande des Waldes. Nur drinnen in den Häusern, besonders in deren Küchen, war eine rege Betriebsamkeit anzutreffen. Dort wurde gerührt, geknetet, ausgestochen und gebacken. Es war Tradition im Dorf, dass das erste Weihnachtsgebäck des Jahres rechtzeitig zu Beginn der Adventszeit auf den Tisch kam. Da waren alle begeistert bei der Sache, wobei die Mädchen naturgemäß mehr Eifer an den Tag legten als die Buben.

Verführerische Düfte entwichen durch die aufgeklappten Küchenfenster nach draußen und vermischten sich zu einer verlockenden, einzigartigen Komposition für die Nase. Wenn jetzt noch jemand unterwegs war in dem kleinen, beschaulichen Dörfchen, dem lief bestimmt das Wasser im Munde zusammen. Das weckte Begehrlichkeit nach Süßem und die Erwachsenen wurden an ihre eigene Kindheit erinnert. Die Adventszeit hat halt trotz oder gerade wegen des Winterbeginns viele schöne Seiten, die Vorfreude auf Weihnachten aufkommen lassen.

Am Nordrand des Kinderdorfes, in dem Haus, das in unmittelbarer Nähe des Waldes steht, herrschte dieselbe Betriebsamkeit wie bei den übrigen Familien der kleinen Ansiedlung. Michaela, die Mutter der Hausgemeinschaft, zog gerade ein Backblech mit fertigen Plätzchen aus dem Elektroofen, als die Haustürklingel ertönte. Sie stellte das heiße Blech auf eine Unterlage und ging mit einer Warnung an ihre Kinder hinaus: »Nicht anfassen! Das Blech ist noch sehr heiß«, um nachzuschauen, wer da so spät noch kam. »Vielleicht ist es Margarete von gegenüber, die will bestimmt das neue Rezept für den Christstollen holen, von dem ich ihr vorgeschwärmt habe.«

Doch als sie die Türe geöffnet hatte, prallte sie freudig erschrocken zurück und eine leichte Röte huschte über ihre Wangen. Vor der Türe stand nicht Margarete, sondern Gerhard, ein Bio-Bauer aus dem Nachbardorf.

Michaela hatte sich sofort wieder im Griff und überspielte ihre Verlegenheit mit den flapsigen Worten: »Du? Was machst denn du noch um diese Zeit hier? Solltest du nicht im Stall bei deinen Tieren sein oder haben die heute einen Fastentag?«

»Natürlich nicht! Ich weiß, dass ich etwas spät dran bin. Doch ich bin gerade auf dem Heimweg vom Wochenmarkt der Stadt und habe gedacht, dass du und deine Kinder die Kiste Äpfel, die ich noch übrig habe, gut gebrauchen könnt. Aber zuerst einmal sei ganz herzlich gegrüßt, Michaela.«

»Entschuldige, du hast recht! Zuerst der Gruß, dann die Fragen. Vielen Dank auch, die Äpfel kann ich tatsächlich gut gebrauchen. Komm, bringe sie bitte herein, wir sind gerade beim Plätzchenbacken.«

»Ah, deshalb riecht es hier so verführerisch.«

Fünf Augenpaare schauten gespannt dem späten Besucher entgegen, als dieser die Küche betrat. Die Kinder freuten sich jedes Mal, wenn Gerhard zu ihnen hereinschaute, denn er hatte immer etwas für sie dabei. Und es hatte den Anschein, als ob auch ihre Mutter ihn nicht ungern kommen sah. Die Kleinen spürten instinktiv die Veränderung, die der Besucher bei ihr auslöste.

Gerhard stellte die Obstkiste auf einen Stuhl und begrüßte die Kinder der Reihe nach mit einem Handschlag. Zuerst das Geschwisterpaar Linda und Mario, dann die beiden Schwestern Tatjana und Lara und zum Schluss die kleine Jessica. Ihr Händchen behielt er lange in der seinen und schaute mit einem nachdenklich verliebten Blick in ihre immer so traurig blickenden Augen.

»Was ist mit dir, Jessica? Du schaust wieder so traurig, freust du dich denn gar nicht? Jetzt haben wir doch die schöne Adventszeit und bald ist auch Weihnachten.«

Sie gab ihm keine Antwort, aber ihr Lächeln, das sie ihm schenkte, sagte ihm mehr als viele Worte. Er erwiderte ihr Lächeln und gab ihre Hände frei. Noch immer in Gedanken versunken, drehte er sich um und wandte sich an Michaela: »Wenn ich nur wüsste, was der Kleinen auf der Seele liegt. Ich würde ihr so gerne helfen.«

Diese hatte die Begegnung der beiden aufmerksam beobachtet. Es war nicht das erste Mal, dass sie das besondere Interesse von Gerhard an der kleinen Jessica bemerkt hatte. Manchmal stellte sie sich sogar die Frage, ob er nur wegen dem Kind vorbeischaute oder ob er auch ein Auge auf sie, Michaela, geworfen hatte. Oder kam er wegen ihnen beiden? Sie war sich darüber noch nicht im Klaren. Sicher war nur eines: Sie mochten ihn alle, sie selbst und die fünf ihr anvertrauten Kinder. So manche schöne Stunde hatten sie miteinander verbracht. Wenn er hier war, fühlten sie sich wie eine richtige Familie, zu der neben der Mutter dann auch ein Vater gehörte. Am meisten genoss es die kleine Jessica, sie fühlte sich in besonderer Weise zu ihm hingezogen. Die beiden Geschwisterpaare Linda und Mario sowie Tatjana und Lara hatten Gerhard auch liebgewonnen, doch bei ihnen war es mehr ein freundschaftliches Verhältnis. Die Ersteren hatten noch leibliche Eltern in Stuttgart und von den Schwestern lebte noch der Vater in Ludwigsburg. Und wenn es die Umstände zuließen, durften sie auch ihre Eltern für einige Zeit in den Ferien besuchen. Sie gehörten zu der Gruppe von Kindern im Dorf, die aus schwierigen familiären Verhältnissen stammten und die auf Anordnung der zuständigen Behörden in ein SOS-Kinderdorf eingewiesen worden waren. Dem Kontakt der betreuten Kinder zu den leiblichen Eltern und Verwandten wird heute ein höherer Stellenwert eingeräumt, er dient dem Ziel, vielleicht unter veränderten Gegebenheiten, die Familien wieder zusammenführen zu können.

Bei Jessica war das alles ganz anders. Von ihr waren weder Vater noch Mutter bekannt, auch von irgendwelchen Verwandten wusste niemand. Schon ihr Einzug ins Kinderdorf damals vor sechseinhalb Jahren versetzte die gesamte Dorfgemeinschaft in helle Aufregung: Es war ein lauer Frühsommerabend und die Dämmerung hatte bereits eingesetzt. Michaela wollte noch schnell hinüber zum Gemeinschaftshaus und ein Bildchen holen, das eines ihrer Kinder dort hatte liegen lassen. Als sie auf ihrem Weg am Verwaltungsgebäude vorbeikam, hörte sie das leise Weinen eines Kindes. Nanu, dachte sie. Wer ist denn da so spät noch hier draußen? Als sie in die Richtung schaute, aus der das Wimmern kam, erkannte sie einen Schatten vor den Eingangsstufen zum Verwaltungsgebäude. Schnell eilte sie hinzu und nun erblickte sie den Verursacher, heute würde sie sagen, die Verursacherin der klagenden Laute. In einem Kinderwagen lag ein etwa sechs Monate altes Kind und weinte herzzerreißend. Sie versuchte, das süße Baby zu beruhigen, und sprach ihm besänftigend zu. Dabei blickte sie sich suchend um, doch sie konnte niemanden sehen. Im Verwaltungsgebäude brannte kein Licht mehr, also konnte dort auch keiner mehr sein. Trotzdem klingelte sie an der Türe, aber es rührte sich nichts. Dann begann sie laut zu rufen: »Hallo, ist da jemand? Wem gehört denn das kleine Kind?« Sie wusste, dass zurzeit keine Babys im Dorf lebten. Also musste es jemandem von außerhalb gehören! Aber wem?

Nachdem sie keine Antwort bekam, schnappte sie sich kurzentschlossen den Kinderwagen und nahm ihn mit nach Hause. Die Kinder staunten nicht schlecht, als ihre Mutter plötzlich mit der Kleinen auftauchte. Michaela griff zum Telefon und verständigte die Heimleiterin. Die Kinder schwärmten aus und erkundigten sich bei den anderen Familien, ob dort vielleicht jemand zu Besuch war, dem das Kind gehören könnte. Bald war das ganze Dorf auf den Beinen und die sonst so friedliche Stille hier draußen wandelte sich schlagartig. Man hatte den Eindruck, in einen Bienenschwarm geraten zu sein. Doch alles Suchen war vergebens, es ließ sich niemand finden, dem das Findelkind gehörte.

Als man dann später bei den wenigen Habseligkeiten, die in einer Tasche verstaut waren, einen Briefumschlag fand, kam so langsam etwas Licht in das Dunkel, das den kleinen Erdenbürger umgab. Die darin enthaltenen handschriftlichen Mitteilungen ließen die Leiterin die zuständigen Behörden einschalten. Mit knappen Worten war da zu lesen: ›Bitte verdammen Sie mich nicht. Ich weiß keinen anderen Weg, denn ich habe nur noch kurze Zeit zu leben. Ich möchte, dass meine kleine Jessica hier bei euch im SOS-Kinderdorf aufwachsen kann. Die Gründe hierfür möchte ich nicht nennen. Ich bin mir sicher, dass sie es hier gut haben wird. Danke für eure Liebe. Jessicas Mutter.‹

Und auf der Rückseite stand noch ein Satz, der allen ein Rätsel war: ›Vielleicht wird das Schicksal sie zu ihren

Wurzeln führen.‹ Dem Schreiben war noch ein ziemlich hoher Geldbetrag beigefügt.

Alle Nachforschungen der Polizei und der Behörden verliefen im Sande. Es konnte niemand ausfindig gemacht werden, dem die kleine Jessica gehörte. Und so blieb sie und wurde in Michaelas Familie eingegliedert. Ihr Erscheinen war ein Paukenschlag! In dieser Art und Weise hatte hier noch niemand Einzug gehalten. Michaela hatte sie mit offenen Armen aufgenommen und sich rührend um sie gekümmert. Sie hatte sich den Ausspruch einer ihrer Kolleginnen zu eigen gemacht: »Das Kind, das in mein Haus kommt, darf auch in mein Herz!« So versuchte sie, alle ihr anvertrauten Kinder mit der gleichen Liebe zu behandeln. Aber es gab einen Unterschied: Die anderen hatten noch leibliche Verwandte – Jessica nicht.

Inzwischen sieben Jahre alt geworden, kamen von ihr immer öfter Fragen wie: »Warum habe ich keine richtigen Eltern? Warum hat mich meine Mutter alleine gelassen? Und was ist mit meinem Vater?« Fragen, auf die sie keine befriedigende Antwort geben konnte. Und gerade jetzt vor Weihnachten, wenn ihre »Geschwister« für ein paar Tage zu dem Fest nach Hause durften, kamen diese Fragen wieder und wieder.

Gerhard wollte nun gehen, denn es wurde höchste Zeit für ihn. Michaela begleitete ihn nach draußen. »Darf ich dich etwas fragen, Gerhard?«

»Ja, gewiss doch! Was hast du denn auf dem Herzen?«

»Du hast heute die kleine Jessica wieder so sonderbar angeschaut. Das habe ich nun schon einige Male bei dir beobachtet. Was ist los? Immer wenn du das Kind siehst, bist du wie verändert.«

»Ich wollte auch schon lange mit dir darüber reden. Doch ich habe den Gedanken immer wieder verworfen. Ich habe mir gesagt, dass ich mir das nur einbilde.«

»Was meinst du damit? Sag es mir bitte, vielleicht kann ich dir helfen.«

»Ach, es geht nicht um mich, es geht mir um das Kind, um Jessica. Ihr möchte ich helfen! Obwohl es ein fröhliches Kind ist, sehe ich in ihren Augen und in ihrer Seele eine tiefe Sehnsucht. Bitte verstehe mich nicht falsch, ich sehe die Augen meiner ehemaligen Freundin. Ich kann mir nicht helfen, aber Jessica erinnert mich an Andrea. Und je älter die Kleine wird, desto ähnlicher wird sie ihr.«

Michaela war schon auf eine kleine Überraschung gefasst, doch was sie jetzt zu hören bekam, damit hatte sie nicht gerechnet. Zunächst war sie sprachlos! Doch dann äußerte sie ihre Gedanken: »Du hattest eine Freundin? Wann war denn das? Warum habt ihr euch getrennt? Meinst du nicht, dass die Ähnlichkeit der beiden Zufall ist?«

»Zufall? Nein, Michaela, an Zufälle glaube ich schon lange nicht mehr. Das hat mich das Leben inzwischen gelehrt, dass hinter allem, was geschieht, ein Wille steht. Nur wir merken das oft nicht. Und nun noch einen Satz zu deinen vielen Fragen: Meine Freundin hat mich vor acht Jahren verlassen, weil sie ihren Beruf nicht aufgeben wollte.«

»Wie soll ich das verstehen?«

»Sie hatte ein tolles Angebot in Übersee. Das zog sie dem Leben als Bäuerin an meiner Seite vor.«

»Und wo ist sie jetzt? Ist sie noch im Ausland?«

»Ich weiß es nicht, Michaela, es interessiert mich auch nicht mehr. Die Zeit der Sehnsucht und der Schmerzen ist Gott sei Dank vorbei. Aber eine ganz andere Frage: Hast du das Schreiben noch, das damals im Kinderwagen gefunden wurde?«

»Nein, das befindet sich nicht bei meinen Unterlagen, das muss im Büro der Dorfverwaltung bei Jessicas Akten sein. Was willst du mit dem Brief?«

»Ich möchte gerne einmal einen Blick darauf werfen, meine innere Stimme rät es mir. Kannst du mir diesen Brief besorgen? Natürlich nur, wenn damit keine Unannehmlichkeiten für dich verbunden sind.«

»Ich schau mal nach und rede mit der Leiterin darüber, obwohl ich mir nicht vorstellen kann, was das bringen soll.«

»Danke, Michaela, gute Nacht und tschüss.«

»Bis bald!«, rief sie ihm nach und war überrascht, dass er es plötzlich so eilig hatte. Nachdenklich ging sie zurück ins Haus, wo sie von den kleinen Zuckerbäckern sofort mit Fragen bestürmt wurde. Immerhin gab es noch einiges zu tun, bis die vielen Leckereien in den Vorratsdosen verwahrt werden konnten.

In dieser Nacht konnte Michaela lange nicht einschlafen. Das Gespräch mit Gerhard ging ihr nicht aus dem Kopf. Obwohl sie es nicht wahrhaben wollte, hatte sie eine innere Unruhe befallen und Frage reihte sich an Frage. Bis schließlich die Müdigkeit siegte und den Mantel des Schlafes über sie ausbreitete und die Gedanken und Fragen einfach zudeckte.

Die nächsten Tage waren erfüllt von Umtriebigkeit und Arbeit. Zu all den vielen Vorbereitungen, die jedes Jahr vor Weihnachten erledigt werden wollten, kam noch das tägliche Schneeräumen hinzu. Denn es kam ungewöhnlich viel von der weißen Pracht herunter. Man hatte den Eindruck, als ob Frau Holle vor den Feiertagen Großputz machen wollte. Die Kinder freuten sich riesig darüber, konnten sie doch endlich einmal wieder ihre Schlitten hervorholen und sich austoben.

Michaela hatte über der vielen Arbeit Gerhards Bitte bezüglich des Briefes von Jessicas Mutter total vergessen. Als sie dann nach einer Woche wieder daran dachte und die Heimleiterin darauf ansprach, war sie ganz erstaunt über deren Antwort: »Das Schreiben hat Herr Walter schon vor einigen Tagen bei mir abgeholt. Er war sehr erregt, als ich es ihm zeigte. Bereits nach einem ersten Blick auf die wenigen Zeilen ist er ganz bleich geworden und meinte: ›Die Schrift kenne ich, doch ich möchte erst Gewissheit haben, bevor ich etwas dazu sage.‹ Dann bat er mich, es mitnehmen zu dürfen; er wollte es zuerst einem Bekannten, einem Grafologen, zeigen. Plötzlich hatte er es eilig und sagte noch im Weggehen: ›Es ist besser, wenn Michaela und das Kind vorerst nichts davon erfahren. Ich möchte nicht, dass die zwei sich unnötig aufregen. Sobald sich meine Vermutung bestätigt, werde ich euch allen Bescheid geben.‹ Wenn du nicht danach gefragt hättest, dann wäre ich seinem Wunsche nachgekommen. Nun weißt du es halt jetzt schon. Hast du eine Ahnung, was oder wen er gemeint haben könnte?«

»Ja, die habe ich. Wenn es so ist, wie ich mir das Gehörte zusammenreime, dann ist Jessicas Mutter eine frühere Freundin von Gerhard. Aber warten wir einfach ab, was er dazu zu sagen hat!«

Michaela wollte ganz ruhig bleiben und sich vor allem

vor den Kindern nichts anmerken lassen. Doch es fiel ihr verdammt schwer. Jedes Mal, wenn sie Jessica anschaute, kreisten ihre Gedanken um ihre Vermutung und Frage um Frage drängte sich ihr auf: Was wird sein, wenn Jessicas Mutter gefunden wird? Oder der Vater? Werde ich die Kleine hergeben müssen oder darf sie bei mir bleiben? Sie konnte sich eine Trennung von dem Kind nicht vorstellen. Zu sehr war das Mädchen ihr inzwischen ans Herz gewachsen. Es war doch »ihr« Baby, das sie allein aufgezogen hatte. Die anderen ihr anvertrauten Kinder waren dagegen schon einige Jahre alt gewesen, als sie in ihr Haus kamen. Mit Jessica war eben alles ein wenig anders, die Kleine hatte ihre Muttergefühle in besonderem Maße geweckt.

Bereits am nächsten Tag sollten ihre Fragen beantwortet und ihre Befürchtungen zerstreut werden. Am Vormittag, die Kinder waren alle in der Schule, kam der erlösende Anruf aus dem Verwaltungsgebäude: »Michaela, kannst du bitte kurz vorbeikommen? Herr Walter ist hier und hat interessante Neuigkeiten.« Freudig erregt legte sie den Hörer auf und eilte davon, ohne sich die Zeit zu nehmen, eine Jacke überzuziehen. So schnell wie heute hatte sie die 150 Meter noch nie hinter sich gebracht. Noch ganz außer Atem kam sie zur Türe hereingestürmt. Und sofort nach der Begrüßung drängte Michaela: »Sag schon, Gerhard, stimmt deine Vermutung? Erzähl doch bitte und spanne mich nicht auf die Folter.«

Gerhard lächelte sie an und meinte ganz ruhig: »Setzen wir uns doch, so eine wichtige Nachricht sollte man nicht im Stehen hören«, und scherzhaft fügte er noch hinzu: »Nicht, dass die Neuigkeiten dich noch umhauen.«

Als die beiden Frauen Platz genommen hatten, nahm auch er sich einen Stuhl und setzte sich zu ihnen an den Tisch. Vier Augen blickten ihn erwartungsvoll an und es herrschte eine seltsame Spannung im Zimmer. Gerhard schaute sie an und ein ernster Ausdruck trat auf sein Gesicht. Er schluckte, als ob ihm ein Kloß im Halse stecken würde. Dann begann er zu erzählen: »Meine Ahnung hat sich als zutreffend erwiesen. Ja, Andrea, meine frühere Freundin, ist die Mutter von Jessica! Ich muss es so ausdrücken: Sie war die Mutter von Jessica! Ich habe sofort, nachdem mir der Grafologe bestätigt hatte, dass die Handschrift des Schreibens und die Schrift von den Briefen, die ich noch von Andrea hatte, zu 99 Prozent identisch sind, Erkundigungen über ihren Verbleib eingezogen. Genaueres werde ich euch später erzählen – nur so viel: Andrea ist, kurz nachdem sie ihre Tochter hierher ins Kinderdorf gebracht hatte, in Amerika verstorben. Sie hatte keine Geschwister und ihre Eltern leben auch beide nicht mehr. In ihrer Not sah sie hier im SOS-Kinderdorf eine der besten Möglichkeiten für ihr Kind. Sie kannte die Einrichtung, denn sie stammte aus Stuttgart und sie hatte mich früher manchmal bei meinen Lieferungen begleitet. Heute bin ich dem Schicksal dankbar, dass ich ihre Briefe nicht weggeworfen habe. Immer wenn ich sie verbrennen wollte, hatte mich eine innere Stimme gewarnt, es nicht zu tun. Jetzt weiß ich, warum!«

Michaela war sehr gerührt von dem, was sie da eben erfahren hatte, und mit belegter Stimme antwortete sie: »Wie verzweifelt muss diese Frau gewesen sein. Sie hatte für ihr Kind das Beste gewollt und das getan, was sie für richtig hielt, obwohl der Tod bereits seine Hände nach ihr ausgestreckt hatte. Ich habe große Achtung vor dieser Frau. Jetzt kann ich endlich der kleinen Jessica viel Gutes über ihre leibliche Mutter erzählen. Ich denke, dass du mir dabei behilflich bist, Gerhard.«

»Das tue ich gerne, da kannst du dich auf mich verlassen.«

»Danke! Doch sag, was ist mit dem Vater von Jessica? Hast du da auch Neuigkeiten mitgebracht?« Plötzlich hatte sie wieder Angst, das Kind doch noch zu verlieren.

»Nein, darüber habe ich noch nichts in Erfahrung bringen können. Aber als ich den Nachsatz in Andreas Schreiben gelesen hatte, da bekamen diese geheimnisvollen Worte plötzlich einen Sinn und in mir keimte ein ungeheurer Verdacht.«

»Was meinst du damit? Erkläre es uns bitte!«

»Ich will ganz offen zu euch sein, auch auf die Gefahr hin, dass ihr mich jetzt auslachen werdet. Aber es ist mir bitterer Ernst damit und es ist wahrlich kein Grund zum Scherzen: Ich selber könnte der Vater von Jessica sein!« Für eine Weile war es mucksmäuschenstill im Zimmer. Gerhards Äußerung schlug wie eine Bombe ein! Damit hatten die Frauen nicht gerechnet. War das nicht etwas zu weit hergeholt? Michaela verschlug es die Sprache. Sie konnte nichts sagen und schaute nur mit großen Augen zu Gerhard hinüber.

Die Kinderdorfleiterin hatte sich schneller wieder im Griff: »Sie könnten vielleicht recht mit Ihrer Vermutung haben, denn so bekämen die bisher noch unerklärlichen Worte: ›Vielleicht wird das Schicksal sie zu ihren Wurzeln führen‹ tatsächlich einen Sinn. Einen Sinn dann, wenn Sie, Herr Walter, diese Wurzel wären.« Und lächelnd fügte sie hinzu: »Natürlich nicht die Wurzel allen Übels, wie es in einem Sprichwort heißt. Sondern, und das meine ich in positivem Sinne, die Wurzel des Lebens.«

Es schien, als ob diese Auslegung Gerhard etwas in Verlegenheit gebracht hätte. Doch er hatte sich sofort wieder im Griff, lächelte vielsagend zurück und stellte dann unvermittelt die Frage: »Wären Sie mit einem Vaterschaftstest einverstanden? Dann könnte auch in dieser Hinsicht für uns alle eine klare Situation herbeigeführt werden.«

»Natürlich, wir müssen sowieso die Behörden von der neuen Lage informieren und da werde ich auch gleich Ihr Anliegen vorbringen.«

»Vielen Dank für Ihre Hilfsbereitschaft. Es wäre schön, wenn wir bald Bescheid bekämen, dann könnten wir der Kleinen eine außergewöhnliche Freude zum Weihnachtsfest machen. Was meinst du, Michaela?«

»Noch ist alles Spekulation, warten wir es ab. Doch solltest du tatsächlich der Vater sein, wirst du mir Jessica dann wegnehmen?«

»Wo denkst du denn hin, Michaela? Nein, natürlich bleibt das Kind bei dir. Ich kann mir keine bessere Mutter vorstellen.« Dabei sah er sie mit einem verliebten Blick an und eine leichte Röte huschte über ihr schönes Gesicht.

Ein leises Räuspern der Heimleiterin unterbrach ihren Blickkontakt und mit den Worten: »Wir haben nun alle einiges zu tun, machen wir uns an die Arbeit«, holte sie die beiden in die Realität zurück.

Die Tage bis Weihnachten vergingen wie im Fluge. Das Wetter hatte auch umgeschlagen. Regen und Tauwetter fegten die weiße Pracht der ersten Adventstage wieder hinweg. Grau und verregnet waren die kürzesten Tage des Jahres. Die Weihnachtsferien hatten begonnen und etliche der Kinder vom SOS-Kinderdorf wurden nach und nach von ihren Eltern für ein paar Tage nach Hause geholt. Diejenigen, die blieben, hielten sich tagsüber meistens im Gemeinschaftshaus auf, um dort für das Fest noch einiges zu werkeln und zu basteln. Auch Michaelas Kinder waren dabei. Dort konnten sie ungestört und im Geheimen ihre Weihnachtsüberraschungen fertigstellen.

Die zwei Geschwisterpaare Linda und Mario sowie Tatjana und Lara konnten erst am Heiligen Abend zu ihren Eltern fahren. Michaela hatte mit ihnen vereinbart, dass sie selbst in diesem Jahr die Kinder mit dem Auto bringen werde. Sie wollte die Gelegenheit nutzen, um mit den Eltern und Verwandten ein ausführliches Gespräch zu führen, und nebenbei wollte sie sich auch mal wieder ein Bild über die sozialen Verhältnisse in den Familien machen.

Die kleine Jessica konnte sie bei diesen Besuchen nicht mitnehmen. Sie sollte deshalb den Tag bei ihrer Freundin im Nachbarhaus drüben bei Margarete und ihren sechs Kindern verbringen. Michaela war froh und glücklich, und sie war richtig stolz auf ihre Jüngste, weil das Kind die Nachricht vom Tode seiner Mutter so tapfer und verständnisvoll aufgenommen hatte. Dazu trugen natürlich auch die einfühlsamen Erzählungen von Gerhard bei. Er hatte sich viel Zeit für das Kind genommen und konnte ihm viele Fragen beantworten. Mit kindlicher Selbstverständlichkeit meinte sie anschließend: »Jetzt weiß ich, dass auch ich eine liebe Mutter gehabt habe. Sie hat mich nicht einfach weggeworfen. Sie musste mich hierherbringen, weil sie krank war. Bestimmt schaut sie mir jeden Abend, wenn ich im Bett liege und bete, vom Himmel aus zu und hat mich lieb.«

Michaela hatte gerührt zu Gerhard hinübergeschaut, sich ein paar Tränen aus den Augen gewischt und sich zu der Äußerung hinreißen lassen: »Vielleicht können wir dir zu Weihnachten nochmals eine frohe Botschaft verkünden. Gerhard ist nämlich auf der Suche nach deinem Vater, vielleicht kann er ihn bis dahin finden.« Erschrocken darüber, dass sie ausgeplaudert hatte, was noch Geheimnis bleiben sollte, hatte sie beide Hände vor ihren Mund geschlagen. Doch es war bereits zu spät, das Gesagte konnte nicht mehr rückgängig gemacht werden.

Gerhard hatte verständnisvoll gelächelt und gemeint: »So ist es halt. Wenn das Herz voll ist, dann läuft der Mund über. Nun ist es mal heraus, die eigentliche Überraschung bleibt uns ja hoffentlich noch.«

»Was ist das für eine Überraschung?«, hatte die kleine Jessica sogleich nachgehakt.

»Jetzt wird nichts mehr verraten, das soll bis Weihnachten ein Geheimnis bleiben«, bekam sie zur Antwort.

Aber Michaelas Äußerung hatte in Jessica eine Hoffnung geweckt, die von Tag zu Tag stärker wurde. Sie konnte es natürlich kaum erwarten. Für sie war Weihnachten noch so unendlich weit weg. Sehnsüchtig fieberte sie den Festtagen entgegen.

Und dann war er plötzlich da, der Heilige Abend. Er begann mit viel Wind und mit Neuschnee. So schön es auch war, für Michaela kam die weiße Pracht einen Tag zu früh. Doch sie ließ sich nicht von ihrem Plan abhalten, die Kinder mit dem Auto zu ihren Familien zu bringen.

Bereits in den frühen Morgenstunden fuhr sie los, denn sie wollte rechtzeitig zum Kindergottesdienst am Nachmittag wieder zu Hause sein. Ein herzlicher Abschied von allen, noch einmal winken, dann verschwand Jessica im Nachbarhaus.

Bereits nach den ersten Kilometern bereute Michaela ihren Entschluss. Doch sie hatte ja unbedingt mit dem Auto fahren wollen. Zum einen wegen des vielen Gepäcks der Kinder und dann passten auch die Fahrzeiten der Bahn nicht in ihren Plan. Sie wollte so viel Zeit wie möglich für die Gespräche haben. Und diese Zeit ließ sie sich nicht nehmen, auch nicht durch die nun wetterbedingten Verspätungen. So blieb es nicht aus, dass sie die Rückfahrt erst spät antreten konnte.

Es hatte den ganzen Tag über weitergeschneit. Die Verkehrsverhältnisse wurden immer prekärer und dann ging plötzlich gar nichts mehr. Michaela war verzweifelt. Nicht deshalb, weil es nicht mehr vorwärtsging. Nein, das war bei dieser Witterung eben so und man musste es akzeptieren. Es war etwas anderes: Eine innere Unruhe hatte sie plötzlich ergriffen, sie spürte, dass etwas passiert sein musste.

Und ihr Gefühl hatte sie nicht getäuscht! Als sie endlich nach stundenlanger Verspätung, es war schon kurz vor 19.00 Uhr, in Richtung Kinderdorf einbog, stockte ihr der Atem. Sie hielt fassungslos den Wagen an und konnte nicht glauben, was sie sah: Überall im und um das Kinderdorf verbreitete kreisendes Blaulicht ein gespenstiges und beängstigendes Bild. Polizei- und Feuerwehrautos waren zu sehen. Scheinwerfer leuchteten die Umgebung aus und man sah überall Menschen mit Taschenlampen, Fackeln und Laternen. Es war nicht zu deuten, was hier eigentlich los war. Aber es musste etwas Schreckliches passiert sein, so viel stand fest.

Michaela ließ ihr Auto einfach stehen und eilte in Richtung Verwaltungsgebäude. Ein Feuerwehrmann lief ihr über den Weg. Den packte sie an der Schulter und schrie: »Was um Himmels willen ist denn hier los?«

»Das sehen Sie doch: SOS im Kinderdorf! Das Schlimmste, was hier passieren kann: Ein Kind ist verschwunden, und das ausgerechnet heute am Heiligen Abend«, war seine Antwort. Dann war er wieder in der Dunkelheit verschwunden.

Michaela verspürte einen Stich im Herzen und sie musste sofort an Jessica denken. Ein Stoßseufzer entrang sich ihrer Brust und sie flehte halblaut: »Bitte, lieber Gott, hilf. Das kannst du nicht zulassen und schon gar nicht heute, wo du deinen Sohn auf die Erde gesandt hast, da kannst du mir mein Kind nicht wegnehmen.«

Obwohl es ihr niemand gesagt hatte, stand für sie fest, dass das verschwundene Kind nur ihre kleine Jessica sein konnte. Und sie hatte sich nicht getäuscht! Die Kinderdorfleiterin empfing sie mit dem Vorwurf: »Wo bleibst du denn so lange? Jessica ist verschwunden. Wir suchen sie schon seit zwei Stunden überall fieberhaft, jedoch ohne Erfolg. Zuerst hatten wir an nichts Böses gedacht, als Margarete die Kleine nach dem Kirchgang vermisste. Doch als wir sie nirgends fanden, haben wir Polizei und Feuerwehr eingeschaltet. Jetzt wird die Umgebung großräumig abgesucht und ein Einsatztrupp mit Suchhunden ist auch schon auf dem Weg hierher. Der Einsatzleiter der Polizei zieht sogar die Anforderung eines Hubschraubers mit einer

Wärmebildkamera in Erwägung. Hoffentlich ist dem Kind nichts passiert! Hast du eine Ahnung, wo sie sein könnte?«

»Wenn sie nicht zu Hause ist, weiß ich auch nicht, wo wir suchen sollen. Jessica ist noch nie ohne meine Zustimmung weggegangen.« Verzweiflung lag in ihren Augen. Ihre Stimme zitterte, als sie beinahe resigniert sagte: »Ich gehe jetzt mal und schaue zu Hause nach ihr, vielleicht hat sie sich da irgendwo versteckt.« Doch sie konnte selbst nicht glauben, was sie eben geäußert hatte. Aber die Hoffnung ließ sie nach diesem letzten Strohhalm greifen. Wie in Trance lief sie ihrem Häuschen entgegen. Von überallher drangen die Rufe der Suchenden an ihr Ohr und Irrlichtern gleich tanzten die grellen Scheinwerfer durch die Nacht. Die stille und heilige Nacht. Hier und heute traf diese Bezeichnung nicht zu. Man konnte eher den Eindruck gewinnen, als ob heute der Teufel das Sagen hatte und mit den gequälten Seelen des Dorfes seinen nächtlichen Hexentanz aufführte.

Jessica war nirgends zu finden. Michaela hatte in allen möglichen und unmöglichen Verstecken, in den Schränken, unter den Betten, im Speicher und im Keller nachgeschaut. Nichts! Die Suche verlief ergebnislos. Das Kind blieb verschwunden.

Plötzlich stand Gerhard neben ihr. Michaela, sonst recht schreckhaft, reagierte beinahe apathisch. Sie war verzweifelt. Gerhard hatte sich ebenfalls verspätet, auch er war schockiert über Jessicas Verschwinden. Doch im Gegensatz zu allen anderen behielt er einen klaren Kopf. Er brauchte nicht lange nachzudenken, er versetzte sich nur in die Lage des Kindes. Ein kurzes Aufleuchten seiner Augen verriet, dass er eine Idee hatte. »Komm mit mir, Michaela! Ich glaube, ich weiß, wo wir suchen müssen.«

»Wo?«

»Frag nicht lange, komm einfach mit mir!«

Sie eilten die Dorfstraße entlang in Richtung Ortseingang. An Michaelas Auto brannte noch das Licht. Sie wollte es ausschalten, doch Gerhard fasste sie an der Hand und zog sie mit sich hinüber zu seinem allradgetriebenen Geländewagen. »Lass das jetzt, wir haben Wichtigeres zu tun.« Sie hatte noch nicht richtig Platz genommen, da heulte auch schon der Motor auf und das Fahrzeug wühlte sich aus dem Schnee auf die Straße.

»Wo fährst du hin?«

»Nach Hause«, gab er nur kurz zur Antwort.

»Zu dir nach Hause? Willst du von dort noch etwas holen?«

»Ich weiß selbst nicht, wieso, aber ich werde einfach einen Gedanken nicht los. Dieser Eingebung muss ich jetzt nachgehen.«

Keine zehn Minuten später hatten sie den am Ortseingang des Nachbardorfes gelegenen Bauernhof erreicht. Als der Wagen zum Wohnhaus hinüber abbog, erfassten die Scheinwerfer die Gebäudefront der Maschinenhalle und des Stalles. »Nanu, was ist denn das? Die Türe zum Kälberstall ist ja gar nicht verschlossen, die scheint nur angelehnt zu sein. Sollte ich das vergessen haben? Das kommt mir aber seltsam vor.« Er hielt an, stieg aus dem Wagen, ging hinüber zum Stall, öffnete die nur angelehnte Türe, knipste das Licht an und ging hinein. Kurz darauf kam er aufgeregt herausgestürmt und rief Michaela zu sich: »Komm doch bitte schnell herüber und schau mal, was ich da gefunden habe.«

Als sie bei ihm war, legte er seinen Zeigefinger auf den Mund und bat sie so, ihm leise zu folgen. Vor einer Kälberbucht blieb Gerhard stehen und mit belegter Stimme sagte er nur: »Schau mal da hinein.« Als Michaela hinzugetreten war und einen Blick in die Kälberbox geworfen hatte, blieb sie vor Überraschung wie angewurzelt stehen. Beinahe hätte sie ihre Freude und ihre Erleichterung hinausgeschrien. Sie konnte nicht glauben, was ihre Augen da sahen: Jessica lag schlafend im Stroh, eng an ein Kälbchen geschmiegt, und ihre Ärmchen hielten den Hals des Tierchens fest umschlungen. Lange schauten die beiden versunken auf das friedliche, unschuldige Bild in dem Kälberstall.

Nach einer Weile zog Gerhard ein Kuvert aus seiner Jackentasche und mit einem glückstrahlenden Leuchten in seinen Augen verkündete er: »Endlich habe ich Gewissheit: Jessica ist meine leibliche Tochter! Nun ist mir auch klar, warum ich mich immer zu der Kleinen hingezogen fühlte.«

»Das ist ja wunderbar! Gerhard, jetzt hat dieses Weihnachten auch uns noch seinen Frieden und viel Freude gebracht. Du, ich komme mir vor wie im Stall zu Bethlehem. Komm, wir lassen Jessica an dieser Freude teilhaben.«

Und ob das eine Freude war! Jessica konnte es kaum glauben, dass Gerhard, den sie so gern hatte, ihr Vater war. Dann erzählte sie, wie sie hierhergekommen war: Nachdem Michaela nicht wie vorgesehen zum Gottesdienst zurück war, hatte sie sich heimlich auf den Weg zu Gerhard gemacht. Sie hatte deshalb niemandem etwas gesagt, weil sie ihr Geheimnis nicht preisgeben wollte. Sie hoffte, Gerhard zu Hause anzutreffen und von ihm etwas zu erfahren. Damit wollte sie dann ihre Mutter überraschen, wenn diese wieder da war. Doch Gerhard war nicht da und der Marsch durch den Schnee hatte sie müde gemacht. Sie wollte warten und vertrieb sich die Zeit mit dem kleinen Kälbchen, das es ihr angetan hatte. Dann musste sie eingeschlafen sein.

Glückstrahlend stand das Kind zwischen den beiden Erwachsenen und schaute mit leuchtenden Augen zu ihnen auf. Dann nahm sie deren Hände und ihre kindlich unschuldige Frage kam wie aus heiterem Himmel: »Werdet ihr zwei nun heiraten? Dann habe auch ich richtige Eltern, wie meine Geschwister!«

Das Brot, das du teilst, kommt mehrfach wieder zurück.

Unser täglich Brot

»Der Ehrliche ist nicht der Dumme«

Eine kleine Weihnachtsgeschichte

Eine Brotkruste ist begehrter als ein silberner Löffel? Das gibt es nicht! Das kann man sich heutzutage nicht mehr vorstellen, wo doch Tag für Tag tonnenweise Lebensmittel im Biomüll landen. Und doch gab es diese Zeit auch bei uns. Sie liegt noch gar nicht so lange zurück. Es war die Zeit nach dem Zweiten Weltkrieg, dem schrecklichsten aller Kriege, den die Menschheit je erlebt hat. Noch lag vieles in Schutt und Asche und es fehlte an so vielen Dingen des täglichen Lebens; der Mangel war allgegenwärtig. Es waren die Jahre der blanken Not und des stetigen Hungers. Die meisten Nahrungsmittel waren mit Lebensmittelmarken belegt, um die überaus kritische Ernährungslage der Bevölkerung halbwegs in den Griff zu bekommen.

Eine Lebensmittelration lag damals für einen Erwachsenen im Durchschnitt bei 1.200–1.300 Kalorien am Tag. Eine Tagesration konnte beispielsweise so aussehen: 375g Brot, 30g Fleisch, 27g Gries, 18g Nudeln, 18g Zucker, 9g Kaffeeersatz, 5g Butter, 2g Käse und 35ccm Magermilch.

Erst die Währungsreform am 20. Juni 1948 ließ die Mechanismen einer funktionierenden Marktwirtschaft wieder langsam anspringen. Jeder Einwohner bekam an diesem Tag ein Kopfgeld von 40 DM bar auf die Hand. Außerdem wurden im Umtauschverfahren 6,50 DM für 100 RM ausbezahlt. Jetzt hatte man zwar viel weniger Geld, aber man konnte endlich etwas dafür kaufen. Plötzlich war wieder fast alles zu haben. Vorher hatte man zwar viel Geld, aber nichts zu essen. In dieser Zeit wurde so manchem bewusst, dass Geld allein nichts ist und schon gar nicht satt macht. Geld kann man halt nicht essen.

Auch wenn es noch an so manchem fehlte und der Hunger bei vielen mit am Tische saß, über eines konnte man sich freuen: Der Krieg war vorbei! Ja, der Heiße Krieg war vorbei, doch jetzt begann der Kalte Krieg. Bereits sechs Tage nach der Währungsreform im Westteil unseres Landes riegelte die Sowjetunion Westberlin auf dem Landweg ab. Damit begann die Berliner Blockade. Sie sollte bis zum Mai 1949 andauern. Mit einem Schlag herrschte wieder bittere Not in dieser Stadt. Nicht nur das erforderliche Brot wurde knapp, sondern auch alle Güter des täglichen Bedarfs fehlten. Nur dank der Luftbrücke, die die Westmächte umgehend einrichteten, konnte die Bevölkerung von Westberlin überleben. Täglich wurden bis zu 12.000 Tonnen an Versorgungsgütern in die Stadt geflogen. Was für eine logistische Meisterleistung!

Dies alles hatte ich damals als kleiner Junge nur teilweise mitbekommen. Erst viel später konnte ich es einordnen und begreifen. Doch dass auch bei uns auf dem Lande, in unserem kleinen Dorf, Not am Mann war und der Schmalhans bei vielen Familien mit am Tische saß, das bekam ich auch als Kind mit. Man wurde doch täglich in irgendeiner Form daran erinnert und damit konfrontiert. Wenn ich nun zurückschaue, fällt mir spontan eine Begebenheit ein, die ich nie vergessen habe und die mich an das tägliche Brot erinnert:

Es war die Woche vor Weihnachten und es war Backtag. Wie immer, so wurde auch vor Weihnachten an einem bestimmten Wochentag Brot gebacken. Am Vorabend hatte meine Mutter in einer kleinen Schüssel den Sauerteig zubereitet, mit einem Tuch abgedeckt und zum Gehen in der warmen Küche abgestellt. Das Herstellen des Brotteigs am nächsten Morgen war dann Schwerarbeit für die Frauen. Für mich als Kind war es immer wieder interessant, dabei zuschauen zu dürfen. Zunächst wurden alle Zutaten – Brotmehl, Wasser, Sauerteig, Hefe und Salz – in eine riesige Schüssel gegeben und miteinander vermengt. Danach kam der anstrengendere Teil, das Kneten des Teiges. Für mich sah es immer lustig aus, wenn Mutter ab und an mit ihren teigverklebten Händen versuchte, sich den Schweiß von der Stirn zu wischen. Da blieb es nicht aus, dass auch mal ein Teigfetzen in ihrem Gesicht hängen blieb. Wie gerne hätte ich da auch mitgeteigt. Doch das wurde mir strikt verwehrt:

»Das ist nichts zum Spielen, da lässt du schön deine Händchen weg!«

Für mich war es damals unerklärlich, warum der Teig so lange geknetet werden musste. Von Zeit zu Zeit gab

Mutter noch etwas Mehl dazu, damit der Brotteig seine richtige Konsistenz erhielt. Das durfte ich dann auch mal für sie tun. Ich weiß noch heute, wie stolz ich dann war. Nachdem der Brotteig ausreichend geknetet worden war, wurde er in Portionen aufgeteilt und in die bereitstehenden Näpfe gefüllt. Das waren aus Roggenstroh geflochtene große Körbe, sie dienten als Ruhe- und Transportbehälter für den Brotteig. Und sie gaben dem fertigen Brot seine unverwechselbare Form, einen großen runden Laib mit einem Gewicht von circa fünf Pfund. Meistens waren es fünf bis sechs Laibe für unseren Haushalt mit seinen zehn Essern. Das musste dann wieder für eine Woche reichen.

Da standen sie nun, nebeneinander aufgereiht und mit Tüchern abgedeckt. Dem Brotteig wurde nun zwei bis drei Stunden Zeit gegeben, damit er gehen konnte. Es war erstaunlich, wie er sich noch ausdehnte und die Näpfe beinahe überquollen. Schließlich war es so weit, dass der Teig in den Ofen kam und gebacken wurde. Doch das geschah nicht bei uns zu Hause, sondern beim Bäcker im Dorf. Jetzt durfte auch ich mithelfen. Angelika, unsere Haushaltshilfe, nahm mich beim Transport des Teiges gerne mit, denn ich konnte ihr dabei schon hilfreich zur Hand gehen. Angelika hieß eigentlich Angeline, doch wir nannten sie alle einfach Angelika.

»Hol doch schon mal den Handkarren und stelle ihn vor die Haustüre. Aber zieh dich warm an und setze die Mütze auf, es ist kalt draußen.«

Das ließ ich mir nicht zweimal sagen und rannte zum Schuppen, um das Gefährt zu holen. Angelika hatte recht, es war kalt. Kalt, aber trocken. Von Schnee, wie sonst üblich um diese Jahreszeit, war bisher noch nichts zu sehen gewesen. Bei Schnee hätten wir den Schlitten nehmen und noch einmal gehen müssen. Doch auf dem großen Handkarren konnten wir alle sechs Näpfe verstauen und sparten uns so einen zusätzlichen Gang. Meistens lief ich voraus, zog und steuerte den Karren mit der Handdeichsel. Angelika schob an den Holmen und passte auf, dass die Brotkörbe nicht herunterfielen. Damals waren, mit Ausnahme der Hauptstraße, die Wege und Zufahrten noch nicht asphaltiert. Es war somit eine holprige Angelegenheit, mit den kleinen Rädern des Handkarrens die unebenen, mit Feldsteinen gestickten Wege zu befahren. Zunächst ging es leicht ansteigend aus unserem Gehöft, vorbei an einem der fünf Dorfbrunnen, zur Hauptstraße hinauf. Auf dieser dann 60 Meter leicht abfallend, bis rechts ein sehr steiler Weg direkt bei dem mittleren Dorfbrunnen abzweigte und bergauf führte. Es war der frühere Postweg, den die Pferdekutschen in den zurückliegenden Jahrhunderten benutzt hatten. Damals wie auch heute noch wird er im Dorf der »Bäckersbergweg« genannt. Einfach deshalb, weil dort oben in dem Häuschen am Hang die Bäckerei des Dorfes untergebracht war.

Jetzt hieß es aus Leibeskräften schieben. Es war jedes Mal eine mühsame Anstrengung, den Karren mit den Brotkörben den steilen Berg hinaufzubringen. So konnte man selbst am besten nachempfinden, wie mühsam es für die Pferde-, Kuh- und Ochsengespanne war, die schwer-beladenen Mistwagen zu den am Berg gelegenen Feldern ziehen zu müssen. Damals achtete man deshalb auch die Leistung der Tiere und lief wie selbstverständlich immer neben den Fuhrwerken her, wenn es bergauf ging.

Auf halber Strecke querte eine kleine Rinne den Weg. Hier blieb man meistens stehen, um etwas zu verschnaufen. Es war auch die Stelle, wo sich damals, rechts des Weges, umfangreiche Mauerreste an dem Berghang befanden. Es sah aus wie die Mauern einer verfallenen Burg. Hier haben wir Kinder öfter gespielt, es war für uns eine Art Abenteuerspielplatz gewesen. Wir hatten ja keine Ahnung, was für ein geschichtsträchtiger Ort das früher war. Hier stand einst die Wollenberger Synagoge, die »Judenschule«, wie sie im Volksmund genannt wurde. Sie wurde im Jahre 1825 neben dem damaligen Gasthaus ›Zum Schwanen‹ errichtet und fiel dann in der sogenannten »Reichskristallnacht« vom 9. auf den 10. November 1938 den Schergen Hitlers zum Opfer. Wir Kinder kannten nur die Mauerreste und hatten keine Kenntnis davon, was für ein schönes Gebäude hier noch zehn Jahre zuvor gestanden hatte. Die Wollenberger Juden hatten durch Jahrhunderte unser Dorf mitgeprägt. Es gab Zeiten, da betrug der Anteil der Juden ein Drittel der gesamten Einwohner unseres Ortes. Die Politik der Nationalsozialisten machte auch dem Judentum bei uns ein jähes Ende. Die letzten 12 jüdischen Einwohner wurden in den frühen Morgenstunden des 22. Oktober 1940 auf Anordnung des nationalsozialistischen Gauleiters mit einem Lkw abgeholt und über Sinsheim nach Gurs in Südfrankreich deportiert. Keiner ist mehr zurückgekehrt. Doch das alles wusste ich damals als kleiner Junge noch nicht.

Angelika drängte zur Weiterfahrt. »Komm, zieh wieder an, jetzt haben wir es ja bald geschafft.«

Beim Bäckerhaus angekommen, wurde der Handkarren, damit er nicht wegrollen konnte, quer zum Berg gestellt. Eine steile Außentreppe führte am Haus entlang den Hang hinauf. Jetzt mussten alle sechs Brotnäpfe einzeln dort hinaufgetragen werden, denn dort oben war der Eingang zur Bäckerei. Durch die Haustüre gelangte man in einen großen und breiten Flur, an dessen Ende auf der linken Seite sich der eingemauerte Backofen befand. Von dem war allerdings nur die eiserne Türe vor dem Einschubloch zu sehen. Davor führten vier Stufen zu einer kleinen Grube hinab. Es war einer der Hauptarbeitsplätze des Bäckers. Von hier aus hatte er einen hervorragenden Überblick auf alles, was sich da in dem großen Ofen abspielte und getan werden musste.

Die Arbeit des Bäckers begann, wie auch heute noch, schon sehr früh, noch während der Dunkelheit. Zunächst musste der Backofen aufgeheizt werden. Dazu wurden unzählige meterlange Scheite aus Buchenholz in den Ofen geschichtet, angezündet und abgebrannt. Es dauerte an die drei Stunden, bis das Feuer das gesamte Brennholz verzehrt hatte und nur noch Asche und einige Holzkohlenreste übrig blieben. Mit diesem mächtigen Feuer wurden die Steine des Backofens auf die erforderliche Temperatur aufgeheizt. Jetzt musste die Asche mit den verkohlten Reststücken zügig aus dem Ofen entfernt werden. Die Grobreinigung erfolgte mit einem an einem langen Stab befestigten Kratzgerät aus Schmiedeeisen. Danach wurde mit einem feuchten Sack, der sich ebenfalls an einer langen Stange befand, der Steinboden des Backofens ausgefegt. Der Ofen wurde »ausgehudelt«, wie die Bäcker diese diffizile Arbeit nannten. Es war eine schweißtreibende Angelegenheit, die vor allem im Sommer sehr unangenehm sein konnte. Doch jetzt in den kalten Wintermonaten hatte die Wärme auch ihre guten Seiten.

Nachdem der Brennraum fein säuberlich ausgefegt war, konnte man mit der Beschickung des Ofens beginnen. Jetzt war es wichtig, dass alle angemeldeten Brotteignäpfe des Dorfes in dem großen Flur bereitstanden. Dann ging es Schlag auf Schlag. Die Teiglaibe wurden aus ihren Strohnäpfen nacheinander auf den Brotschieber, ein dünnes Holzbrett an einer langen Stange, gestülpt und in den heißen Ofen geschoben. Das erforderte wiederum Geschicklichkeit und Erfahrung. Doch das hatte unser Bäcker sich in seiner jahrzehntelangen Berufstätigkeit schon längst angeeignet. Alle Arbeitsschritte sahen bei ihm aus, als seien sie kinderleicht und ohne große Mühe zu handhaben. Wenn dann endlich alle Laibe, aufgereiht wie die Soldaten, im Backofen lagen, wurde die eiserne Ofentür geschlossen. Durch die gespeicherte Hitze in den Steinen des Ofens wurde der Teig nun in den nächsten zwei Stunden zu einem knusprig-frischen und herrlich duftenden Brot gebacken. Diesen warmen, angenehmen Geruch nach frischgebackenem Brot habe ich heute noch in der Nase; und immer wenn ich daran zurückdenke, läuft mir das Wasser im Munde zusammen.

Doch noch war es nicht so weit. Wir stellten unsere Brotnäpfe zu den anderen im Flur und machten uns auf den Rückweg. Beim Weggehen schaute ich nochmals bewundernd auf die nun in Reih und Glied stehenden Teignäpfe zurück, da drängte sich mir plötzlich eine Frage auf, die ich auch sogleich äußerte. »Angelika, wie weiß der Bäcker nachher noch, wem welches Brot gehört? Die sehen doch alle gleich aus!«

Sie musste lachen. »Das ist ganz einfach. Jeder hat sein Zeichen in den Teig geritzt, daran kann man erkennen, wessen Brot es ist. Hast du das noch nicht bemerkt? Sieh hier, auf unseren Laiben sind es zwei Querstriche. So hat jeder im Dorf sein eigenes Zeichen, damit es keine Verwechslungen gibt.«

Ich schaute nun genauer hin und tatsächlich gab es da die unterschiedlichsten Kennzeichnungen. Wieder etwas gelernt! Nachdenklich folgte ich ihr die steile Treppe hinab. Nun kam für mich der schönste Teil der ganzen Sache: Die Rückfahrt. Ich setzte mich in den Handwagen, nahm die kleine Deichsel zwischen die Beine, hielt mich mit den Händen an dem vorderen Querholz fest, und ab ging die rasende Fahrt, den Bäckersbergweg hinab. Ungebremst raste ich den steilen Weg hinunter in Richtung Hauptstraße. Gesteuert wurde das Gefährt mit den Beinen, was bei dem holprigen Untergrund nicht immer leicht war. Aber es bereitete uns Kindern jedes Mal einen Riesenspaß, auch wenn es oft so aussah, als ob der Karren jederzeit umfallen würde. Angelika, wie auch die anderen Erwachsenen, setzte sich natürlich nicht mit auf den Handwagen. Die Großen liefen lieber den Berg hinunter, sie wollten nicht durchgeschüttelt werden. Mit viel Schwung ging es auf die Hauptstraße und dadurch konnte man dort eine ganze Strecke bergauf rollen. Heute, bei dem Autoverkehr, unvorstellbar! Doch damals brauchte man auf Autos noch keine Rücksicht zu nehmen. Die Dorfstraße wurde in den Jahren nach dem Kriege fast nur von Pferde- und Kuhgespannen befahren. Nur zweimal am Tag fuhr ein Bus, damals noch Postbus genannt, durch unseren Ort. Es war immer mein Wunsch und Ehrgeiz gewesen, so schnell den Bäckersbergweg hinunterzurasen, dass der Schwung ausreichte, um auf der Hauptstraße bis zu unserer Hofeinfahrt rollen zu können. Doch das schaffte ich nie. Die ungefähr

60 Meter aufwärts führende Strecke der Hauptstraße war dafür einfach zu lang. So wartete ich eben am Straßenrand, bis Angelika nachkam und mich die Reststrecke schob. Danach rollte der Handkarren wieder bis nach Hause. Wenn es hier auch nicht mehr ganz so schnell voranging, es war doch ein Heidenspaß für mich und mit ein Grund, warum ich jedes Mal froh war, wenn es wieder zum Bäcker ging. Besonders wenn dann später die fertig gebackenen Brotlaibe geholt werden mussten, war ich wieder dabei.

Doch zunächst hieß es lernen! Wie üblich standen am Nachmittag die Unterrichtsstunden für die Klassen eins bis vier in der Dorfschule auf dem Programm. Da am Vormittag die Klassen fünf bis acht pauken mussten, war der Nachmittag den Kleineren vorbehalten. Alle vier Klassen in einem Zimmer, kein leichter Unterricht für einen Lehrer. Nur mit eiserner Disziplin, der oftmals auch mit dem Stock Geltung verschafft wurde, konnte das gelingen. Manchmal, wenn ich daran zurückdenke, kommt es mir wie ein kleines Wunder vor, dass wir trotzdem schreiben, rechnen und lesen lernten. Aber es hat funktioniert!

Doch an diesem Tag musste etwas schiefgelaufen sein in der Schule. Ich kann mich heute nicht mehr daran erinnern, was damals gewesen war. Hatte ich meine Hausaufgaben vergessen oder war ich nicht aufmerksam, störte gar den Unterricht? Ich weiß es heute nicht mehr, aber dass ich eine halbe Stunde nachsitzen musste, das ist mir nur allzu gut in Erinnerung geblieben. Denn die Dämmerung hatte bereits eingesetzt, als ich schließlich nach Hause kam. Dort gab es natürlich ein ordentliches Donnerwetter, und zur Strafe wurde ich losgeschickt, die fertigen Brotlaibe zu holen. Es war nicht das erste Mal, dass ich ohne Hilfe das Brot holen musste. Doch es wurmte mich, weil es heute eine Strafe sein sollte, die ich natürlich als ungerecht empfand. Das Nachsitzen in der Schule hätte nach meiner Meinung gereicht, da bedurfte es nicht auch noch der elterlichen Züchtigung. Doch so war es damals. Wenn den Eltern zu Ohren gekommen war, dass es in der Schule Hiebe gegeben hatte, folgte ohne Begründung zu Hause die Fortsetzung.

Leise vor mich hinmosernd, ging ich zum Schuppen, zog den Handkarren hervor und machte mich auf den Weg. Inzwischen war es draußen schon stockdunkel geworden, es waren ja die kürzesten Tage des Jahres. Die wenigen Straßenlampen, die damals noch recht einfach waren, verbreitete eine gespenstische Helligkeit im Dorf. Ihre Leuchtkraft war nicht besonders stark, es gab mehr Schatten als Licht. So allein unterwegs, konnte man sich als kleiner Junge schon ein wenig fürchten.

Oberhalb unserer Hofeinfahrt standen damals zwei mächtige Kastanienbäume, die den Schein der Straßenlampen erst gar nicht bis auf den Weg gelangen ließen. Deshalb war es dort besonders gruselig. Gerade als ich mit meinem Karren unter dem letzten Baum angekommen war, flog, einen heiseren Schrei ausstoßend, eine Eule aus unserem Scheunengiebel hervor und verschwand im Dunkel der Nacht. Wenn ich keine Mütze auf dem Kopf gehabt hätte, meine Haare wären bestimmt senkrecht nach oben gestanden. So sehr hatte mich der Nachtvogel erschreckt. Da hörte ich plötzlich das Klappern von Wassereimern. »Gott sei Dank, da ist noch jemand am Brunnen, um Wasser für sein Vieh zu holen.« Schnell ging ich weiter und war froh, als ich unseren Nachbarn Friedrich Geyer erkannte, der, wie vermutet, seine beiden Eimer füllte.

»Wo willst du denn so schnell noch hin? Kinder haben nichts mehr auf der Straße zu suchen, wenn es dunkel ist!«

»Ich weiß, doch ich muss noch das Brot holen«, gab ich etwas kleinlaut zur Antwort.

»Dann beeil dich, dass du rechtzeitig wieder nach Hause kommst!«

Ja, so war das damals. Bei Dunkelheit hatten die Kinder des Dorfes zu Hause zu sein. Da kam es schon mal vor, dass es auf offener Straße von einem Erwachsenen im Ort Hiebe gab. Ich eilte schnell weiter, obwohl unser Nachbar es nur gut mit mir meinte.

Das kurze Stück auf der Hauptstraße abwärts und schon war ich am Bäckersbergweg angekommen. Jetzt war es für mich ein hartes Stück Arbeit, doch den leeren Handwagen konnte ich schon den steilen Berg hinaufziehen. Es war heute nicht das erste Mal, das hatte ich bereits vor einem halben Jahr schon alleine geschafft. Bei der Querrinne wollte ich zunächst kurz verschnaufen, doch die dunklen Schatten der Synagogenmauern wirkten heute besonders unheimlich auf mich. So manche Gruselgeschichte, die man sich über die frühere »Judenschule« erzählte, kam mir plötzlich in den Sinn und meine kindliche Fantasie gaukelte mir Schreckliches vor. Als dann noch eine Katze von der Mauer heruntersprang und vor mir über den Weg rannte, eilte ich schleunigst meinem Ziel entgegen. Jetzt nichts wie die steile Treppe hoch und schnell ins Bäckerhaus.

Als die Türe hinter mir ins Schloss gefallen war, war auch meine Angst plötzlich wie weggeblasen. Eine wunderbare Atmosphäre zog mich in den Bann. Hier war es hell und warm, und der herrliche Geruch nach frischgebackenem Brot lag in der Luft. Das war es, was mich schon als kleines Kind so faszinierte. Dieser so verführerische und appetitanregende Duft erinnerte mich stets an das alte Märchen vom sagenhaften Schlaraffenland. Dort gab es keinen Hunger, dort gab es Brot im Überfluss. Noch heute habe ich diesen beglückenden Duft in der Nase und heute ist mir auch bewusst, wie viel Mühe und Schweiß es damals erforderte, bis dieses Brot fertiggestellt war und auf den Tischen der hungrigen Menschen lag. Zu dieser Zeit waren die meisten hier im Ort noch Selbstversorger: Die Bauern säten und ernteten das Getreide; gemahlen wurde es in unserer Mühle und schließlich wurde das Brot hier gebacken. Es war damals noch in allen drei Berufen ausschließlich harte Handarbeit. Man wusste um die Mühen und um die Risiken der Witterung. Es gab Jahre, da reichte es hinten und vorne nicht. Gerade das Trockenjahr 1947 war noch in schrecklicher Erinnerung. Wer einmal Hunger und Not am eigenen Leibe verspürte, der wird immer dankbar sein Brot genießen.

Die kleine Glocke an der Haustüre hatte mich lautstark angekündigt und der Bäcker trat in den Flur. Er war ein gutmütiger älterer Herr. Auf mich als kleinen Jungen hatte es aber den Anschein, als ob er schon steinalt wäre. Der Bäcker muss damals Ende 60 gewesen sein und er verrichtete seine Arbeit weiterhin Tag für Tag. Für die Wollenberger Bürger war dies nichts Außergewöhnliches, man war es eben so gewohnt. Doch dass er seinen Beruf dann noch bis zu seinem 80. Lebensjahr, wenn auch oft unter großen Mühen, ausüben würde, das konnte man sich damals nicht vorstellen. Das war dann tatsächlich eine großartige Lebensleistung. Als er dann seinen alten Backofen für immer geschlossen hatte, war auch für unseren Ort die Ära des gemeinschaftlichen Brotbackens zu Ende. Plötzlich fehlte etwas, unser Dorf war um eine jahrhundertealte Tradition ärmer geworden. Unser letzter Bäcker war schon ein Wollenberger Original gewesen. Schon sein Name Semmler passte ausgezeichnet zu seinem Beruf. Werden doch vielerorts die Wecken auch Semmeln genannt. Der Schalk schien ihm auch des Öfteren im Nacken zu sitzen, denn er hatte häufig ein lustiges Wort auf den Lippen.

Doch jetzt wirkte er etwas mürrisch, denn er brummte mich an: »Du kommst aber spät heute, um das Brot zu holen.« Aber dann rief er schon wieder freundlicher zur Stubentüre hinein: »Erna, hilf dem Knaben, die Brotlaibe runterzuschaffen.«

Erna war die Tochter des Hauses und wir kannten uns gut. Sie war vor Jahren als Kindermädchen bei uns in Stellung gewesen und hatte mich damals oft auf ihren Armen getragen. Sie mochte mich auch jetzt noch gern und war sofort bereit, mir die Brotlaibe zum Karren zu tragen. Es waren die letzten im Flur, die noch auf ihre Abholung warteten. Das Brot roch so verführerisch, dass ich nicht widerstehen konnte und von einem Laib ein Stück von der überquellenden Kruste abbrach und mir sofort zwischen die Zähne steckte. Den einzigartigen Geschmack meine ich heute noch zu verspüren, die Brotkruste war für mich schon damals das Köstlichste vom ganzen Brot. Erna, obwohl sie nicht gerade die körperlich Größte war, schnappte sich gleich zwei Brotlaibe, klemmte sich einen unter den rechten und einen unter den linken Arm und ging mir voraus. Ich bewunderte sie, denn ich konnte nur einen tragen und dafür brauchte ich beide Hände. Nochmals laufen und schon war alles auf dem Handkarren verstaut. Beim Beladen achtete ich darauf, dass der vordere Teil des Karrens frei blieb, denn ich wollte wieder aufsitzen und den Berg hinunterrasen. Erna warnte mich noch, vorsichtig zu sein, ging dann aber mit einem Gute-Nacht-Gruß zurück ins Haus. Verwundert schaute ich ihr noch nach, denn meistens blieb sie stehen, bis ich unten angekommen war. Aber es war ja heute schon dunkel und vielleicht war es ihr auch zu kalt, um noch zu verweilen.

Vorsichtig quetschte ich mich in den Karren, drehte die Vorderräder talabwärts und los ging die rasende Fahrt. So voll beladen hatte ich nun noch mehr Schwung als am Vormittag. »Vielleicht schaffe ich es jetzt bis zur Hofeinfahrt«, dachte ich gerade, als mir die kleine Deichsel heftig gegen mein linkes Bein schlug und der Karren in Richtung Synagogenmauer raste. Die Ursache konnte ich nicht erkennen, es war ja dunkel und die Ausleuchtung des Weges mehr als dürftig. Vermutlich war ich mit dem linken Vorderrad an einen hervorstehenden Stein gestoßen oder ich hatte die Querrinne nicht korrekt angesteuert. Reflexartig versuchte ich, mit den Beinen nach rechts zu lenken, und es gelang mir gerade noch, den Aufprall an der Mauer zu verhindern. Doch der Karren kam dadurch heftig ins Schlingern und es hätte nicht mehr viel gefehlt und er wäre mitsamt Inhalt umgekippt. Vor der Brunnennische musste ich nochmals scharf gegensteuern, dann hatte ich es geschafft! Nun konnte ich das Gefährt ausrollen lassen und auf die Hauptstraße einbiegen. Meine Hoffnung, bis zur Hofeinfahrt rollen zu können, erfüllte sich natürlich wieder nicht. Ich war heilfroh, ohne größeren Unfall davongekommen zu sein. Die Brotlaibe lagen wirr durcheinander auf dem Handwagen. Schnell stieg ich aus und rückte sie zurecht, damit niemand etwas bemerkte. Dann atmete ich tief durch und freute mich, dass alles noch einmal gut abgegangen war. Dachte ich! Doch ich wurde bald eines Besseren belehrt. Den Schatten, der über die Straße zum Brunnen huschte, hatte ich auch nicht bemerkt.

Bei unserer Hofeinfahrt angekommen, setzte ich mich, noch geschockt von dem Beinaheunfall, nun nicht, wie sonst üblich, auf den Karren. Obwohl es hier nicht mehr gefährlich werden konnte, vermied ich es und führte den Handwagen, so wie es sein sollte, an der Deichsel. Irgendwie hatte ich doch ein schlechtes Gewissen bekommen. Als ich vor unserm Haus angekommen war, kam Mutter gerade vom Stall herüber. Sie hatte, wie immer um diese Zeit, die Kühe gemolken und stellte die beiden Eimer mit der Milch vor der Haustüre ab.

»Gut, dass du gerade kommst, da brauche ich nachher nicht noch einmal die Treppe herunterzulaufen. Fahr mit dem Brot hinüber zum Keller, dann kann ich es gleich aufbewahren.«

Unser großer gewölbter Keller war tief in den Berg hineingebaut und reichte noch weit bis unter die oberhalb verlaufende Hauptstraße. (Es gibt ihn heute noch.) Man gelangte ebenerdig vom Hof aus durch zwei im Abstand von einem Meter voneinander getrennte Türen ins Innere. Im vorderen Teil wurden die Kartoffeln gelagert, und weiter hinten ruhten, in Reih und Glied, die Mostfässer auf ihren Lagern. Die Brotlaibe aber wurden aufgehängt, damit sie vor Ratten und Mäusen geschützt waren. Dazu hingen an der Gewölbedecke mehrere Holzgestelle, auf die das Brot gelegt wurde. Diese Arbeit konnten nur die Erwachsenen verrichten, wir Kinder waren dafür noch zu klein. Mutter stieg auf einen großen Schemel und ich reichte ihr nun nach und nach die Brotlaibe an.

Ich hatte ihr gerade das letzte Brot gebracht, freute mich, es endlich geschafft zu haben, und wollte gerade hinaus, um den Karren wieder in den Schuppen zu stellen. Da rief sie mir ganz vorwurfsvoll nach: »Mach schon und bring mir noch den letzten Laib, ich will nicht ewig hier auf dem Schemel stehen bleiben, ich habe noch einiges zu arbeiten heute.«

»Wir sind doch fertig mit dem Abladen, Mama, du kannst ruhig herunterkommen«, gab ich zur Antwort und war überrascht wegen des vorwurfsvollen Tones in ihrer Stimme.

»Willst du mich verkohlen, es sind doch erst fünf Brote, die du mir gebracht hast! Da fehlt doch noch eines.«

Erschrocken sah ich zu ihr hinauf und begann zu zählen: »Eins, zwei, drei, vier, fünf. Tatsächlich, das sind nur fünf Stück, aber draußen ist auch keines mehr«, gab ich nun etwas kleinlaut zur Antwort.

Mutter kam schnell von ihrem Schemel herunter und schaute nun selbst nach, sie hatte mir nicht glauben wollen. Doch es war so, wie ich gesagt hatte, es lag kein Brot mehr auf dem Handkarren. Ungläubig schaute sie mich an, dann meinte sie tadelnd: »Du hast nur fünf Brotlaibe beim Bäcker geholt, du weißt doch, dass es jedes Mal sechs Brote sind. Da kann ich dir nicht helfen, da musst du eben nochmals hingehen und den letzten holen, dann passt du das nächste Mal besser auf!«

»Ich hab aufgepasst, Mama, und ich habe auch sechs Brote aufgeladen. Erna hat vier und ich habe zwei Laibe runtergetragen. Das weiß ich ganz genau!«

»Dann musst du einen verloren haben! Bist du wieder den Weg heruntergerast?«, vermutete sie ahnungsvoll. Nun bekam ich einen roten Kopf, wie gut mich Mutter doch kannte. Langsam und stotternd erzählte ich ihr nun von meinem Beinaheunfall.

»Dann kann es nicht anders sein, als dass dir dabei ein Brotlaib heruntergerollt ist. Komm, wir gehen gleich nachschauen, ob wir ihn noch finden.«

Aber wir fanden nichts! Alles Suchen blieb erfolglos! Jetzt bekam ich es mit der Angst zu tun. Denn dass das nicht ohne Strafe ablief, das konnte ich mir an drei Fingern abzählen. Vor allem, wenn Vater davon erfuhr, konnte es hart für mich werden.

»Morgen früh, bei Tageslicht, gehen wir nochmals den ganzen Weg ab. Wenn wir dann wieder nichts finden, muss ich es Vater sagen.« Mutter wusste, dass Vater manchmal sehr streng sein konnte, deshalb verschob sie die Entscheidung noch bis zum nächsten Morgen. Heute denke ich, dass sie selbst keine Hoffnung mehr hatte, das Brot noch zu finden. Es gab in diesen Jahren so viele hungrige Menschen, auch in unserem Dorf.

In dieser Nacht konnte ich lange nicht einschlafen. Wie ein Alptraum verfolgten mich die Brote, ich wälzte mich unruhig von einer Seite auf die andere. Irgendwann muss ich dann doch eingeschlafen sein.

Die Suche am nächsten Morgen blieb ohne Ergebnis. Der Brotlaib blieb verschwunden. Den Spott und den Schaden hatte ich zu tragen. Viel härter als Schläge traf mich aber Vaters Entscheidung: »Das Weihnachtsgeschenk ist für dich in diesem Jahr gestrichen! Das soll dir eine Lehre sein; in Zukunft passt du besser auf.«

Diese Strafe traf mich wie ein Keulenschlag! Ich hatte mich doch so auf meinen ersten Märklin-Baukasten gefreut. Für mich brach eine Welt zusammen, schluchzend verkroch ich mich in mein Zimmer. Schläge, Strafarbeit, hungern müssen, alles hätte ich auf mich genommen. Aber an Weihnachten nicht das erhoffte Geschenk zu bekommen – mein Opa aus Mannheim hatte mir schon vor längerer Zeit eine hoffnungsvolle Andeutung gemacht –, das war grausam, das tat mir besonders weh. Meine Vorfreude auf Weihnachten war mit einem Schlag dahin.

Zwei Tage später, es war der Tag vor Heiligabend, lief ich immer noch mit hängendem Kopf herum. Nicht einmal der plötzlich einsetzende Schneefall, der am Nachmittag alle überraschte, konnte meine Stimmung bessern. Meine Geschwister sowie alle Kinder des Dorfes tobten draußen herum und freuten sich über die weiße Pracht, die da massenhaft von oben herunterkam. Es hatte den Anschein, als ob Frau Holle noch so kurz vor den Feiertagen ihren Großputz eingeplant hatte und ihre Betten gründlich ausschüttelte. Nach einer Stunde waren bereits zehn Zentimeter Schnee gefallen. Die Schlitten des ganzen Dorfes wurden hervorgeholt und eingefahren. Es herrschte eine ausgelassene Stimmung da draußen, alle freuten sich auf die weiße Weihnacht. Nur ich saß mit meinem Weltschmerz zu Hause und haderte mit dem Schicksal, das ja so grausam zu mir war. Mutter schaute einige Male zu mir ins Zimmer und forderte mich auf, doch auch hinauszugehen und mit den anderen im Schnee herumzutollen. Heute weiß ich, dass es ihr sehr wehtat, mich so leiden zu sehen. Doch damals dachte ich, dass mich keiner mehr liebhatte. Sie konnte mich nicht überreden, ich blieb stur und ich blieb in meinem Zimmer. Doch es sollte nicht mehr lange dauern, bis auch ich mich wieder freuen dufte. Ein lieber Engel in Gestalt eines kleinen Jungen hat mir meine Weihnachtsfreude wiedergebracht.

Es war inzwischen Abend geworden und die Dunkelheit hatte bereits eingesetzt. Mutter war gerade unten und holte aus dem Vorratsschrank eine große Dose Wurst für das Abendessen herauf. Da vernahm sie ein leises Klopfen an der Haustüre. »Nanu, wer klopft denn da so zaghaft an die Türe?« Normalerweise wurde bei uns die Klingel gezogen, deren Zuggriff neben dem Eingang angebracht war. Sie öffnete, um nachzuschauen, wer da draußen stand. Es war ein kleiner Junge mit einem Schlitten. Er war etwas jünger als ich, ganz blass und seine großen Augen schauten Mutter aus einem schmalen Gesichtchen an. Es war Martin, der Jüngste von vier Kindern einer Flüchtlingsfamilie, die, wie viele andere auch, in den Nachkriegsjahren in unserem Ort einquartiert worden war. Mittellos, oft nur das, was sie auf dem Leibe hatten, waren sie hier angekommen. In diesen Familien war die Not besonders groß. Auch in Martins Familie wusste die Mutter oft nicht, wie sie ihre Kinder sattkriegen sollte. Auf Mutters Frage nach seinem Begehr stotterte er zuerst etwas Unverständliches vor sich hin. Doch dann nahm er seinen ganzen Mut zusammen, deutete auf seinen Schlitten und begann zu erzählen:

»Hier bringe ich den Brotlaib, den Hermann vorgestern verloren hat, zurück. Er ist mir direkt vor die Füße gerollt, als ich noch spät am Abend beim Brunnen war, um Wasser zu holen. Ich bin gerade dort angekommen und hatte den Eimer abgestellt, da hörte ich, wie ein Karren den Bäckersbergweg herunterraste. Sehen konnte ich nichts, denn von der Brunnennische aus kann man nicht auf den Weg hochschauen. Und dunkel war es auch schon. Plötzlich schepperte es heftig und mein Eimer fiel um. Als ich nachschaute, lag der große Brotlaib daneben. Ich habe mich so erschrocken, dass ich zunächst ganz sprachlos war. Doch dann habe ich mich riesig gefreut. Mit diesem Brot konnten wir alle satt werden. Ich schleppte es schleunigst nach Hause und versteckte es heimlich, es sollte eine Weihnachtsüberraschung für die anderen werden. Ich war so stolz, auch mal etwas für unsere Ernährung beisteuern zu können. Aber heute Nachmittag, als wir Kinder alle beim Schlittenfahren waren, entdeckte meine Mutter den Brotlaib. Zuerst war sie sehr böse auf mich und hat mich ausgeschimpft. Doch dann hat sie mir gesagt, dass man sich nicht an fremdem Gut vergreifen darf und mir erklärt:

›Auch wenn wir Hunger haben und dieses Brot gut brauchen könnten, es gehört nicht uns und deshalb bringst du es zurück!‹

›Aber es ist mir doch direkt vor meine Füße gerollt, deshalb dachte ich, dass es mir gehört‹, versuchte ich, mich zu entschuldigen.

Doch sie blieb bei ihrer Meinung: ›Nein, Martin, auch wenn es so aussieht. Es gehört uns nicht!‹«

Martin schaute dabei meine Mutter so treuherzig an und meinte dann noch: »Ich habe gewartet, bis es dunkel geworden ist, damit ich mich nicht schämen muss vor den Leuten. Ich bin doch kein Dieb?«

Mutter schluckte: »Nein Martin, das bist du nicht!« Sie war ganz gerührt von dem, was ihr der kleine Junge da eben erzählt hatte. Sie musste zuerst ein paar Tränchen verdrücken, dann streichelte sie ihm über den Kopf und tröstete ihn: »Du bist ein guter Junge, Martin, und deine Mutter ist eine gütige und ehrliche Frau. Bestelle ihr viele Grüße von mir, ich habe große Achtung vor ihr. So, und nun will ich eure Ehrlichkeit belohnen. Den Brotlaib kannst du selbstverständlich behalten, ich schenke ihn dir. Und damit ihr auch noch etwas Herzhaftes dazu essen könnt, gebe ich dir noch diese Wurstdose mit. Ich denke, dass ihr beides gut gebrauchen könnt.«

Der kleine Martin brachte zunächst kein Wort heraus. Doch dann bedankte er sich, und ein glückliches Leuchten lag auf seinem ausgezehrten Gesichtchen. Stolz belud er seinen Schlitten, dann zog er hocherfreut und überglücklich mit seinen Schätzen davon.

Mutter sah ihm lange nach und viele Gedanken gingen ihr dabei durch den Kopf. Dann holte sie eine neue Wurstdose und richtete das Abendbrot her.

Das Erlebte behielt sie vorerst noch für sich. Erst am nächsten Abend, kurz vor der Bescherung, erzählte sie uns mit Hochachtung von dem Vorfall und führte uns Kindern damit ein eindruckvolles Beispiel von Ehrlichkeit vor Augen.

Mir war ein Stein von meinem kleinen Herzen gefallen und mit unbändiger Freude durfte ich doch noch mein heißersehntes Weihnachtsgeschenk unter dem schlicht geschmückten Christbaum hervorholen. Aber eine viel größere Freude hatte in der einfachen Wohnung der Flüchtlingsfamilie des kleinen Martin Einzug gehalten. Hier konnten sich sechs hungrige Menschen nach langer Zeit mal wieder richtig satt essen. Sie genossen es und waren dankbar dafür.

Was für uns heute zur Selbstverständlichkeit geworden ist, das stand damals noch an erster Stelle der Bedürfnisse der Menschen: Unser täglich Brot!

Es ist nicht immer leicht, der Wahrheit zu glauben, wenn man sie nicht beweisen kann.

Unter Verdacht

Geheimnisvolle Ereignisse auf Burg Guttenberg

Solche Jahre möchte man am liebsten vergessen. Doch gerade an sie wird man immer wieder erinnert, sie haften ein Leben lang im Gedächtnis. Es sind die Jahre, von denen man meint, es kann nicht mehr viel schlimmer kommen. Doch das Schicksal geht seine eigenen Wege, manchmal so grausam, dass es erneut erbarmungslos zuschlägt.

Auf dem kleinen Bergfriedhof in Wollenberg stand ein einsamer Mann vor einem schlichten Grab. Mit seiner in sich gekehrten Haltung wirkte er um Jahre gealtert. Dass er erst vor einem Monat seinen 35. Geburtstag begangen hatte, das konnte man ihm heute beileibe nicht ansehen. Die Dämmerung hatte bereits eingesetzt, die Vögel in den Büschen und Bäumen waren auch nicht mehr zu hören, sie hatten sich, wie immer um diese Zeit, zur Ruhe begeben. Es herrschte die sprichwörtliche Grabesruhe.

Nur ab und an drangen einzelne Laute vom Dorf herauf, die aber der Mann auf dem Gottesacker nicht zu hören schien. Jochen hatte heute diesen ruhigen Ort bewusst aufgesucht, er hatte ein Problem und suchte nach einer Lösung. Es war nicht das erste Mal, dass er in einer solchen Situation zum Grab seiner Frau ging. Doch wie so oft hatten ihn auch jetzt wieder die Erinnerungen an damals eingeholt. Ergriffen stand er da und die Ereignisse aus der Vergangenheit kamen ihm wieder in den Sinn, sie wurden in ihm zu lebenden Bildern.

Es waren die Hungerjahre 1852 und 1854 gewesen, die das ganze Dorf hart getroffen hatten. Die Not zwang so manche Familie zum Auswandern nach Übersee. Auch Jochen hatte diesen Schritt in Erwägung gezogen. Doch als seine Frau dann schwanger wurde, wollte er ihr die Strapazen einer so weiten Reise mit all den vielen Risiken nicht zumuten und verwarf den Gedanken wieder. Sie freuten sich auf ihr Kind und hofften auf eine bessere Zukunft, aber das Schicksal wollte es anders. Seine Frau starb bei der Geburt ihrer Tochter. Eine Welt brach für ihn zusammen! Alle Träume und Hoffnungen auf eine bessere Zukunft und ein glücklicheres Leben waren mit einem Schlag ausgelöscht. Auch um das Leben des kleinen Mädchens musste er lange bangen. Zunächst sah es nicht so aus, dass die Kleine überleben würde. Die Hebamme hatte sich aufopfernd und rührend um das Neugeborene gekümmert, eine Nottaufe wurde arrangiert und alle bangten um das Leben des kleinen Würmchens. In dieser Zeit erfuhr Jochen die Hilfsbereitschaft und Anteilnahme des ganzen Dorfes. Trotz der Not und Armut, unter der sie alle zu leiden hatten, wurde ihm geholfen, so gut es halt eben ging. Da spielten auch die

Standesunterschiede keine Rolle mehr. Immerhin waren seine Vorfahren noch Leibeigene im Dorf gewesen, das hatte auch er des Öfteren noch zu spüren bekommen.

Wenn er nun, inzwischen waren sieben Jahre ins Land gezogen, die Ereignisse um die Geburt seiner Tochter wieder vor sich sah, kam es ihm vor, als sei damals ein kleines Wunder geschehen. Allen Befürchtungen zum Trotz: Die kleine Hildegard hatte überlebt und je älter sie wurde, desto ähnlicher sah sie ihrer Mutter. Das Mädchen war eine richtige Frohnatur, immer lustig und zufrieden, nichts schien ihre gute Laune trüben zu können. Nach und nach war auch bei Jochen die Freude am Leben wieder zurückgekehrt. Ob er wollte oder nicht, sein Töchterchen steckte ihn mit ihrer Fröhlichkeit an, sie war ihm inzwischen zum Sonnenschein seiner Seele geworden. Für sein Kind zu sorgen, darin sah er den Sinn seines Lebens. Sie sollte es einmal besser haben als er. Dazu bot sich nun eine vielversprechende Gelegenheit: Es wurde ihm ein kleines, wenn auch nicht mehr im besten Zustand befindliches landwirtschaftliches Anwesen zum Kauf angeboten.

Die Auswanderungen aus dem kleinen Kraichgaudorf hielten weiterhin an. Immer wieder gab es Einzelne, aber auch ganze Familien, die hier keine Existenzgrundlage mehr sahen, in Wollenberg alles aufgaben und sich auf den weiten Weg hinüber nach Nordamerika aufmachten. Natürlich waren auch einige Abenteurer darunter, doch die meisten waren verarmte Einwohner, die ihren ganzen Besitz verkauften, um die Ausreise finanzieren zu können. Bei dem ihm vorliegenden Angebot handelte es sich um ein solches Anwesen eines ausreisewilligen Bürgers. Für den Ankauf desselben bräuchte er aber mindestens 100 Gulden, und die hatte er nicht. Woher sollte er diesen Betrag auch haben, nach all dem Unglück, das ihm in den letzten Jahren widerfahren war. Wollte er das kleine Häuschen kaufen, musste er sich das Geld leihen. Aber von wem? Wer gab denn schon einem Habenichts ein Darlehen? Jochen hatte sich deshalb bereits im Dorf umgehört, doch da war nichts zu machen. Nicht, dass man es ihm nicht geben wollte. Nein, daran lag es nicht. Es gab einen anderen triftigen Grund: Im ganzen Dorf hatte keiner Geld zum Verleihen. Im Gegenteil, die meisten hatten selber Schulden. Denn als im Jahre 1851 die ehemaligen Grundherren von Gemmingen-Guttenberg ihre gesamten Liegenschaften in Wollenberg für 29.000 Gulden verkauften, da hatten sich 57 Bürger im Ort bereiterklärt, diese zu übernehmen und unter sich aufzuteilen. Dabei blieb es nicht aus, dass sich die meisten selbst verschuldeten und bestimmt noch viele Jahre abzahlen mussten. Auch bei den Juden des Dorfes war kein Geld aufzutreiben. Zum einen waren die meisten selbst arme Schlucker und die wenigen, die über entsprechende Geldmittel verfügten, hatten damals bei dem Verkauf des großen Gemmingen-Guttenbergschen Grundbesitzes ihre Ersparnisse investiert. Nur einer der einflussreicheren Juden, der gute Beziehungen zu seinen Landsleuten in der Stadt unterhielt, hätte ihm einen Kredit vermitteln können. Doch die horrenden Zinsen, die dafür gefordert wurden, konnte und wollte er nicht auf sich nehmen.

Wie gerne würde er das kleine Anwesen erwerben, es hätte für ihn und sein Töchterchen zum Grundstein für ein geborgenes Zuhause werden können. Jochen hatte sich schon so mit dem verlockenden Gedanken vertraut gemacht, dass er bereits künftige Umbaumaßnahmen entwickelt hatte und im Geiste vor sich sah. Aber es sollte wohl nicht sein! Ohne ein zinsgünstiges Darlehen sah er keine Möglichkeit, seinen Traum zu verwirklichen.

Ein tiefer Seufzer entrang sich seiner Brust und halblaut stellte er die Frage: »Was soll ich nur tun? Gibt es denn keine Möglichkeit für uns zwei?«

Stille umgab den einsamen Mann am Grabe seiner Frau. Kein einziges Lüftchen wehte an diesem ersten warmen Frühlingsabend des Jahres. Jochen lauschte in die aufziehende Dunkelheit hinein, so als ob er eine Antwort auf seine Frage erwartete. Und er sollte nicht vergebens hoffen! Es hatte den Anschein, als ob sein stilles Gebet erhört worden war. Plötzlich ertönten die Glocken der kleinen Dorfkirche durch die Stille der anbrechenden Dunkelheit und rissen den Betenden aus seinen Gedanken. Die Abendglocken läuteten den kommenden Sonntag ein. Er hob den Kopf, schaute in Richtung Kirchturm und ein Leuchten huschte über sein Gesicht. Die Glocken gaben ihm Antwort auf seine Fragen. Jochen tippte sich mit seiner Rechten an den Kopf und murmelte:

»Es ist schon eigenartig, dass man oftmals nicht an das Nächstliegende denkt, warum bin ich da nicht von selbst drauf gekommen? Das ist doch für mich die einzige Möglichkeit, um ein vernünftiges Darlehen zu erhalten. Da werde ich mich gleich morgen, am Sonntag, auf den Weg machen und mein Begehren vorbringen. Leicht wird mir der Gang nicht werden, aber versuchen muss ich es, das bin ich schon meinem Kind schuldig.«

Erleichtert und zufrieden machte er sich auf den Heimweg. Er war dem Schicksal dankbar, dass die Glocken ihm den entscheidenden Hinweis gegeben und ihn an die Erbauer der Kirche, die Familien von Gemmingen-Guttenberg, erinnert hatten. Auf Burg Guttenberg wollte er morgen sein Anliegen vorbringen, schließlich war er dort kein Unbekannter.

Der Tag war noch sehr jung, die letzten Schleier des Morgennebels zogen durch das Wollenbachtal, als Jochen sich auf den Weg zur Burg Guttenberg machte. Er wusste, dass es nicht leicht werden würde, es war ein schwerer Gang, den er heute vor sich hatte. Hoffnung und Zweifel kämpften in ihm und er schwankte zwischen beiden hin und her. Die Sorge um die Zukunft drückte ihn schwer, doch er wusste, er durfte sich nicht selbst aufgeben, er musste nach vorne schauen. Die Sonne kam gerade über dem Hüffenhardter Höhenrücken hervor und ihre wärmenden Strahlen küssten den Tau von den noch jungen Grashalmen der Wiesen. Es sah ganz nach einem wunderschönen Sonnentag aus. Kein Wölkchen zeigte sich am Himmel, der sich heute stahlblau und wie frisch geputzt über die Erde spannte. Michaels Stimmung hellte sich auf und plötzlich hatte die Hoffnung in ihm den Zweikampf gewonnen.

Frohgelaunt wollte er gerade kräftig ausschreiten, als er eine Kinderstimme hinter sich vernahm: »Papa, warte, ich will mit dir gehen.«

Erschrocken schaute er sich um und sah sein Töchterchen auf sich zu laufen. Das bunte Sonntagskleidchen flatterte um seine dünnen Beinchen und mit seinen ausgestreckten Ärmchen sah es beinahe so aus, als ob es auf ihn zu fliegen würde. Jochen musste lächeln und die ursprüngliche Zurechtweisung schmolz zu einer harmlosen Frage zusammen:

»Was willst denn du auf Burg Guttenberg?«

Noch ganz außer Atem, nahm sie seine Hand, schaute ihn dabei mit ihren blauen Augen an und erwiderte in ihrer kindlichen Unschuld: »Du warst so traurig, als du vorhin weggegangen bist, da habe ich gedacht, ich gehe mit dir, damit du den weiten Weg nicht allein machen musst.«

Gerührt schaute Jochen sein Töchterchen an und antwortete mit belegter Stimme: »Gerade weil es ein weiter Weg ist, wir haben immerhin an die zwei Stunden zu gehen, wollte ich dich nicht mitnehmen. Doch irgendwann musst du die Strecke ja auch kennenlernen, vielleicht ist es ganz gut, wenn wir sie schon heute gemeinsam gehen. Das Wetter scheint auch zu passen, also komm halt mit mir.«

Bis nach Hüffenhardt kannte die kleine Hildegard den Weg bereits, den war sie schon einige Male mitmarschiert. Die beiden Mühlen am Oberlauf des Wollenbaches, die Neumühle, die zum Wagenbacher Hof gehörte, und die Hüttigsmühle, bereits auf Hüffenhardter Gemarkung stehend, waren ihr schon lange vertraut. Auch auf dem anschließenden Mühlweg war sie schon einige Male dabei gewesen. Das änderte sich aber, als sie bei Hüffenhardt den Höhenzug erreichten. Hatten sie bisher immer bergauf laufen müssen, so ging es nun stetig abwärts durch den Ameltergrund. Ein wunderschönes Tal öffnete sich hier und führte die beiden Wanderer in Richtung des großen Waldes. Die Sonne stand bereits hoch am Himmel und sandte ihre wärmenden Strahlen auf die Erde herab. Die Vögel, die hier wegbegleitend noch immer wieder anzutreffen sind, zwitscherten in den zahlreichen Hecken und Büschen ihre Frühlingslieder. Für die kleine Hildegard gab es jetzt viel Neues zu entdecken, immer öfter blieb sie stehen und stellte wissbegierig Frage um Frage an ihren Vater. Doch der hatte nur wenig Lust, sich damit aufzuhalten, er mahnte zur Eile. In seinem Kopf kreisten andere Gedanken. Je näher sie dem Ziel kamen, desto mehr wuchsen seine Zweifel. Am liebsten wäre er sofort umgekehrt und unverrichteter Dinge nach Hause gegangen. Dass er es dann nicht tat, das hatte er seinem Töchterchen zu verdanken. Vor ihr wollte er nicht als Versager dastehen. Er tat es doch für sie und ihre Zukunft, sollte sie es doch einmal besser haben als er. So schob er die aufkommenden Bedenken beiseite und schritt kräftig aus. Das Kind konnte seinem Vater nicht so schnell folgen, blieb überrascht stehen und rief ihm ganz erstaunt nach:

»Warum läufst du denn plötzlich so schnell? Ich komme nicht mehr mit, ich habe nicht so lange Beine wie du!«

»Wir haben noch eine gute Strecke zu gehen, wir müssen uns beeilen«, war seine Antwort. Doch dann sah er ein, dass er seine Geschwindigkeit der des Kindes anpassen musste, wollte er die Kleine nicht überfordern.

Inzwischen waren sie in dem sich bis Neckarmühlbach hinabziehenden Wald angekommen. Ein tiefer, fast immer wasserführender Graben schlängelte sich entlang des nun wieder steiler abwärtsführenden Weges. Das munter plätschernde, über Steine springende Wasser hatte hier über Jahrhunderte hinweg ein immer tiefer werdendes Bett geschaffen, das sich wild ausformend in das Muschelkalkgestein gegraben und im unteren Abschnitt zu einer tiefen Schlucht ausgeformt hatte. Hier war und ist auch heute noch der Weg mit großen

Steinblöcken gegen den Abgrund gesichert. Respektvoll hielten die Wanderer sich hier auf der anderen Seite des Weges und Hildegard traute sich kaum, einen Blick in die tiefe Schlucht zu werfen.

Kurze Zeit später hatten die beiden den von Rappenau herabführenden Mühlbach erreicht. Jochen verweilte hier kurz und deutete mit seiner Rechten nach Osten:

»Siehst du, Hildegard, dort oben, wo der mächtige Turm über dem Wald hervorragt, da ist die Burg Guttenberg, dort müssen wir hin.« Dann zeigte er bachaufwärts in die entgegengesetzte Richtung: »Dort hinter den Bäumen ist die Schnepfenhardter Mühle, die können wir aber nicht sehen, da sie hinter der Bachkrümmung liegt.«

Doch das interessierte die Kleine im Moment nicht im Geringsten. Sie hatte nur Augen für den mächtigen Turm der Burg Guttenberg. Mit offenem Munde schaute sie dort hinauf, dann fasste sie ihre Eindrücke in der Feststellung zusammen: »So ein riesiges Haus habe ich noch nicht gesehen. Papa, schau doch, da fehlt ja das Dach. Sind die Leute dort so arm, dass sie kein Dach auf ihr Haus bauen können?«

Erstaunt über die Entdeckung seiner Tochter, erklärte er ihr nun, dass solche großen Türme schon immer keine richtigen Dächer hatten, aber trotzdem auf eine andere Art zugedeckelt waren, damit kein Wasser ins Innere gelangen konnte.

Auf einer schmalen Holzbrücke überquerten sie den Mühlbach und folgten diesem abwärts durch den Schlosswald. Nach einem halben Kilometer öffnete sich der Wald und sie kamen an eine kleine Lichtung. Eine wunderschöne Wiese erstreckt sich, auch heute noch, hier zwischen dem Mühlbach auf der linken und dem zurücktretenden Wald auf der rechten Seite. Hier verlässt der Weg den Bachlauf und folgt dem Waldrand bis zur Mitte des Wiesentälchens, um dann, nach einem von rechts herabplätschernden kleinen Wasserlauf, wieder in den Schlosswald zu wechseln. Danach geht es dann steil bergauf zur Burg hoch.

Die Sonne schien diese kleine Oase besonders hell auszuleuchten. Jochen und sein Töchterchen waren geblendet am Waldrand stehen geblieben und hielten sich die Hände über die Augen, um diese an die extreme Helligkeit zu gewöhnen. Der Kontrast zwischen dem dunklen Wald und dem hellen Licht hier draußen war einfach zu grell, um ohne Unterbrechung weitergehen zu können. So verharrten sie eine Weile. Gerade als sie sich anschickten, ihre Wanderung fortzusetzen, da rumorte es im nahen Unterholz. Erschrocken schaute die kleine Hildegard ihren Vater an und drückte sich ängstlich an seine Seite. Und da preschten die Tiere auch schon aus dem Wald: Eine Rotte von zwölf Wildschweinen brach aus dem Waldrandgebüsch hervor und jagte, immer eines hinter dem anderen, über die Wiese Richtung Mühlbach. Dieser war für die schnellen Tiere kein Hindernis. Mit einem mächtigen Satz überquerten sie den Wasserlauf und verschwanden, so schnell wie sie gekommen waren, in dem gegenüberliegenden Wald. Jochen musste lachen. Es sah einfach zu lustig aus, wie die fliehenden Tiere mit hochgestellten Bürzeln, der Keiler voraus und die Bachen hinterher, wie an einer Kordel aufgereiht über die Wiese flüchteten. Erstaunt sah das Mädchen ihren Vater an. Sie konnte nicht begreifen, warum er sich amüsierte, während sie vor Angst zitterte. Als er ihren fragenden Blick sah, erklärte er ihr, wobei er nun das Lachen unterdrückte:

»Du brauchst keine Angst zu haben, mein Kleines, die Schwarzkittel haben von uns Witterung bekommen und sind deshalb geflüchtet. Wären wir hier nicht stehen geblieben, hätten sich die Tiere in ihrem Unterstand ruhig verhalten. Ich musste lachen, weil es einfach zu komisch aussah, wie die da vor uns über die Wiese gedonnert sind. So, aber jetzt legen auch wir los, damit wir unser Ziel bald erreichen. In einer Viertelstunde sind wir oben auf der Burg, dort kannst du dich etwas ausruhen.«

Die Burg Guttenberg, schon seit 1449 im Besitz des Adelsgeschlechtes derer von Gemmingen, steht auch heute noch am nördlichen Ende eines bewaldeten Bergrückens. Der Wald umschließt die Burganlage an drei Seiten. Nur in nordöstlicher Richtung hat man einen freien Blick über das tief unten liegende liebliche Neckartal. Die zwei Wanderer waren gerade an dem Tor mit der kleinen Pforte in der Mauer zur Vorburg der mächtigen Burganlage angelangt, als diese von innen geöffnet wurde und eine wunderschöne Frau mit silberglänzendem Haar hervortrat. In ihren Händen hielt sie einen kleinen Strauß Schneeglöckchen und war gerade im Begriff, hinab zur Burgkapelle zu gehen. Sie schien gar nicht überrascht zu sein, die beiden Fremden hier vor dem Eingang anzutreffen. Ja, es sah beinahe so aus, als ob sie diese erwartet hätte. Ein freundliches Lächeln umschmeichelte ihr Gesicht, während sie sich nach dem Woher und Wohin des leicht verlegen dreinblickenden Fremden erkundigte.

Jochen kannte die Frau nicht, aber er ahnte, wer sie sein könnte. Ihre gütig blickenden Augen und ihre spontane freundliche Aufforderung machten es ihm leicht, sein Begehren vorzutragen. Aufmerksam hörte die Frau sich seine Ausführungen an, ohne ihn zu unterbrechen.

Doch als er alles gesagt hatte, was ihm auf dem Herzen lag, nahm ihr Gesicht einen ernsten Ausdruck an und sie sah ihm lange in die Augen.

»Ihr kommt mit einer ungewöhnlichen Bitte hierher und das ausgerechnet heute. Wisst Ihr denn nicht, dass heute Sonntag ist?«

»Das weiß ich wohl, gnädige Frau, doch das ist der einzige Tag in der Woche, an dem ich mir die Zeit dafür nehmen kann. An den Werktagen muss ich arbeiten.«

Und wieder schaute die Frau ihn lange an. Jochen hielt ihrem Blick stand und wartete geduldig das Weitere ab. Sie musterte nun seine kräftigen Hände, sagte aber noch immer nichts. Eine spannungsvolle Stille lag in der Luft. Jochen ahnte, dass in diesen Minuten die Entscheidung für oder gegen ihn fallen würde. Erwartungsvoll stand er, seine kleine Tochter noch immer an der Hand haltend, vor der geheimnisvoll wirkenden Frau. Diese schien noch immer zu überlegen. Doch plötzlich entspannte sich ihr Gesicht und wieder freundlich lächelnd meinte sie:

»Dass du deine Hände nicht in den Schoß legst, das sieht man auf den ersten Blick. Auch deine Augen haben mir viel über dich und deine Seele verraten, und was ich sehe, ist gut. Deshalb werde ich nun meinen Sohn bitten, deinem Begehr stattzugeben und euch beiden zu helfen.«

»Gnädige Frau«, stotterte Jochen »dann seid Ihr die, die …«

»Ja, ich bin die Mutter des Barons«, unterbrach sie ihn lächelnd, öffnete die Pforte und ging den beiden mit der Aufforderung voraus: »Kommt jetzt mit mir, ich bringe euch zu meinem Sohn. Ihr kommt zwar äußerst ungelegen, nicht nur weil heute Sonntag ist, wir haben überdies auch noch überraschenden Besuch von einer entfernten Verwandten bekommen.«

Jochen war dem Schicksal über das Zusammentreffen mit Freifrau von Gemmingen-Guttenberg dankbar, er war jetzt fest davon überzeugt, dass er seinen Kredit erhalten werde. Geduldig wartete er mit seinem Töchterchen im Innenhof der mächtigen Burg. Hildegard kam aus dem Staunen nicht heraus, hier gab es so viel zu sehen. Fasziniert betrachtete sie die hohen Gebäude, vor denen sie sich so winzig vorkam. Besonders der hohe Turm, den sie schon von weitem gesehen hatte, war beeindruckend, ja beängstigend groß. Daneben fühlte sie sich so klein wie eine Ameise. Die vielen Mauern, der tiefe Burggraben, die Brücke und das riesige Herrenhaus mit seinen unzähligen Fenstern versetzten das Kind in ungläubiges Staunen. Immer wieder entdeckte sie etwas Neues und Fragen über Fragen kamen über ihre Lippen. Jochen hatte Mühe, immer eine zufriedenstellende Antwort zu finden.

Im Inneren der Burg, in dem wunderschönen Eckzimmer, fand zur gleichen Zeit ein Gespräch ganz anderer Art statt. Der junge Baron stand am offenen Fenster, er hielt einen kleinen, aber sehr feinen Ring in seinen Händen. Das Schmuckstück war aus Weißgold gearbeitet und mit fünf Edelsteinen besetzt. Die Sonne, die bereits hoch am Himmel stand, ließ die Steine in ihrer ganzen Pracht erstrahlen. Es funkelte und glitzerte verführerisch bei jeder Bewegung. Eine Frau, sie war um die 40 Jahre alt, verfolgte gespannt den prüfenden Gesichtsausdruck ihres Gegenübers. Ungeduldig wartete sie auf seine Meinung. Nach eingehender Betrachtung gab ihr Freiherr von Gemmingen-Guttenberg den Ring zurück, wobei er ihre Behauptung in Zweifel zog:

»Meine liebe Cousine, der Ring sieht wunderschön aus, es ist ohne Frage ein herrliches Schmuckstück. Ob das allerdings echte Diamanten sind, da bin ich mir nicht so sicher. Aber ich bin ja auch kein Juwelier, so genau kenne ich mich nicht aus, da musst du schon einen Fachmann fragen.«

Ihre empörte Entgegnung ließ nicht lange auf sich warten: »Aber was denkst du denn, die Steine sind echt, das sind Diamanten! Oder glaubst du, mein Gemahl würde mir billigen Plunder zum Geschenk machen?«

»Nein, natürlich nicht, meine Liebe! Wo ist er denn eigentlich hingereist, dein Göttergatte? Hatte er keine Zeit, dich zu begleiten?«

Die Frage blieb vorerst unbeantwortet. Die Mutter des Barons war ins Zimmer getreten und ging mit einem: »Du entschuldigst doch, meine Liebe« schnurstracks auf ihren Sohn zu.

Überrascht schaute er ihr entgegen: »Was ist, Mutter, du schaust so eigenartig aus, ist etwas passiert?«

»Nein, so kann man es nicht nennen, aber ich habe etwas Wichtiges mit dir zu bereden.«

Sie nahm ihn auf die Seite und erzählte ihm ausführlich von dem Wollenberger Bittsteller, der unten im Burghof mit seiner Tochter wartete. Eindringlich legte sie ihm ans Herz, den beiden zu helfen. »Auf mich hat er einen guten Eindruck gemacht, ich glaube, du kannst ihm vertrauen. Leih ihm die 100 Gulden auf zehn Jahre und zu einem günstigen Zins.«

Freiherr von Gemmingen-Guttenberg war etwas überrascht, damit hatte er an diesem schönen Frühlingsmorgen nicht gerechnet. Er kannte Jochen flüchtig und er wusste von seinem Unglück. Doch noch zögerte er etwas mit seiner Antwort. Da verblüffte ihn seine Mutter mit dem Angebot:

»Wenn du dir nicht sicher bist, ich bürge für den Mann!«

»Aber Mutter, das brauchst du nicht zu tun, ich verlasse mich auf deine gute Menschenkenntnis. Der Mann soll das Geld haben, sobald die hierfür erforderlichen Formalitäten geregelt sind.«

»Danke, mein Sohn, ich wusste, dass du ein gutes Herz hast.«

»Aber meine Lieben, ihr werdet doch so einem Bauern nicht euer schönes Geld in den Rachen werfen. Bedenkt doch, wie viel Schmuck und Geschmeide man dafür bekommen kann«, mischte sich jetzt ganz aufgeregt die Cousine in das Gespräch von Mutter und Sohn.

Freifrau von Gemmingen-Guttenberg sah missbilligend zu ihr hinüber: »Das kann ich mir bei dir gut vorstellen, doch wir setzen unsere Prioritäten anders, wir investieren in die Zukunft unserer Menschen hier in der Region. Am besten wird es sein, wenn wir Frauen hinausgehen und das Geschäft den Männern überlassen.«

Damit verließ sie das Zimmer und die schmuckversessene Verwandte folgte ihr kopfschüttelnd nach.

Kurze Zeit darauf wurde zaghaft angeklopft und nach einem kräftigen »Herein« trat Jochen mit seinem Töchterchen ins Zimmer. Etwas verlegen blieb er im Türrahmen stehen, grüßte freundlich, drehte leicht nervös seine Sonntagsmütze in der Hand und wartete, bis er angesprochen wurde. Baron von Gemmingen-Guttenberg erkannte sofort die Unsicherheit des Wollenbergers, bat ihn freundlich zu sich und forderte ihn auf, über seine Pläne und das Vorhaben zu berichten. Jochen wurde sofort ruhiger, er spürte instinktiv das Entgegenkommen des Hausherren und erzählte nun frei heraus, was er auf dem Herzen hatte. Er schloss seinen Bericht mit den Worten:

»Ich nehme das alles auf mich in der Hoffnung, meinem Kind eine bessere Zukunft zu verschaffen.«

»Ja, die Zukunft, die haben wir alle nicht in den Händen. Doch ich billige dein Vorhaben und werde dir dafür die 100 Gulden zu Verfügung stellen. Ich schlage vor, sobald die erforderlichen Papiere ausgefertigt sind, erhält der Verkäufer deines zukünftigen Anwesens das Geld direkt von uns und du unterschreibst dann den Schuldschein. Die Rückzahlung erfolgt in zehn Jahresraten nebst dem vereinbarten Zins immer am Ende eines Jahres. Bist du damit einverstanden?«

»Selbstverständlich! Ich danke dem Herrn Baron für seine Großzügigkeit und werde die jährlichen Rückzahlungen termingerecht einhalten.«

Freiherr von Gemmingen-Guttenberg nickte ihm zufrieden zu, dann streichelte er der kleinen Hildegard über ihr schönes blondes Haar, lächelte sie an und erkundigte sich nach ihrem Namen: »Na, wie heißt du denn, meine Kleine?«

»Hildegard, genauso wie meine Mutter hieß«, gab sie freundlich Auskunft.

»Ja, deine Mutter, die fehlt dir bestimmt sehr?«

»Es wäre sehr schön wenn sie noch leben würde, aber ich habe ja meinen Papa, der sorgt für mich«, kam prompt ihre kindliche Antwort.

»Da bin ich mir sicher, dass er das tut! Er kauft dir sogar ein Haus, damit ihr ein eigenes Dach über dem Kopf haben werdet.«

»Und du hilfst uns dabei, hab vielen Dank dafür.«

Jetzt mussten beide Männer lachen, die Kleine hatte mit ihrem kindlichen Verständnis den Nagel auf den Kopf getroffen.

Baron von Gemmingen-Guttenberg ging mit den beiden aus dem Zimmer. Sie hatten den langen Flur bereits zur Hälfte durchschritten, da eilte die kleine Hildegard nochmals zurück, um ihre Mütze zu holen, die sie auf einem Stuhl abgelegt und vergessen hatte. Den Schatten, der durch das offen stehende Fenster huschte, als sie zur Türe hineinstürmte, hatte sie nicht bemerkt. Sie schnappte sich ihre Mütze und rannte davon. Dabei wäre sie beinahe mit der Cousine des Barons zusammengestoßen, die im Begriff stand, in das Zimmer zurückzukehren. Jochen hatte gerade mit dem Baron die nächsten Schritte besprochen und war im Begriff, sich zu verabschieden, als ein schriller Aufschrei durch das altehrwürdige Gemäuer hallte. Gleich darauf kam, wild mit den Armen gestikulierend und hysterisch schreiend, die Cousine in den Flur gestürmt.

»Halte die Diebe auf, lass sie nicht entwischen, mein schöner Ring wurde gestohlen! Das kann nur die kleine Hexe gewesen sein, ich hab sie gerade aus dem Zimmer kommen sehen.« Ganz aufgelöst, war sie inzwischen herangekommen und schrie das Mädchen wie eine Furie an: »Gib sofort den Ring her, du kleines Luder, sonst …«, dabei hob sie ihre Hand, um zuschlagen zu können.

Jochen stand wie versteinert am Treppenabgang, er konnte sich nicht erklären, was geschehen war. Baron von Gemmingen-Guttenberg überblickte dagegen sofort die Situation und griff energisch ein. »Halt ein, hier wird nicht geschlagen, schon gar nicht ein Kind! Erzähle zunächst einmal, was dich so in Rage versetzt hat. Du bist ja ganz aus dem Häuschen, so habe ich dich noch nicht erlebt.«

Nachdem die Frau sich wieder etwas beruhigt hatte, berichtete sie, dass sie vorhin bei ihrer Rückkehr ins Zimmer den Ring nicht mehr vorgefunden hatte. »Er lag nicht mehr dort, wo ich ihn nach unserem Gespräch abgelegt hatte. Den kann nur das Mädchen gestohlen haben, als sie ihre Mütze holen ging. Und da verlangst du von mir, dass ich ruhig bleibe!«

Als sei er die Ruhe selbst, kam die Frage des Barons: »Wo, sagst du, hast du den Ring abgelegt?«

»Auf das Vertiko und dort ist er nicht mehr!«

»Auf das Vertiko? Da kann das Kind doch nicht mal hochschauen, geschweige denn hinaufgreifen. Ich glaube, du bist wieder einmal sehr voreilig mit deinen wilden Verdächtigungen, liebe Cousine.«

»Wer weiß, wie sie es angestellt hat? Vielleicht hat sie einen der Stühle davorgeschoben. Der ist doch alles zuzutrauen, schau sie dir nur an, die scheint das schlechte Gewissen selbst zu sein.«

»Nur mal langsam«, ergriff jetzt Jochen das Wort. »Das haben wir gleich. Hildegard, schau mir ins Gesicht und sag mir aufrichtig: Hast du dort im Zimmer einen Ring gestohlen?«

Dem kleinen Mädchen war es angst und bange, es zitterte am ganzen Körper und wusste nicht, was die Aufregung um sie herum sollte. Sie schaute ihren Vater an und mit tränenersticktem Stimmchen stotterte sie: »Ich weiß von keinem Ring, ich habe nichts gestohlen, ganz ehrlich, Papa.«

»Da hören Sie es! Die Kleine hat mich noch nie angelogen, ich glaube ihr.«

»Ha, hast du das gehört, Cousin, der Bauer stärkt seinem Kind noch den Rücken. Aber das ist nicht verwunderlich, er profitiert ja auch davon. Vielleicht hat er das Mädchen für solche Fälle abgerichtet.«

»So, jetzt reicht es aber! Damit alle bestehenden Zweifel ausgeräumt werden, soll meine Mutter das Mädchen untersuchen und feststellen, ob sich der Schmuck bei ihm finden lässt.«

Doch der Ring blieb verschwunden! Weder bei dem Kind noch im Zimmer, das anschließend regelrecht auf den Kopf gestellt wurde, war das Schmuckstück zu finden. Nach einer Stunde Aufregung und hektischer Suche durften die zwei Verdächtigen ihren Heimweg antreten. Auch wenn bei ihnen nichts gefunden worden war, weil sie eben auch nichts gestohlen hatten, wusste Jochen, dass von nun an ein Makel auf seiner »weißen Weste« haften bleiben würde. Er rechnete es dem Baron hoch an und hatte große Achtung vor ihm, dass er trotz des Vorfalls seine gegebene Zusage bezüglich des Darlehens nicht zurückgenommen hatte. Dies war ein Grund mehr, alles daranzusetzen, um ihn in Bezug auf die Rückzahlungen nicht zu enttäuschen.

Der Heimweg war wieder geprägt von Hoffen und Bangen. Doch nun waren es andere Gedanken als am Vormittag: Da war zum einen die große Freude über den zugesagten Kredit, aber auch die so sehr demütigenden Ereignisse um den verschwundenen Ring. Nun konnte er endlich seinen Traum vom eigenen Heim verwirklichen, dafür aber musste er gegen die Gerüchte ankämpfen, die irgendwann auch bis Wollenberg vordringen würden.

Das würde ein hartes Stück Arbeit werden und lange dauern. Denn wie sollte man einen Feind besiegen, den man nicht sehen und nicht greifen konnte? »Das wird verdammt schwer werden«, murmelte er traurig vor sich hin. Vor allem wusste er nicht, wie er seine kleine Tochter vor diesen zu erwartenden Verleumdungen schützen sollte. Ganz verschüchtert trottete sie neben ihm her, ihre Fröhlichkeit war wie weggewischt. Jochen versuchte, sie abzulenken und aufzumuntern, doch alle Mühe war vergebens.

Als sie den Hüffenhardter Höhenzug erreicht hatten, legten sie eine kleine Rast ein. Es zeigte sich, dass der Weg nun doch zu weit für die Kleine gewesen war. Die vier Kilometer talabwärts bis nach Wollenberg musste sie aber noch durchhalten. Die Rast tat ihr gut. Sie saßen auf einem Baumstamm und tranken das restliche Wasser aus ihrer Feldflasche. Jochen nahm sein Töchterchen in die Arme und drückte es ganz fest an sich.

»Sieh mal, Hildegard, wir müssen das verstehen, dass wir des Diebstahls verdächtigt wurden. Immerhin waren wir am Tatort, da liegt das auf der Hand. Doch viel wichtiger ist es, zu wissen, dass man nichts Unrechtes getan hat. Und wenn man ein reines Gewissen hat, braucht man sich nicht zu schämen und man muss nicht auf den Boden schauen. Im Gegenteil, du darfst dein Köpfchen stolz aufrecht tragen, weil du unschuldig bist. Wenn es auch Menschen gibt, die uns nicht glauben werden, der liebe Gott, der alles sieht, weiß, dass du den Ring nicht gestohlen hast.«

»Aber du hast mir auch geglaubt, Papa, darauf bin ich stolz.«

Sie schlang ihre Ärmchen um seinen Körper und lächelte zu ihm auf. Jochen wurde es leichter ums Herz und er ergänzte seine Überlegungen: »Ich bin mir sicher, dass der Ring eines Tages wieder auftaucht und damit alle Verdächtigungen beseitigt werden.«

Der Ring war und blieb verschwunden. Es sollte die Gemüter der Menschen auf der Burg Guttenberg noch lange beschäftigen. Dass der unerklärliche Vorfall nicht hinter den dicken Mauern der Burg verborgen blieb, dafür sorgten schon die vielen Bediensteten des Hauses Gemmingen-Guttenberg. Endlich hatte man mal wieder etwas Neues zu berichten. Neugierde, Tratsch und auch ein wenig Schadenfreude blähten die Gerüchte mächtig auf und die Sensationsgier sorgte für deren Verbreitung. So blieb es nicht aus, dass schon nach kurzer Zeit das Gerücht auch nach Wollenberg getragen wurde. Für die kleine Hildegard begann eine schwere Zeit, die sie in ihrem Leben nicht mehr vergessen sollte. Als »diebische Elster« beschimpft zu werden, war noch eines der harmloseren Auslassungen, die das Mädchen zu hören bekam.

Jochen versuchte, so gut er es eben vermochte, sein Kind zu schützen, aber er konnte nicht überall dabei sein. Vor allem in der Schule war sie den Spötteleien der Kinder hilflos ausgesetzt. Das bewirkte, dass sie sich ganz von den anderen zurückzog und sich zu einem stillen, in sich gekehrten Mädchen entwickelte. Erst nach einer gewissen Zeit ließen die Anfeindungen allmählich nach, das Leben warf den Menschen im Dorf neue Knochen vor die Füße, an denen sie sich wieder die Zähne ausbeißen konnten.

Noch war das Frühjahr nicht zu Ende, da wurde Jochen Eigentümer des kleinen bäuerlichen Anwesens und vier Wochen später konnte er mit Hildegard dort einziehen. Es waren einfachste, ja ärmliche Verhältnisse, in denen Vater und Tochter in den ersten Jahren leben mussten. Aber im Laufe der Zeit hatten sie es mit Fleiß und Zähigkeit geschafft! Wenn sie es sich auch weiterhin vom Munde absparen mussten, den Zins und die Tilgungsrate konnte Jochen, wie vereinbart, bezahlen. Jedes Jahr um die Weihnachtszeit machte er sich auf zur Burg Guttenberg und beglich seine Verpflichtungen. Den Weg dorthin musste er allerdings allein gehen, seine Tochter begleitete ihn nicht mehr. Jochen war es recht so, er wusste um die Verletzlichkeit ihrer jungen Seele und vermied es, wo es ging, alte Wunden aufzureißen. Der verschwundene Ring war bei seinen jährlichen Besuchen allerdings kein Thema mehr zwischen ihm und dem Freiherrn von Gemmingen-Guttenberg gewesen. So konnte Jochen den Heimweg jedes Mal erleichtert antreten: Es war wieder eine Rate getilgt, somit konnte er hoffnungsvoll dem neuen Jahr entgegenblicken. Er wusste, dass er es mit Gottes Hilfe schaffen würde. Und er schaffte es! Doch kurz vor Ablauf der Darlehensfrist schlug das Schicksal nochmals zu und stellte Jochen auf eine harte Probe.

Es war Anfang Dezember, der Winter hatte das Land fest im Griff, als es passierte: Als Jochen am frühen Morgen in den Stall ging, spürte er sofort, dass da etwas geschehen sein musste. Die Tiere waren äußerst unruhig und schauten ihm aufgeregt entgegen. Ein kurzer Blick und er sah die Ursache: Die beste seiner beiden Milchkühe lag mit aufgedunsenem Bauch quer vor dem Trog. Wie es sich später herausstellte, hatte sich die Spitze eines Nagels, den das Tier vermutlich mit dem Heu verschluckt hatte, durch die Magenwand ins Herz gebohrt.

Die Kuh war bereits vor Stunden verendet und konnte nicht mehr zum Verzehr freigegeben werden. Sie wurde später auf dem Schinderwasen vergraben.

Der Verlust des Tieres traf Jochen hart. Zunächst spielte er mit dem Gedanken, die letzte Tilgungsrate zum Ankauf einer neuen Kuh zu verwenden und den Baron um Zahlungsaufschub zu bitten. Aber dann verwarf er den Gedanken wieder. Sein Stolz, ein zuverlässiger Schuldner zu sein, war größer. »Und wenn wir den Gürtel noch etwas enger schnallen müssen, die letzte Rate wird termingerecht bezahlt! Danach wird es auch wieder weitergehen«, gab er sich selbst die Antwort auf seine Überlegungen.

Leichter Schneefall hatte eingesetzt, als eine junge Frau, tief in ihre wärmende Winterbekleidung eingehüllt, auf dem Postweg in Richtung Hüffenhardt das Dorf verließ. Ein kalter Ostwind wehte ihr entgegen, so dass sie ihren Kopf tief gebeugt und die Augen auf ihre Füße gerichtet hatte. Es war noch früh am Morgen, der neue Tag war noch nicht voll erwacht und sie war allein unterwegs an diesem 23. Dezember. Wie gerne wäre sie zu Hause geblieben und hätte in der warmen Stube ihre Näharbeiten verrichtet. Doch Hildegard wusste, dass es sein musste! Sie war inzwischen 17 Jahre alt und kräftig genug, den Weg zur Burg Guttenberg auch bei diesem Wetter gehen zu können. Sie hatte es sich lange überlegt, ob sie dem Wunsch ihres Vaters nachgeben sollte. Sie wollte die Burg Guttenberg nie mehr betreten! Zu sehr hafteten noch immer die schrecklichen Ereignisse von damals in ihrem Gedächtnis. Wenn inzwischen auch zehn Jahre vergangen waren, die peinlichen Szenen um den verschwundenen Ring konnte sie nicht vergessen. Andererseits, sie hatte ja nichts Unrechtes getan, sie konnte jedem mit gutem Gewissen ins Gesicht schauen und sie war inzwischen kein Kind mehr, sondern eine selbstbewusste junge Frau.

Ihr Vater wäre selbstverständlich auch in diesem Jahr wieder allein gegangen, doch wie so oft im Leben kommt ein Unglück selten allein. Eine Woche nach dem Verlust der Milchkuh schlug das Schicksal nochmals zu. Beim Holzfällen geriet Jochen mit seinem rechten Bein unter einen umstürzenden Baumstamm und brach sich das Schienbein. Es konnte Wochen dauern, bis er wieder in der Lage sein würde, den weiten Weg auf den Guttenberg zu gehen. So lange wollte er nicht zuwarten, deshalb bat er schweren Herzens seine Tochter, den letzten Gang zur Burg zu übernehmen. Sie wusste, wie viel Wert er auf die pünktlichen Rückzahlungen legte. Deshalb erklärte sie sich schließlich bereit, an seiner Stelle das Geld wegzubringen. Es war die letzte Rate. Auch Hildegard war froh darüber, dass die 100 Gulden termingerecht getilgt waren. Von nun an hätte es leichter für sie beide werden sollen, wenn, ja wenn das Unglück mit der Milchkuh nicht gewesen wäre. All diese Gedanken gingen ihr jetzt wieder durch den Kopf, während sie durch den Schnee stapfte.

Sie nahm dieselbe Strecke, die sie damals vor zehn Jahren zusammen mit ihrem Vater gegangen war. Als sie die beiden Mühlen passierte, blieb sie staunend vor den Wasserrädern stehen und bewunderte die meterlangen Eiszapfen, die sich an den immer etwas undichten Wasserzulaufkanälen gebildet hatten. Der Frost hatte hier mitunter regelrechte Kunstwerke gezaubert. Nach einer Stunde überquerte sie die Hüffenhardter Höhe, hier hatte der scharfe Ostwind bereits die ersten Verwehungen aufgetürmt. Hildegard sah sich nun des Öfteren gezwungen, die zugewehten Wege zu verlassen und ihre Schritte entlang der kahlgefegten Böschungen zu lenken. Doch das war nichts Neues für sie, darin kannte sie sich aus. Nachdem sie später den Wald erreicht hatte, ging es wieder etwas leichter voran. Hier hatte der Wind keine Angriffsmöglichkeit, somit gab es auch keine weiteren Verwehungen.

Immer abwärts schreitend, hatte sie bald den Mühlbach erreicht. Ihre Blicke schweiften hinauf zum Turm der Burg Guttenberg und weckten in ihr die ersten Zweifel, ob es nicht doch falsch war, diesen Gang heute unternommen zu haben. Doch schnell scheuchte sie die aufkommenden Gedanken fort und wechselte auf die andere Seite des Baches. Sie hatte die kleine Wiesenlichtung an der Linkskrümmung des Mühlbaches noch nicht ganz erreicht, da vernahm sie ein krachendes Geräusch, das sie zunächst nicht deuten konnte. »Es werden doch nicht wieder die Schwarzkittel kommen«, murmelte sie vor sich hin. Aber dann musste sie über sich selber lachen. Das Ereignis vor zehn Jahren hatte sich anscheinend so in ihrem Gedächtnis festgesetzt, dass sie beim ersten Geräusch wieder daran denken musste. Vorsichtig ging sie weiter bis zu der kleinen Lichtung und dort sah sie, was ihr ihre Ohren nicht hatten vermitteln können. Am gegenüberliegenden Waldrand, dort, wo der Weg wieder in den Wald hineinführte, entdeckte sie zwei jüngere Männer auf einem riesigen Lindenbaum. Eine Leiter lehnte am Stamm, die schien jedoch nicht lang genug zu sein, denn einer der beiden turnte im Geäst herum. Was sie dort oben wollten, das konnte sie zunächst nicht erkennen. Doch als sie dann kurze Zeit später vor dem Baum stand und die Mistelzweige am Boden liegen sah, löste sich das Rätsel. Die beiden Waldarbeiter hatten den Auftrag, der Baronin einige dieser auf Bäumen wachsenden Pflanzen zu besorgen. Hildegard bedankte sich bei den Forstleuten für die Auskunft.

Gerade als sie weitergehen wollte, sah sie ein rundes Gebilde aus Reisig unweit des Baumstammes im Schnee liegen. Neugierig geworden, richtete sie erneut ihre Frage an die Männer: »Was habt ihr denn da für eine Reisigkugel im Schnee liegen?«

Der ältere der beiden Forstarbeiter war inzwischen von der Leiter gestiegen und kam herbei. »Ja, kennst du das nicht? Das ist doch ein Elsternest! Der Ast, an dem es sich befand, ist uns vorhin abgebrochen. Ludwig wäre dabei beinahe vom Baum gestürzt«, erklärte er und fügte noch hinzu: »Aber der kann klettern wie eine Katze, der fällt nicht so schnell herunter.«

»Das ist ein Elsternest? Ich kannte es bisher nur von weitem, hoch oben in den Bäumen, so nahe habe ich noch keines gesehen. Das ist ja ein kleines Kunstwerk, jetzt interessiert es mich doch, wie das wohl innen aussieht.«

Vorsichtig drehte sie es mit dem Fuß um und suchte nach dem Eingang. Dann bückte sie sich, hob es auf und blickte in das mit Moos und Pflanzenfasern ausgepolsterte Innere der Reisigkugel. Sie drehte das Nest hin und her und bestaunte das kleine Kunstwerk des schwarzweißen Rabenvogels. Dabei fiel plötzlich etwas aus der Öffnung und versank im Schnee.

»Was war denn das?« Noch während ihm diese Frage über die Lippen kam, kniete sich der Waldarbeiter nieder und wühlte suchend im Schnee. Als er den kleinen Gegenstand gefunden hatte, musste er lachen: »Das hätte ich mir ja denken können, das ist ein Stück von einem zerbrochenen Spiegel. Die Elstern tragen alles, was glitzert und blinkt, in ihre Nester. Deshalb werden sie im Volksmund auch ›diebische Elstern‹ genannt, weil sie öfter solche Sachen mitnehmen.«

Hildegard war kreidebleich geworden, da war es wieder, das Schimpfwort aus ihren Kindertagen.

»Schau mal nach, ob da vielleicht noch mehr in dem Nest verborgen ist.«

Mit dieser Aufforderung des Waldarbeiters wurde sie aus ihren Erinnerungen gerissen. Zunächst schaute sie ihn ganz verdutzt an, aber nach einigen Sekunden hatte sie begriffen, was er meinte. Vorsichtig, um sich nicht zu verletzen, griff sie ins Nest und tastete mit ihren Fingern durch das Moos. Plötzlich spürte sie etwas Hartes, ergriff es mit Zeigefinger und Daumen und zog es vorsichtig heraus. Als ihre Blicke darauf fielen, wäre es ihr beinahe aus der Hand gefallen. Sie wurde noch bleicher und über ihre blutleeren Lippen kamen ganz leise nur zwei Worte: »Der Ring!« Plötzlich fühlte sie sich wieder um zehn Jahre zurückversetzt und die Erinnerung ließ in ihr das Bild von dem damaligen Vorfall wiederauferstehen. Sie sah sich ins Zimmer der Burg rennen, um ihre Mütze zu holen, und erkannte den schwarz-weißen Schatten, der aus dem offen stehenden Fenster entwichen war.

»Ja, so muss es gewesen sein! Das ist die Lösung des Rätsels, eine Elster hat den in der Sonne funkelnden Ring davongetragen.«

Wie Schuppen fiel es von ihren Augen, ihre gesunde Gesichtsfarbe kehrte wieder zurück und freudestrahlend verkündete sie den wie Fragezeichen dastehenden Forstarbeitern: »Jetzt gehe ich gerne hinauf zur Burg und bringe den Beweis meiner Unschuld. Ihr beiden seid meine Zeugen, dass ich den Ring hier und heute gefunden und nicht von zu Hause mitgebracht habe. Ich bin euch zu großem Dank verpflichtet, denn ohne euch wäre der Ring vermutlich nie aufgetaucht. Wie gerne würde ich euch dafür etwas schenken, aber ich habe selber nichts. Doch ich werde nachher beim Baron ein gutes Wort für euch einlegen, ich bin mir sicher, dass er es euch danken wird.« Mit schnellen Schritten eilte sie davon und ließ zwei verdutzt dreinschauende Forstleute zurück.

Hildegard fühlte sich leicht wie eine Feder, es schien, als ob eine zentnerschwere Last von ihrer Seele genommen worden war. Sie konnte es immer noch nicht glauben und doch war es wahr: Der verschwundene Ring war wieder aufgetaucht, sie trug ihn in der Hand! Obwohl sie ihn damals vor zehn Jahren nicht einmal gesehen hatte, war sie sich sicher, dass er es sein musste. Es war wie ein Wunder und doch auch wieder logisch zu erklären. Aber dass er nun ausgerechnet ihr in die Hände gefallen war und das gerade jetzt auf dem Weg zur Burg, da hatte sicher das Schicksal mitgeholfen. Sie blieb stehen und betrachtete das filigrane Schmuckstück nun etwas genauer. Der kleine Ring sah, zumindest auf den ersten Blick, unscheinbar aus, er war überaus verschmutzt und hatte seinen ursprünglichen Glanz verloren. Doch sie konnte sich gut vorstellen, wie er strahlen würde, sobald er eine fachmännische Reinigung hinter sich hatte. Hildegard holte ihr noch unbenutztes Taschentuch hervor, wickelte das Schmuckstück hinein und verwahrte es in ihrem Stoffbeutelchen bei dem Geld. Sie wollte nachher auf der Burg nicht sogleich mit der Tür ins Haus fallen, es sollte auch für die Herrschaften von Gemmingen-Guttenberg eine Überraschung werden.

Leichten Schrittes nahm sie den steilen Burgweg. Die Müdigkeit infolge des anstrengenden Weges durch den Schnee war wie weggeblasen. Die Freude schien ihr Flügel zu verleihen, schon nach kurzer Zeit hatte sie ihr Ziel erreicht. Verwundert schaute sie sich um. Jetzt im Winter sah alles ganz anders aus, als sie es in Erinnerung hatte. Beinahe wie verzaubert wirkte die Burganlage im Weiß der winterlichen Schneelandschaft.

Auf ihr Klopfen an der Pforte musste sie lange warten, bis ihr von einem Bediensteten Einlass gewährt wurde. Kurze Zeit darauf wurde sie wieder ins obere Stockwerk des Herrenhauses, in das schöne Eckzimmer geführt. Es war derselbe Raum, den Hildegard bereits von ihrem ersten Besuch her kannte. Als sie eingetreten war, blieb sie an der Türe stehen und grüßte höflich. Sie hatte damit gerechnet, nur den Freiherrn von Gemmingen-Guttenberg anzutreffen. Doch zu ihrer freudigen Überraschung waren auch seine Mutter und eine jüngere Dame, wohl die Ehefrau des Barons, im Zimmer anwesend. Sofort kam die inzwischen hochbetagte Baronin auf sie zu, streckte ihr wie einer alten Freundin die Hände entgegen und stellte ihr verwundert die Frage:

»Du bist die kleine Hildegard von vor zehn Jahren, die Tochter von Jochen aus Wollenberg?«

»Ja, Frau von Gemmingen, die bin ich«, kam selbstbewusst ihre Antwort und dann fügte sie noch hinzu: »Ich bin froh, Sie wiederzusehen! Sie waren damals so großmütig und freundlich zu uns. Ihnen haben wir das Darlehen zu verdanken und heute bringe ich die letzte Rate.«

»Ich habe dich noch als kleines Mädchen in Erinnerung und nun steht eine junge, schöne Frau vor mir. Wie doch die Zeit vergeht.« Mit nachdenklichen Worten ergänzte sie ihren letzten Satz: »Bin ich denn inzwischen schon so alt geworden?«

»Aber nicht doch, Mutter, das kommt dir jetzt nur so vor, weil aus dem kleinen Kind von damals eine Erwachsene geworden ist«, klinkte sich nun ihr Sohn in den Dialog ein und bat dann alle, am Tisch Platz zu nehmen.

Hildegard musste nun berichten, wie es kam, dass heute sie und nicht wie sonst ihr Vater das Geld zur Burg brachte. Ohne weitere Umschweife erzählte sie alles, was vorgefallen war und dass sie nach dem Verlust der Milchkuh zunächst um einen Kreditaufschub nachsuchen wollten.

»Vater bestand aber darauf, dass sein dem Herrn Baron gegebenes Wort eingehalten wird.« Und mit einem leicht verschmitzten Lächeln fügte sie noch hinzu: »Er wollte unter keinen Umständen hier im Hause Guttenberg als Lügner dastehen. Es ist nicht immer leicht, der Wahrheit zu glauben, wenn man sie nicht beweisen kann.«

Zunächst herrschte betretenes Schweigen; es war zu spüren, dass hier eine verletzte Seele ihren Schmerz loswerden musste. Freiherr von Gemmingen-Guttenberg schaute zuerst zu seiner Frau, dann blickte er zu seiner Mutter hinüber. Mit einem leichten Nicken ihres grauen Hauptes signalisierte sie ihre Zustimmung, das Tabu des Hauses Guttenberg aufzuheben. Sie hatten sich ohne Worte verstanden.

Der Baron schaute Hildegard lange ins Gesicht, es hatte den Anschein, als ob er noch überlegen musste.

Langsam und jedes Wort betonend ging er auf ihre zuletzt gemachte Äußerung ein: »Wir wollten hier im Hause eigentlich nicht mehr über die Angelegenheit von damals sprechen. Ich habe diesen Vorfall auch bei den Besuchen deines Vaters nie mehr aufgegriffen. Für uns ist dieses Thema abgeschlossen. Aber wir spüren, wie weh es dir auch nach zehn Jahren noch tut, falsch verdächtigt worden zu sein. Ja, du hast richtig gehört: Wir alle, die wir hier beieinander sind, haben dir geglaubt, auch wenn vieles gegen dich sprach. Die Meinung unserer lieben, aber schmuckvernarrten Cousine war allerdings eine andere. Ich hoffe sehr, dass die Wahrheit eines Tages ans Licht kommen wird.«

Er machte eine Pause, lächelte tiefsinnig und ergriff erneut das Wort: »Wir haben vorhin aus deinem Bericht entnehmen können, wie hart euch das Schicksal in diesem Jahr getroffen hat. Ich will euch helfen, dass ihr wieder auf die Beine kommt. Deinen Vater kann ich nicht gesund machen, das wird ein anderer tun. Aber ich will euch den Verlust der Milchkuh ersetzen. Noch heute werde ich meinen Verwalter anweisen, sobald es die Witterung erlaubt, euch eine unserer Milchkühe nach Wollenberg zu bringen. Dein Vater kann ja vorerst nicht gehen und so lange zuwarten wollen wir auch nicht. Richte ihm unsere herzlichen Grüße aus und berichte ihm bitte von unserem Weihnachtsgeschenk.«

Hildegard war völlig überrascht von dem großherzigen Angebot und stotterte etwas von Nicht-annehmen-Können und »Das ist doch ein viel zu großes Geschenk. Das kann man doch nicht machen, man kann doch nicht eine ganze Kuh verschenken!« Es dauerte lange, bis sie begriffen hatte, dass es der Baron ernst meinte.

Nachdem sie sich bei allen mehrmals bedankt hatte, holte sie ihr kleines Stoffbeutelchen heraus und verheißungsvoll klangen ihre Worte: »Auch ich habe etwas für Sie! Doch zunächst will ich endlich die letzte Rate des Darlehens begleichen.«

Sie zählte das Geld auf den Tisch und verwahrte die ihr übergebene Schuldurkunde in ihrer kleinen Tasche. Dann berichtete sie ausführlich, was ihr an diesem verschneiten Wintermorgen widerfahren war. Sie erzählte von der Begegnung mit den Forstleuten, dem geheimnisvollen Elsternest und dem überraschenden Fund des Rings. Die Spannung im Raum erhöhte sich von Minute zu Minute und als sie mit ihrem Bericht zu Ende war, herrschte eine angespannte Stille, dass man das Fallen einer Stecknadel hätte hören können. Aber als sie mit den Worten: »Das ist doch der verschwundene Ring?« denselben aus ihrem Tuch hervorholte, wurde es mit einem Schlag wieder laut im Zimmer. Das Schmuckstück ging nun von Hand zu Hand und es wurde lebhaft diskutiert.

Die Überraschung war der jungen Frau gelungen. Mit ungläubigem Staunen wurden nun die unterschiedlichsten Meinungen über den glücklichen Zufall ausgetauscht. Schließlich kam man zu der einhelligen Überzeugung, dass heute das Schicksal zugeschlagen hatte. Es gab keinen Zweifel über die Identität des Ringes und Freiherr von Gemmingen-Guttenberg fasste das Unglaubliche mit den Worten zusammen: »Es grenzt an ein Wunder, was du heute erlebt hast! Man könnte es mit unserem Verstand wieder einmal nicht begreifen, wenn der Beweis nicht hier auf dem Tisch liegen würde und es die beiden Zeugen nicht gäbe. Denn ohne diese Zeugen könnte man dir wieder unterstellen, dass du den Ring von zu Hause mitgebracht hast, um endlich dein schlechtes Gewissen zu beruhigen. Es ist im Leben tatsächlich oft so, wie du es vorhin so trefflich formuliert hattest: ›Es ist nicht immer leicht, der Wahrheit zu glauben, wenn man sie nicht beweisen kann.‹ Ich bin froh, dass die unerfreuliche Angelegenheit nun so ein gutes Ende gefunden hat.«

Es klopfte an der Türe und das Küchenmädchen trat herein: »Frau Baronin, das Mittagessen ist fertig, kann ich auftragen?«

Freifrau von Gemmingen-Guttenberg erhob sich und nach einem kurzen Blickkontakt mit ihrem Gemahl entließ sie das Küchenmädchen mit den Worten: »Danke, Sophie, wir kommen sogleich. Lege bitte ein Gedeck mehr auf, wir haben heute noch einen lieben Gast zum Essen.«

Später, auf dem Heimweg, war Hildegard so mit den Ereignissen des Vormittags beschäftigt, dass sie nicht merkte, wie schnell die Zeit verging. Es war bereits dunkel geworden, als sie die Hüttigsmühle durchschritten hatte und auf dem Postweg ihrem Heimatort zustrebte. Erst jetzt, als ihr bereits die ersten Lichter von Wollenberg entgegenschimmerten, musste sie an ihren Vater denken: »Der wird sich bestimmt schon Sorgen machen, wo ich so lange bleibe. Doch wenn ich ihm alles erzählt habe, wird er sich riesig freuen und denken, dass schon heute Weihnachten ist.«

Nachwort:

VIEL ZEIT IST SEIT DAMALS INS LAND GEZOGEN und es hat sich sehr viel geändert auf dieser Erde. Doch die Burg Guttenberg steht heute noch so fest und unverrückbar wie vor 150 Jahren und wird noch immer von dem Geschlecht derer von Gemmingen-Guttenberg bewohnt. Aber anstelle der Rabenvögel ziehen heute Adler und Geier der Falknerei und Greifvogelwarte Gemmingen-Guttenberg ihre majestätischen Kreise über der Burg. Auch die Viscum album, die Mistel, ist heute noch zahlreich, vor allem auf dem alten Lindenbaum bei der Vorburg anzutreffen.

Nur wer sich selbst als Teil der herrlichen Schöpfung erkennt, wird auch der Natur, den Pflanzen, den Tieren und den Menschen mit Liebe, Toleranz und Achtung begegnen.

Zufall oder Schicksal?

Eine tierische Weihnachtsgeschichte

Es war ein kalter Tag, dieser Sonntag vor Weihnachten. Der Ostwind fegte durch die Straßen der Großstadt und ließ die Menschen die Temperaturen noch kälter empfinden, als sie es ohnehin schon waren. Dagegen vermittelten die vielen Lichter der Buden und Verkaufsstände auf dem Marktplatz ein anheimelndes, ja beinahe wärmendes Gefühl.

Es war der letzte Tag der diesjährigen Weihnachtsmärkte der Stadt. Viele Menschen waren heute unterwegs, um noch die restlichen Einkäufe für das bevorstehende Fest zu tätigen. Andere wollten sich nur einen schönen Abend gönnen und die reichlich dargebotenen Leckereien und Schmankerln genießen. Besonders der Glühwein war heute bei der Kälte ein begehrtes Getränk. Und dann gab es noch Besucher, die den Stress der letzten Wochen abschütteln wollten, indem sie die vorweihnachtliche Stimmung einzufangen versuchten. Da blieb schon mal der eine oder andere stehen und lauschte den besinnlichen Melodien der Weihnachtslieder, die überall aus den Lautsprechern der Verkaufsbuden klangen. Es ist nicht verwunderlich, dass gerade die Hektik einer

Großstadt in vielen Menschen Sehnsüchte nach ruhigeren und friedvolleren Zeiten aufkommen lässt.

Unter den zahlreichen Besuchern des Weihnachtsmarktes war auch ein junges Paar, das engumschlungen, sich gegenseitig wärmend, durch die Reihen der Verkaufsstände bummelte. Vor einer wunderbar dekorierten Bude blieben sie stehen. Hier drängten sich viele Menschen, um an den Verkaufstresen zu gelangen. Der süßliche Duft von Glühwein lag verlockend in der Luft und erreichte auch ihre Nasen. »Möchtest du einen Becher Glühwein, um dich aufzuwärmen, Liebling?«, erkundigte er sich bei seiner Begleiterin und schaute ihr dabei intensiv in ihre schönen blauen Augen.

»Ach nein, eine Tasse Tee mit Rum wäre mir jetzt lieber. Du weißt doch, dass ich mir nichts daraus mache.«

»Ja, doch, entschuldige, ich habe im Moment nicht daran gedacht. Komm, gehen wir dort hinüber, da bekommen wir bestimmt einen Tee.« Ihre Antwort war ein »Hatschiii« und gleich darauf nieste sie ein zweites Mal.

»Siehst du, du hast dich erkältet, jetzt wird es Zeit, dass wir etwas Wärmendes zu uns nehmen, nicht dass du noch vor unserem Skiurlaub krank wirst. Ich freue mich schon, über die Feiertage in die Berge zu fahren. Es ist nur schade, dass wir erst am 24. starten können. Doch die viele Arbeit im Büro lässt einen früheren Urlaubsbeginn einfach nicht zu.«

»Müssen wir denn überhaupt fahren? Ich wäre gerade an den Weihnachtsfeiertagen lieber zu Hause. Wenn wir nach Silvester reisten, würde es doch auch noch reichen.«

»Du weißt doch, wie gestresst ich bin; ich brauche diesen Urlaub dringend, um abschalten zu können. Zu Hause kann ich das nicht.«

Da fiel ihr noch ein Grund dagegen ein: »Und was machen wir mit Mohrle, unserer Pflegekatze? Du weißt doch, dass wir Tante Elfriede versprochen haben, auf das Tier aufzupassen.«

»Was heißt da *wir*? *Du* hast es ihr versprochen, ohne mit mir vorher darüber geredet zu haben.«

»Das stimmt. Ich habe halt gedacht, dass es nur für einige Tage sein wird. Keiner konnte wissen, dass der Klinikaufenthalt meiner Tante so lange dauern würde.«

»Dann geben wir sie in ein Tierheim«, kam es spontan aus seinem Munde.

»Das können wir nicht tun, ich habe Tante Elfriede mein Wort gegeben.«

»Immer diese Versprechungen. Dann bringen wir sie eben zu meinen Verwandten in den Kraichgau. Dort auf dem Lande ist sie gut untergebracht.«

»Hast du schon mit deinem Bruder darüber geredet? Ist er bereit, das Tier bei sich aufzunehmen?«, hakte sie nach.

»Noch nicht, doch lass mich nur machen, ich werde das arrangieren. Das wäre ja noch schöner, wenn wir deshalb nicht in den Urlaub fahren könnten.«

Überrascht wegen des harten Tonfalls in seiner Stimme, schaute sie ihn fragend an. Doch sie sagte nichts. Ihrem Gesicht konnte man ansehen, dass ihr einige Gedanken durch den Kopf gingen. Plötzlich hatte sie keine Lust mehr, weiter über den Weihnachtsmarkt zu bummeln. Sie wollte nach Hause.

Wie angekündigt, fing es zwei Tage später zu schneien an. Und entgegen den sonst schneelosen Weihnachtszeiten gab es in diesem Jahr reichlich davon vor den

Feiertagen. Und das Schönste dabei war, er blieb liegen. Dafür sorgten schon die immer tiefer fallenden Temperaturen. Viele Menschen freuten sich darüber. Doch was des einen Freud, ist des anderen Leid. Vor allem die Autofahrer, die sich an diesem 24. Dezember über die Straßen mühten, waren nicht begeistert von der weißen Pracht, die streckenweise so üppig war, dass sie zum Fahren im Schritttempo zwang. So war es nicht verwunderlich, wenn viele der Reisenden, die an diesem Tage noch unterwegs waren, ihr Ziel nicht oder doch nur mit erheblicher Verspätung erreichten.

Es begann bereits zu dunkeln, als ein Sportwagen die Autobahn bei der Abzweigung Neckarsulm verließ und auf der Bundesstraße 27 neckarabwärts fuhr. Der Fahrer schien sehr nervös zu sein. Oder war er nur verärgert, weil es bei dem Schnee nicht so zügig vorwärts ging, wie er das gewohnt war?

Kurz nach Offenau lenkte er den Wagen in eine Parkbucht und brachte ihn abrupt zum Stehen. »Fahre du bitte weiter, ich brauche jetzt etwas Ruhe«, bat er seine hübsche Begleiterin und stieg aus dem Auto.

»Ich kenne den Weg doch nicht, diese Gegend ist mir ganz fremd«, erwiderte sie und schaute ihn verwundert an.

»Ich werde dir schon sagen, wo es langgeht! Setz dich schon hinter das Lenkrad!«, kam etwas barsch seine Antwort. »Schließlich machen wir diesen Umweg doch nur wegen ›deiner‹ Katze. Ich hoffe, dass wir deshalb nicht zu spät in unserem Hotel ankommen.« Sie beeilte sich, seinem Wunsche nachzukommen, und fuhr los.

»Du hast mir noch gar nicht erzählt, ob dein Bruder mit der Katze einverstanden ist.«

Er überlegte, ob er ihr nun die Wahrheit sagen sollte, als ein leises Miauen hinter ihnen zu hören war.

»Die arme Katze! Musste es sein, dass du sie in diesen grässlichen Sack gesteckt hast? Die hätten wir auch in ihr Körbchen setzen können.«

»So ist es das Beste, glaub mir. Sonst würde sie vielleicht den Weg zurückfinden, falls sie abhauen sollte. Dieses Vieh verdirbt mir noch die ganze Urlaubsfreude.«

Erschrocken über die Kälte seiner Stimme, schaute sie ihn von der Seite an und überlegte, was sie darauf antworten sollte. Doch sie kam nicht zu Wort, denn er sprach weiter: »Bei der nächsten Ampel biegst du nach links ab und hältst dann auf der Neckarbrücke an.« Fast im Befehlston kam diese Anweisung.

Was ist nur in ihn gefahren, so kenne ich ihn überhaupt nicht, dachte sie, hielt aber dann etwas später mitten auf der Gundelsheimer Schleusenbrücke an.

Es war kein weiteres Auto zu sehen und so ließ sie sich von dem herrlichen Bild in den Bann ziehen, das die beleuchtete Burg Guttenberg direkt vor ihnen abgab. Wie ein strahlendes Weihnachtsmärchenschloss leuchtete die Burg, über den schneebedeckten Wipfeln des Waldes stehend, herunter. Plötzlich wurde sie in ihren Betrachtungen gestört, denn ein jämmerliches Geschrei riss sie aus ihren Träumen. Sie drehte sich zur Seite und gewahrte mit Entsetzen, wie ihr Begleiter den Sack mit der Katze vom Rücksitz nahm und ihn zum geöffneten Seitenfenster hinaushielt. In diesem Augenblick bog ein Wagen von Heinsheim kommend auf die Brücke ein und seine Scheinwerfer erfassten die Situation. Erschrocken zog ihr Partner seine Hand mit dem Sack zurück und brüllte: »Fahr los!« Die Reifen drehten durch, der

Wagen rutschte mit dem Heck an die Bordsteinkante und kam ins Schleudern. Nur durch beherztes Gegensteuern konnte die Fahrerin das Fahrzeug noch abfangen und wieder auf die rechte Spur bringen. Gerade noch rechtzeitig, so dass das entgegenkommende Auto unbeschadet vorbeifahren konnte.

»Bist du verrückt, was machst du denn, kannst du nicht mal mehr Auto fahren?«, brüllte er sie an.

»Sei du ganz still, ich glaube, du wolltest eben unser liebes Mohrle im Neckar ersäufen.«

»Und wenn schon, dann wären wir sie los, mein Bruder nimmt sie sowieso nicht bei sich auf«, platzte er heraus. Ein erbitterter Streit folgte.

Auf der Straße von Hüffenhardt nach Wollenberg erwartet die Autofahrer kurz vor dem Ort eine scharfe Rechtskurve. Aufgewühlt und deshalb unachtsam, erkannte die Fahrerin die Situation zu spät. Der Wagen brach hinten nach links aus und drehte sich auf der schneeglatten Fahrbahn zweimal um die eigene Achse. Dann kam er glücklicherweise kurz vor der meterhohen Böschung zum Stehen. Die Frau hielt sich krampfhaft am Lenkrad fest und atmete tief durch. Der Schreck war ihr in alle Glieder gefahren, sie war unfähig, sich zu bewegen. Ihr Begleiter dagegen hatte den Schock erstaunlich schnell überwunden. Mit einem Satz sprang er aus dem Wagen und schleuderte den Sack mit der Katze, den er die ganze Zeit über mit beiden Händen gehalten hatte, den gegenüberliegenden Steilhang hinauf. Dabei wäre er beinahe auf der schneeglatten Straße ausgerutscht und hingefallen. Doch er fing sich gerade noch und eilte mit schnellen Schritten auf die andere Wagenseite. Er riss die Fahrertüre auf und drängte seine verdutzt und verstört dreinschauende Begleiterin auf die Beifahrerseite. Dann zwängte er sich hinter das Steuer, ohne sich die Zeit zu nehmen, die Sitzposition anzupassen, und fuhr los. Die Räder drehten durch und schleuderten dabei meterhohe Schneefontänen nach hinten. Das Auto kam heftig schlingernd in Fahrt und einen Augenblick später waren die Rücklichter des Wagens nicht mehr zu sehen.

Die Böschung, die sich von der rechten Straßenseite sehr steil den Hang hinaufzieht, ist mit dichtem Gebüsch bewachsen. Nur vereinzelt ragen einige Feldeichen daraus hervor. Am Fuße einer dieser Eichen war infolge eines quergewachsenen Wurzelausläufers eine kleine Mulde entstanden. Dort sammelte sich immer im November viel Laub an, das jetzt allerdings von einer dicken Schneedecke überzogen war. Und gerade in diese Mulde fiel der Sack, als er mitsamt der Katze den Hang hinaufgeschleudert worden war. Das Tier lag verängstigt und noch ganz benommen da. Es rührte sich nicht und verstand nicht, was da alles passiert war. »Wo bin ich denn jetzt? Ich habe furchtbare Angst. Ich kann in meinem Gefängnis nichts erkennen. Normalerweise kann ich bei Nacht besser sehen als die Menschen bei Tag. Wenn ich nur wüsste, wie ich da wieder herauskomme«, klagte sie.

Die Feuchtigkeit drang allmählich durch den Leinensack und die Kälte des Winterabends ließ das Tier frösteln. Die Nackenhaare wollten sich sträuben, doch die eng anliegende Hülle ließ dies nicht zu. Ein leises, verzweifeltes miauendes Seufzen entrang sich ihrer

Brust. Dann war es wieder still, mäuschenstill unter der Eiche. Aber nicht lange. Zuerst vernahm man ein Geräusch. Es hörte sich an, als ob da jemand prüfend die Luft durch seine Nase zog. Dann lugte ein Mäuschen aus seinem Loch unter der Eichenwurzel und schaute sich vorsichtig um. Kurz darauf hörte man es piepsen: »Ich habe doch nicht geträumt, ich habe doch vorhin ganz deutlich eine Katze gehört und ihr Geruch liegt mir auch in der Nase. Wo hat die sich versteckt? Lauert die etwa hinter dem Baumstamm auf mich? Das darf die doch gar nicht! Nicht heute, denn heute ist doch Weihnachten. Will die etwa den weihnachtlichen Nichtangriffspakt der Tiere brechen? Da bin ich lieber einmal vorsichtig.«

Dann klopfte sie sich an ihre Mäusebrust, fasste sich ein Herz und rief mutig und forsch: »Hallo, Katze, wo bist du? Weißt du nicht, dass heute Weihnachten ist?« Erschrocken rutschte sie in ihr Loch zurück, als in ihrer unmittelbaren Nähe die miauende Antwort ertönte.

»Ich liege direkt über dir, kleine Maus. Doch du brauchst keine Angst vor mir zu haben, ich werde dir nichts tun. Ja, selbst wenn ich wollte, könnte ich dich nicht fangen, denn ich stecke in einem Sack und komme ohne Hilfe nicht heraus. Selbstverständlich respektiere ich den Weihnachtsfrieden, obwohl mir gerade nicht nach Weihnachten zumute ist. Wenn du mir gesagt hättest, heute ist Karfreitag, dann würde ich das eher glauben.« Die Nasenspitze des Mäuschens erschien wieder. Dann sah man, wie es das Köpfchen lauschend zur Seite neigte, um auch alles zu verstehen. Und man konnte erkennen, dass es nachdachte. Schließlich siegte die Neugier und etwas lauter als vorhin kamen auch schon ihre Fragen: »Warum steckst du in einem Sack? Wo kommst du denn her? Und wie heißt du eigentlich?«

»Ach, das ist eine lange Geschichte, die würde ich dir gerne ein andermal erzählen. Bitte hole mich hier raus! Übrigens, ich heiße Mohrle, und wie nennen sie dich?«

»Ich, ich habe einen lustigen Namen. Alle Tiere sagen ›Schlitzohr‹ zu mir, weil ich eine kleine Einkerbung im rechten Ohr habe. Du bist bestimmt schwarz, aber nicht von hier, gell? Deinem Dialekt nach könntest du aus dem Schwäbischen stammen. Ich würde dich gerne einmal sehen, denn ich habe noch nie eine schwäbische Katze vor mein Mäusegesicht bekommen. Liege ich richtig mit meiner Vermutung, dass du deshalb ein Vegetarier bist?«

»Nein, aber ich tu dir bestimmt nichts. Und das nicht nur an Weihnachten, sondern mein Versprechen gilt, solange ich lebe, wenn du mich aus meinem Gefängnis befreist. Das schwöre ich dir! Du brauchst nur die Schnur durchzubeißen, mit der der Sack zugebunden wurde.«

»Du brauchst nur die Schnur durchzubeißen, das ist ganz einfach«, ahmte Schlitzohr die Katze nach. »Natürlich wäre es für mich ein Leichtes, die Schnur durchzubeißen, wofür habe ich sonst meine scharfen Zähne. Doch wer garantiert mir, dass du dein Wort auch hältst, Mohrle? Schließlich haben wir keinen Zeugen für dein Versprechen.«

»Doch, den gibt es«, krächzte es aus der Baumkrone. Schlitzohr lief es eiskalt übers Mausefell, so sehr hatte es die Stimme der Eule erschreckt. Es äugte nach oben, konnte aber nichts erkennen und rief: »Ach du Schreck, noch ein Mäusejäger. Sind denn alle meine Feinde heute hier?«

»Stell dich nicht so an, Schlitzohr, du hast doch selber gesagt, dass heute Weihnachten ist, also brauchst du dich nicht vor mir zu fürchten. Ich habe euch die ganze Zeit von hier oben zugeschaut, habe alles gesehen und gehört. In mir hast du den zuverlässigsten Zeugen, den es bei uns Tieren geben kann. Wenn die Katze auch meine Nahrungskonkurrentin ist, so bin ich doch dafür, dass ihr geholfen wird. Auch wir Tiere sind Teil der Schöpfung und auch der Weihnachtsbotschaft. Denke doch nur an den Ochsen und den Esel bei der Krippe im Stall von Bethlehem. Dann an die vielen Schafe der Hirten auf den Weiden.« Die Eule unterbrach ihren Redeschwall, sie musste erst einmal tief Luft holen – denn so viel hatte sie in ihrem ganzen Eulenleben noch nicht geredet. Dann erhob sie ihre krächzende Stimme wieder: »So, du kleines Mäuschen, jetzt krabbelst du hinauf zum Sack und beißt die Schnur durch! Auch ich werde dir von nun an nicht mehr nach dem Leben trachten, das ist mein Weihnachtsbeitrag.«

»Und ich werfe dir zum Dank danach eine Nuss hinunter«, ertönte es vom Nachbarbaum. Noch etwas verschlafen schaute ein Eichhörnchen aus seinem warm gepolsterten Kugelnest und meinte dann ergänzend: »Nüsse sind doch ein schönes Weihnachtsgeschenk, das wissen sogar die Menschen, deshalb klauen die mir jedes Jahr die schönsten von den Bäumen.«

»Ja, wenn das so ist, dann werde ich mich jetzt an die Arbeit machen. So viel habe ich in meinem ganzen Mäuseleben noch nicht geschenkt bekommen. Aber dass ihr nicht denkt, ich mache das nur wegen der Geschenke. Nein, ich tue es auch aus Nächstenliebe und weil mir Mohrle leidtut.«

»Recht so, Schlitzohr! Wenn die Menschen nicht einmal an Weihnachten die Nächstenliebe achten, so wollen es wenigstens wir Tiere tun«, krächzte die Eule und beobachtete aufmerksam die Befreiungsaktion, die nun da unten am Fuße der Eiche begonnen hatte. Mohrle war ganz aufgeregt, verhielt sich aber still und bewegte sich nicht. Sie wollte die kleine Maus nicht erschrecken. Zuerst hörte sie ganz leise das Raspeln der Mausezähnchen, dann gab es einen leichten Ruck und die Spannung im Zipfelbereich des Sackes lockerte sich.

Plötzlich ertönte direkt neben ihrem rechten Ohr das Stimmchen der Maus: »So, das wäre geschafft, Mohrle, doch tu mir bitte einen Gefallen und schlüpfe erst heraus, wenn ich wieder in Sicherheit bin. Ich werde dann pfeifen, das kann ich besonders gut.«

»Versprochen, Schlitzohr«, kam es miauend aus dem Sack. Es dauerte auch nicht lange und es ertönte ein schriller Pfiff und Mohrle begann sich vorsichtig aus ihrem engen Gefängnis zu schieben. Das musste im Rückwärtsgang geschehen, denn sie steckte mit dem Kopf voran im Sack. Doch es gelang schneller, als sie es sich vorgestellt hatte. Mohrle hatte ihre Freiheit wieder. Verdutzt schaute sie sich um und erkundete ihre Umgebung. Ein Seufzer der Erleichterung entrang sich ihrer Katzenbrust und sie suchte all die Tiere, die sie bisher nur gehört hatte. »Wo seid ihr denn, meine Retter und Freunde? Ich will mich doch bedanken für eure Hilfe.«

»Hier!«, erklang es da dreistimmig von oben und von unten.

»Habt vielen Dank, ich werde euch das nie vergessen. Meine Freiheit habe ich wieder. Doch was soll ich jetzt machen, wo soll ich denn hingehen? Ich bin doch eine Hauskatze und kenne mich auf dem Lande nicht aus. Am besten wird es sein, wenn ich mich auf den Sack lege und bei euch die Nacht verbringe. Morgen werde ich dann weitersehen.«

»Ich weiß, wo du hingehen kannst«, piepste eine kleine Kohlmeise aus dem Geäst des Baumes herab. »Gleich oberhalb der Böschung steht ein Haus, darin wohnen liebe Menschen. Die sind sehr tierfreundlich, ich weiß das, weil sie mir immer viel Futter ins Vogelhäuschen streuen. Die hatten bisher auch eine schwarze Katze, die sah fast so aus wie du. Doch die ist jetzt im Katzenhimmel.«

»Dass die Leute dort oben besonders tierlieb sind, kann ich bestätigen«, meldete sich Schlitzohr jetzt wieder zu Wort. »Die Minki, so hieß die Katze, hatte mich, als ich noch klein und unerfahren war, erwischt und mich mit ihrem zahnlosen Maul in die Wohnung getragen. Als ich dann entdeckt wurde, haben die Bewohner mich mit einer Lebendfalle eingefangen und mir die Freiheit wiedergegeben. Übrigens ist in der Haustüre eine Katzenpforte eingebaut, so kannst du ohne Schwierigkeiten in die Wohnung gelangen.«

»Eure Erzählungen hören sich wunderbar an, das ist ja mal eine frohe Weihnachtsbotschaft. Ich danke euch dafür. Du meine Güte, Schlitzohr, du hast aber auch schon einiges erlebt in deinem ersten Mäusejahr. Ich werde mir das alles anschauen, und wenn es mir gefällt, werde ich bleiben. So könnte ich dann immer auch in eurer Nähe sein. Doch wie komme ich da hinauf bei dem tiefen Schnee?«

Da wusste wieder das Eichhörnchen Rat. »Du kletterst einfach am Stamm der Eiche hinauf und dann auf dem langen Seitenast nach außen bis zur Böschungskante. Von dort kannst du leicht hinabspringen. Das habe ich schon hundertmal so gemacht, das ist ganz einfach.«

»Ja, du bist geübt im Klettern, aber ich habe da wenig Erfahrung«, gab Mohrle zu bedenken.

»Wenn du auch nicht so schnell bist wie ich, das schaffst du auch, versuch es wenigstens.«

Als Mohrle etwas später tatsächlich auf den äußersten Zweigen des langen Astes angekommen war, sah sie unter sich ein helles, flackerndes Leuchten.

»Was ist denn das für ein Licht da unter mir?«, erkundigte sie sich und schaute dabei zurück zu ihren Freunden.

»Da liegt Minki begraben, deine Vorgängerin«, bekam sie zur Antwort.

Mohrle schaute wieder hin und nun war sie überzeugt, dass die Menschen in dem Haus da oben wirkliche Tierfreunde waren. »Vielen Dank nochmals für eure Hilfe, ich denke, wir werden uns bestimmt wiedersehen«, rief sie, dann sprang sie hinunter auf den Boden. Vor Minkis Grab verharrte sie eine Weile, bevor sie weiterging. Was mochte sie bloß gedacht haben? Sie wandte sich um und erkannte mit Freuden die frischen Spuren, die die Füße eines Menschen im tiefen Schnee hinterlassen hatten. »Das ist gut, da kann ich bequem von Fußstapfe zu Fußstapfe hüpfen und muss mich nicht durch den tiefen Schnee quälen. Doch werde ich nie verstehen, warum die Menschen nur auf ihren Hinterbeinen laufen, wo sie doch auch vier Pfoten haben wie wir.« Indem sie den Spuren folgte, kam sie recht zügig voran und gelangte so bis zum Haus.

Der Weg führte nun eine Treppe hinauf, dann links um die Garage herum und schon stand sie vor der Haustüre. »Hier gibt es tatsächlich eine Katzentüre, und was für eine moderne, besser könnte ich es nicht treffen. Licht schimmert auch noch durch die Rollladenschlitze, also ist auch jemand zu Hause«, waren ihre Gedanken.

Vorsichtig steckte sie nun ihren Kopf durch das Türchen und war dann nach einem kurzen Zögern dahinter verschwunden. Die Windfangtüre war nur angelehnt. Die kann ich leicht aufdrücken, dachte sie gerade und wich überrascht zurück, als sie sich im Garderobenspiegel erblickte. Wie sehe ich denn aus, so kann ich mich unmöglich vorstellen. Die werfen mich schneller wieder hinaus, als ich hereinkomme, wenn die mich so erblicken. Also tu mal was für dein Aussehen, Mohrle, dachte sie, setzte sich vor den Spiegel und begann sich zu putzen. Es dauerte lange, bis sie mit sich zufrieden war. Etwas eitel war sie schon, schließlich war sie ja eine Dame aus der Großstadt.

Als sie die Türe aufgedrückt hatte, zog der verführerische Duft von Gänsebraten in ihre Nase. Ihr Magen begann zu knurren. Doch sie überwand ihren Hunger und schlich durch die Diele, an der Küchentüre vorbei, zum Wohnzimmer. Von dort leuchtete der helle Schein der Kerzen des geschmückten Weihnachtsbaumes durch die offene Türe. Nachdem Mohrle um die Ecke geschaut hatte, blieb sie verzückt stehen. So einen herrlichen Weihnachtsbaum hatte sie noch nie gesehen. Und die vielen bunten Päckchen unter dem Baum. Das sind doch die Sachen, die sich die Menschen gegenseitig schenken. Da lege ich mich einfach dazu. Gedacht – getan. Sie zwängte sich zwischen zwei größere Kartons, so dass man sie nicht sogleich zu Gesicht bekommen konnte – und machte es sich bequem.

Die Wärme im Zimmer tat ihr gut und es dauerte nicht lange, und sie war eingeschlafen. Die Aufregung, die Kälte und das Erlebte hatten sie müde gemacht. Sie schlief tief und fest und träumte. Aber es war kein schöner Traum. Es war ein tierischer Alptraum. Sie sah viele Menschen durcheinanderrennen, die hektisch ihr Urlaubsgepäck in Koffer packten und in ihren Autos verstauten. Sie sah viele traurige Tiere, die nicht begreifen konnten, warum sie in ein Heim abgeschoben werden sollten. Und sie sah eine große Zahl von Katzen, Hunden, Hamstern, Hasen, Fischen und noch viele andere Tiere, die einfach ausgesetzt und ihrem Schicksal überlassen wurden. Ein miauendes Stöhnen quälte sich aus ihrer Kehle und sie wachte auf. Gerade in dem Augenblick, als die vier Bewohner des Hauses das festlich geschmückte Weihnachtszimmer betraten. Mohrle duckte sich, schielte hinter den bunten Kartons hervor und betrachtete die Menschen. Die sehen friedlich aus, ich glaube, an die könnte ich mich gewöhnen. Hoffentlich gehen sie nicht morgen auch in den Urlaub. Nun wird es aber Zeit, dass ich mich vorstelle, mich von meiner besten Seite zeige, beschloss sie.

Schnurrend kam sie hinter dem Karton hervor, marschierte schnurstracks auf Sabrina zu und strich um deren Beine herum. Diese bückte sich, streichelte der Katze übers Fell und fragte verwundert: »Wo kommst du denn her, Minki? Dich habe ich ja heute den ganzen Tag nicht gesehen.«

»Aber Mutter«, entrüstete sich da Helga. »Minki ist doch tot! Du hast doch heute Abend selber noch die Kerze an ihrem Grab entzündet. Das ist nicht Minki!«

»Nein, das kann nicht Minki sein«, bestätigten nun gleichzeitig Manfred und Jochen.

»Ach so, jetzt weiß ich es. Das ist also die Überraschung, von der ihr vorhin beim Essen gesprochen habt. Die ist euch wirklich gelungen. Damit habt ihr mir das schönste Weihnachtsgeschenk gemacht, das es geben kann. Vielen, vielen Dank. Wie heißt sie denn?« Die drei standen da wie begossene Pudel und schauten sich gegenseitig an. In ihren erstaunten Gesichtern konnte man die Frage, die sie bewegte, beinahe mit Händen greifen: Warst das du oder du?

Sabrina betrachtete ihre Familie der Reihe nach und meinte dann lachend: »Ihr seid mir tolle Schauspieler, so gut habt ihr euch bisher noch nie verstellen können. Diese Überraschung ist euch gelungen.« Dann umarmte sie ihre Familie, bückte sich, nahm die Katze auf den Arm und setzte sich mit ihr in den Sessel.

Manfred, ihr Mann, hatte als Erster die Sprache wiedergefunden. »Da muss ein Wunder geschehen sein, wie sonst kommt das Mohrle hierher.«

»Wieso Mohrle?«, erkundigte sich Jochen.

»Ganz einfach, weil sie so eine schöne schwarze Fellfarbe hat«, erklärte Helga.

Alle drängten sich nun um die neue Katze und bestaunten das schöne Tier. Vergessen waren all die anderen Geschenke unter dem Christbaum. Mohrle war jetzt der Mittelpunkt der Familie. Und Mohrle genoss es. Sie schnurrte zufrieden und machte sich dabei ihre eigenen Katzengedanken: Was gibt es doch für unterschiedliche

Menschen. Die einen suchen nur ihr Vergnügen und gehen dabei über (Katzen)-Leichen. Und dann gibt es wieder so liebe Exemplare wie meine neue Familie, die auch ein Herz für uns Tiere haben und nicht immer nur an sich selber denken. Da habe ich ja heute wieder einmal Glück gehabt. War das nun alles Zufall oder Schicksal? Ich glaube, dass mir da heute an Weihnachten ein Schutzengel geholfen hat. Denn die Engel sind nicht nur für die Menschen zuständig, sondern für die gesamte Schöpfung. Hier bleibe ich, von hier gehe ich nicht mehr weg.

Eigentlich wäre jetzt unsere nicht alltägliche tierische Weihnachtsgeschichte zu Ende, wenn, ja wenn es da nicht noch eine Begegnung gegeben hätte.

Einige Monate später, es war ein herrlicher Frühlingstag und ich war gerade auf dem Weg in meinen Garten. Momo, unsere kleine Pudelhündin, war schon vorausgeeilt und verrichtete ihre Entsorgungen. Dort wo die asphaltierte Wohnstraße endet und der geschotterte Wirtschaftsweg weiterführt, hielt ein silbergrauer Sportwagen. Dem Autokennzeichen nach musste er aus der Landeshauptstadt sein. Ich überlegte gerade: Wo wollen denn die hin? Die haben sich bestimmt verfahren, als eine elegante junge Frau ausstieg und auf mich zuging. Sie hatte wunderschöne blaue Augen, aber einen traurigen Blick. Sie schien verunsichert, als sie mich ansprach und sich erkundigte, ob ich von hier sei und mich hier auskenne.

»Ja, warum?«, entgegnete ich und meine Neugierde war geweckt.

Noch immer stockend kam ihre nächste Frage: »Ist hier in der Wohnsiedlung, so um die Weihnachtszeit, eine tote Katze gefunden worden? Es war ein schwarzes Tier, ein Katzenweibchen«, ergänzte sie noch und schaute mich dabei hilfesuchend an.

»Nein, nicht dass ich wüsste, doch …«

»Was ist noch, sagen Sie schon«, unterbrach sie mich nervös. Ich berichtete ihr nun von Mohrle, der Katze in meiner Nachbarschaft, die an Weihnachten, für alle überraschend, aufgetaucht war. Sie schaute mich nachdenklich an und Tränen traten in ihre Augen. Dann erzählte sie mir ihre Geschichte. Sie beschönigte nichts und nahm auch einen Teil der Schuld auf sich: »Ich hätte es nicht zulassen dürfen, was mein damaliger Freund getan hat.«

»Damaliger?«, hakte ich nach.

»Ja, ich habe mich noch während unseres gemeinsamen Weihnachtsurlaubes von ihm getrennt. Sein Verhalten dem Tier gegenüber hat mir die Augen über seinen wahren Charakter geöffnet. Mit so einem Menschen kann ich mir keine dauerhafte Beziehung vorstellen, da bleibe ich lieber alleine! Nun bin ich aber beruhigt, dass alles gut ausgegangen ist und Mohrle ein paradiesisches Zuhause gefunden hat.« Man konnte ihr die Erleichterung ansehen. Sie verabschiedete sich und brauste mit ihrem Wagen davon.

Und ich? Ich ging nachdenklich in meinen Garten und meine Gedanken kreisten immer wieder um die Frage: War das nun alles Zufall oder Schicksal?